SOBO SWOBODNIK

# Die Nacht schweigt

**UNVERGESSEN** Rechnitz – eine österreichische Gemeinde im Burgenland, keine zwei Stunden von Wien entfernt – stellt einen dunklen Fleck in der Geschichte des Landes Österreich dar. 1945 kurz vor Beendigung des Krieges werden in der Nacht zum Palmsonntag fast 200 jüdische Zwangsarbeiter umgebracht und dann verscharrt. Bis heute ist das Massengrab nicht gefunden. Das Verbrechen bleibt unaufgeklärt, die Menschen schweigen beharrlich.

Eine junge Wiener Politikstudentin interessiert sich für den Fall und fängt an zu recherchieren. Sie scheint ein wenig Licht ins Dunkel zu bringen, verschwindet aber kurz darauf spurlos. Der Ermittler Hài – Mitte 30, unverschämt gut aussehend und Deutsch-Vietnamese, dazu Frauenheld, Teeliebhaber mit Hang zur fernöstlichen Meditation – macht sich auf die Suche nach ihr. Er taucht immer tiefer in die düstere österreichische Geschichte ein, die geprägt ist von Schweigen und Verdrängung und deren Blutspur bis in die Gegenwart hineinreicht.

Foto © Pantea Lachin

*Sobo Swobodnik ist aufgewachsen auf der Schwäbischen Alb und absolvierte sein Abitur in Aalen, studierte anschließend Schauspiel in München und arbeitete als Regisseur an mehreren deutschen Theatern sowie als Rundfunk-Redakteur bei verschiedenen Hörfunkanstalten. Er hat mittlerweile über 25 Bücher veröffentlicht, darunter eine mehrteilige Krimireihe. Dafür erhielt er zahlreiche Preise und Auszeichnungen u. a. den Mimi-Krimi Publikumspreis des deutschen Buchhandels. Als Filmemacher hat er verschiedene Dokumentarfilme fürs Kino gedreht und erhielt hierfür u. a. den Max-Ophüls-Preis für den besten Dokumentarfilm sowie den BR-Publikumspreis beim Filmfest München.*

Bisherige Veröffentlichungen im Gmeiner-Verlag:
Fallers Held (2015)

SOBO SWOBODNIK

# Die Nacht schweigt

*Kriminalroman*

GMEINER SPANNUNG

Besuchen Sie uns im Internet:
www.gmeiner-verlag.de


Im Ehnried 5, 88605 Meßkirch
Telefon 07575/2095-0
info@gmeiner-verlag.de

1. Auflage 2016

Lektorat: Sven Lang
Herstellung: Mirjam Hecht
Umschlaggestaltung: U.O.R.G. Lutz Eberle, Stuttgart
unter Verwendung eines Fotos von: © Lucky18 / Wikimedia Commons
https://commons.wikimedia.org/wiki/File:Kreuzstadl_Rechnitz.jpg
Druck: GGP Media GmbH, Pößneck
Printed in Germany
ISBN 978-3-8392-1892-1

# 1. KAPITEL

»Warum kuckst du mich immer an?«
»Ich kucke deine Füße an.«
»Und wieso?«
»Die gehen immer mit dir rum, ganz von selber.«

*Das Schweigen, Ingmar Bergmann*

# ES

Es ist der 24. März 1945. Es ist früh morgens, neblig und regnerisch. Ein leichter Wind weht aus Richtung Osten.

Bald ist wieder Nacht. Bald sind sie tot. Für sie ist es immer dunkel. Auch wenn tagsüber die Sonne scheint. Der Himmel ist blau, erscheint aber in ihren Augen schwarz. Wie die Hölle auf Erden. Der Anfang vom Ende.

Es ist ein Heer von Ausgehungerten, Verlausten, Kranken und Schwachen, das sich unter Schlägen und Stiefeltritten voranschleppt. Wenn einer stürzt, wird er noch mehr getreten, angeschrien, beschimpft, bis er für immer liegen bleibt, wieder aufsteht oder von den anderen weitergeschleift wird. Dem Ende entgegen. Sie frieren. Sie humpeln, keuchen und schleppen sich mit schmerzverzerrten Gesichtern weiter. Der ganze Körper juckt. Flöhe, Läuse. Sie kratzen sich, immer wieder, immer heftiger, bis die Haut zerreißt und Blut hindurchsickert. Das Schlimmste ist die Ausweglosigkeit. Auch wenn sie es nicht wahrhaben wollen, gibt es kaum mehr Hoffnung. Mit jedem Schritt kommen sie dem Ende näher.

Jetzt kann sie eigentlich nur noch die Rote Armee retten, die gerüchteweise immer näher rückt. Anscheinend steht sie nicht weit von hier entfernt an der Donau. Um die Kämpfe noch länger hinauszuzögern, die bevorstehende Niederlage doch noch abzuwenden, lassen die Nazis an der Ostfront Wälle bauen. Von ihnen, den jüdischen Zwangsarbeitern aus Ungarn. Hohe Wälle aus Dreck, damit die russischen Panzer nicht durchkommen. Hier am äußersten Zipfel Österreichs, an der Grenze zu Ungarn, im Burgenland, wo Hunde und Katzen sich zerfleischen, statt sich gute Nacht zu sagen. Oder der Situation und der Zeit entsprechend: Verreck doch!

# DU

Du bist dir nicht sicher, aber du glaubst, dass du tot bist.

Im ersten Moment.

Im zweiten weißt du, dass Tote nicht denken. Nicht atmen. Du atmest. Ein, aus, immer wieder. Zwar nur schwach, aber immerhin. Jetzt wie zur Demonstration, als müsstest du dich selbst von deinem Überleben überzeugen. Du pustest die Luft aus dir heraus, immer wieder mit gepressten Stößen. Du bist erschöpft, mit wackelnden Knien, zitterst wie im Ziel nach einem Marathonlauf. Unsicher, ob du erleichtert oder eher enttäuscht sein sollst. Jetzt erst merkst du, dass es stark riecht. Zuerst hast du dich selbst in Verdacht. Bis dir klar ist, dass nicht du es bist, die so stinkt. Es riecht modrig um dich herum, feucht, faulig, als befändest du dich in einem Keller. In einem dunklen Erdloch. In einem Grab. Deinem Grab.

Alles um dich herum ist schwarz. Du zwinkerst, siehst nichts. Reißt die Augen auf, siehst noch immer nichts. Du hältst deine Hand dicht vor die Augen und kannst sie doch nicht erkennen. Du kannst nichts erkennen. Du hast keine Ahnung, wo du bist. Geschweige denn, wie du hierher kamst. Du versuchst dich zu erinnern. Immer wieder. Es gelingt dir einfach nicht. Du kannst dich an gar nichts erinnern. In diesem Moment zumindest nicht.

Du schläfst erschöpft ein, wachst wieder auf. Alles ist unverändert. Erneut bist du unsicher, ob du noch lebst oder bereits tot bist.

Tote frieren nicht. Du frierst. Du hast Durst. Hunger. Dein Kopf schmerzt. Es ist ein Pochen hinter der Stirn, im Kopf, das sich wie ein engmaschiges Netz über den gesamten Schädel spannt und am Nacken als spitzer Schmerz endet. Du greifst dir an den Kopf und spürst eine verschorfte Wunde an der Stirn. Du hast keine Ahnung, woher sie stammt. Von einem Schlag? Einem Sturz? Du kannst dir das alles nicht erklären. Dein Gedächtnis scheint dir abhandengekommen zu sein. Womöglich durch den Schlag? Den Sturz? Erinnerung ist nur mehr ein Wort ohne Bedeutung. Auf das du dich nicht mehr verlassen kannst. Worauf kann ich mich denn überhaupt noch verlassen?, denkst du und weißt es nicht. Weißt nichts. Gar nichts. Nur dein Name bleibt dir.

Du sprichst ihn leise vor dich hin. Immer wieder deinen eigenen Namen, als wolltest du dich selbst vergewissern, dass du du bist. Als wärst du davon überzeugt, mit deinem Namen käme nicht nur die Erinnerung, sondern auch Zuversicht zurück.

Linda. Linda. Linda. Linda. Linda. Linda. Linda. Linda. Linda. Linda. Linda. Linda. Linda. Linda. Linda. Linda. Linda. Linda. Linda. Linda. Linda. Linda. Linda. Linda. Linda. Linda.

Du redest dich selbst in den Schlaf. Du schläfst ein, wachst wieder auf. Alles ist unverändert.

Alles ist schwarz.

Du tastest mit deinen Händen an den Wänden entlang. Sie sind kalt, porös, feucht. Es fühlt sich nach grobem Stein an. Nach Fels. An einer Wand spürst du Fugen und gleichmäßige, viereckige Steine, die auf- und aneinander gemauert sind. Es sind Backsteine. Darum herum ertastest du einen

Rahmen aus Metall. Du musst nicht lange nachdenken, um zu wissen, dass es der Rahmen einer Tür ist, die einstmals vermutlich nach draußen führte und jetzt zugemauert ist. Deine Aussichtslosigkeit wird dir mit einem Schlag bewusst. Du bist eingemauert! Bei lebendigem Leibe!

Du schreist. Du schreist so lange, bis deine Stimme sich überschlägt, schließlich versagt.

Dann ist alles wieder ruhig. Nur dein Atem ist noch zu hören. Ein Kratzen ist von nun an in deinem Hals.

Solange ich atme, lebe ich, denkst du, kauerst an der zugemauerten Tür und weißt:

Es ist erst der Anfang. Der Anfang von deinem Ende.

# ICH

»Ist es so, wie es scheint?«, höre ich eine Stimme in meinem Rücken, knarrend wie eine alte Schranktür. »Oder scheint alles anders.«

»He, Schlitzauge, du!«

Ich erschrecke, fühle mich angesprochen, traue mich aber nicht umzudrehen.

»Schlitzauge!«

Es ist Jahrzehnte her, dass Derartiges hinter mir hergerufen wurde. *Schlitzauge, Fidschi, Chinaböller, gelbe Scheiße* – damals auf dem Schulhof im Schwäbischen von den rückständigen schwäbischen Kindern, für die alles, was anders aussah als sie selbst, nicht nur irritierend, sondern völlig *plemplem* war. Dabei konnten diese Stuttgarter Rotzaffen in ihrer geistigen Beschränktheit einfach nicht unterscheiden, ob jemandes Vorfahren aus China oder Vietnam stammten. Für sie waren *Schlitzaugen* definitiv *gelbe Scheiße.* Dabei bin ich nur zur Hälfte vietnamesischer Abstammung. Alles andere ist deutsch. Das war diesen schwachsinnigen Idioten egal. Die Welt ist gemein und Kinder sind gnadenlose Monster. Deshalb werde ich nie welche haben. Wenn es nach mir ginge, bräuchte niemand welche. Das Argument meiner Mutter, dann würde die Menschheit bald aussterben, kontere ich in schöner Regelmäßigkeit mit: Umso besser! Rassistische Kinder sind die verlängerten Waffen ihrer noch rassistischeren Eltern, für die ich immer das –

»Schlitzauge!«

Die Stimme kommt näher, ohne weiterzusprechen. Die knarrende Tür scheint leise aufzugehen. Ich beschleunige meinen Schritt, habe nur noch einen Gedanken im Kopf: Nichts wie weg von hier! Zurück bleibt ein Lachen wie Donner aus einer griechischen Tragödie in einer Inszenierung an einem schwäbischen Provinztheater. Ich hetze durch einen schummrigen Wald, hinter dessen Baumstämmen immer wieder Gesichter wie aufgequollene Schießscheiben oder Karnevalsmasken aus Pappe auftauchen. Und wieder verschwinden. Gesichter, deren Physiognomie nicht zu erkennen ist, dunkle Flächen vor einem dunklen Hintergrund. Schwarz in Schwarz. Bedrohlich. Obwohl sie schweigen, habe ich das Gefühl, sie wollen mir etwas sagen. Dass nicht nur ich, sondern der ganze Wald, mehr noch, die ganze Welt längst Bescheid weiß. Spießrutenlauf, kommt mir in den Sinn. Slalom ohne Ski im Sommer bei Nacht. Und dann: Zu viele Gedanken vermindern die Konzentration. Zu viel Nachdenken lenkt ab. Du bist nicht mehr bei der Sache!, höre ich mich sagen. Welche Sache?, denke ich. Wie zur Bestätigung streift mich ein Baum. Oder ich ihn? Noch einer.

Ich strauchle, stolpere, als hätte mir jemand ein Bein gestellt. Ein weiterer Baumstamm stellt sich mir aus dem verdammten Nichts heraus in den Weg. Verflucht! Ein Schrei. Ein Aufprall. Ich knalle gegen einen Stamm, gegen ein Gesicht, eine Maske und –

»… über weitere Anschlusszüge geben wir Ihnen rechtzeitig Bescheid.«

Ich bin wach. Offene Augen, ein Blick, Erleichterung.

Wald. Wiesen. Weizenfelder. Sonnenblumen. Deutschland. Vorbeiziehend, leicht verschwommen vor den Fenstern. Sommer. Sonne. Ein bayerischer Himmel wie ein Versprechen. Die Wolken scheinen von einer ungekannten Reinheit, die mich stutzen lässt, aber nicht rührt. Dabei fällt mir auf, dass mich gar nichts rührt. Berührt. Ich bin nicht zu Empathie fähig. Mitunter gefühllos. Das behauptet meine Mutter seit Kindheitstagen an.

Sie: »Mitleid, Mitgefühl, Herzlichkeit sind doch Fremdwörter für dich.« Dabei schaut sie, als wären es für sie nicht nur Fremdwörter, sondern eine unbekannte Sprache.

Ich: »Der Apfel fällt nicht weit vom Stamm.«

Der Blick zur Scheibe hinaus beruhigt mich. Ich sitze im Zugrestaurant auf dem Weg nach Österreich. Wien. Mir ist nicht genau klar, was ich da soll. Ein Auftrag, den ich unter keinen Umständen annehmen wollte, und trotzdem habe ich es getan. Worüber ich mich im Nachhinein noch immer ärgere. Wie blöd muss man sein, etwas zu tun, was man keinesfalls tun will. Oder wie abhängig. Es gibt wunde Punkte in einer Biografie, an denen getroffen alle Vorsätze wie ein Kartenhaus zusammenbrechen. Solch ein wunder Punkt ist der Anlass für meine Reise. Natürlich hätte ich sagen können: Was geht mich euer beschissenes Leben an? Ich habe mit meinem eigenen beschissenen Leben genug zu tun. Viel zu viel zu tun. Aber das ist ein Irrtum. Wenn die Familie ins

Spiel kommt, ist man nicht mehr nur für sich selbst verantwortlich. Meine Mutter ist Familie. Meine Mutter ist sogar Großfamilie. Sie fordert herrisch ihr Recht. Schon immer. Bis heute gelingt es mir nicht, mich dagegen zu wehren. In Gegenwart meiner Mutter werde ich zum kleinen Kind, bin ich noch immer das in die Windeln scheißende Baby. Jämmerlich!

»Darf ich?«

Ich erschrecke. Vor mir ein fremdes Gesicht. Eine Frau mit blondierten Haaren, die mich erwartungsvoll ansieht, als wäre sie im Auftrag meiner Mutter unterwegs. Sie lächelt. Ohne eine Reaktion abzuwarten, setzt sie sich mir gegenüber an den Tisch. Ich blicke sie an wie ein Orakel. Als wüsste sie alles über mich, als könnte sie all meine Fragen beantworten. Sie lächelt unverändert, nickt. Sie ist bestimmt 20 Jahre älter als ich. Attraktiv, gepflegt, teure Garderobe. In einen Geruch nach Weihrauch und Patchouli gehüllt, der mich an heilige Messen und Jugendsünden denken lässt. An irgendjemanden erinnert sie mich, ohne dass es mir einfallen will an wen. Ich blicke erneut zum Fenster hinaus. Plattling. Der Grenzübertritt naht.

»Fahren Sie auch nach Wien?«

Es ist eine Stimme, die gar nicht zu dieser Frau passen will. Sie ist zu jung für ihr Alter.

»Und Sie?«, frage ich.

»Sie waren schon länger nicht mehr unter Menschen, nicht wahr?«

»Wenn Mönche keine Menschen sind, dann haben Sie recht.«

Sie grinst und fixiert mich wie ein Insekt, um das sie gleich ihre lange Zunge wickelt.

»Sie meinen in Gesellschaft, draußen in der Welt, da wo schwachsinnige Kinder und erwachsene Monster sich gerne an armen Seelen mit asiatischen Gesichtszügen vergreifen, was?« Es hört sich für mich selbst wie auswendig gelernt an. Und in einer Welt voll alter, zu stark geschminkter Schachteln, würde ich am liebsten hinzufügen. Lasse es dann doch. Womöglich aus Angst, die Alte könnte es meiner Mutter petzen. Gleichzeitig hoffe ich, sie mit dieser brüsken Rede und einem dazu passenden Gesicht abzuschütteln. Doch sie lächelt erneut, signalisiert Zustimmung und nickt.

»Das merkt man.«

»Woran?«

»Wie Sie schauen.«

»Wie schaue ich denn?«

»Wie jemand, der sich fürchtet. Wie jemand, der aus dem Fenster blickt und dabei Angst hat, mit dem Fahrtwind fortgerissen zu werden.«

Ich klopfe gegen die Scheibe. »Dabei ist das Fenster nicht einmal auf.«

»Verzeihen Sie, aber ich möchte Sie nicht belästigen.« Komisch, denke ich, dass alle immer behaupten, einen eigentlich nicht belästigen zu wollen, und es dabei unentwegt tun.

»Trinken Sie ein Glas mit mir? Ich vermute mal, Sie trinken normalerweise nicht. Aber um sich an das raue Klima da draußen, an die schwachsinnigen Kinder und die Monster zu gewöhnen, muss man sich präparieren. Auch an die alten, zu stark geschminkten Schachteln, nicht wahr?« Jetzt klopft *sie* an die Scheibe. »Hierfür wäre ein Schluck vielleicht ratsam.«

Ich fühle mich ertappt.

Sie winkt den Kellner zu sich und bestellt zwei Gläser Rotwein, ohne überhaupt meine Zustimmung abzuwarten.

»Und Sie?«, frage ich.

»Was ich?«

»Wovor haben Sie Angst?«

Sie lächelt wieder. Gebleichte, ebenmäßige Zähne sind zu sehen, die mit ihren blondierten Haaren auffällig gut korrespondieren. »Vorm Fliegen! Vor schwarzen Katzen, vor der Zukunft, vor meinem Mann. Vor Wien.« Dann mit verändertem Tonfall, fast beschwingt: »Sehe ich aus, als hätte ich Angst?«

»Sie haben recht.« Ich versuche, sie zu irritieren. »Das Zurückkommen ist oft schwerer als das Weggehen.«

Sie beugt sich mir über den Tisch hinweg entgegen und sagt: »Sie wissen, wie Sie auf Frauen wirken, nicht wahr?«

»Auch wenn diese 20 Jahre älter sind?«

»Auch dann. Wenn ich wüsste, ob Sie Geld interessiert, würde ich Ihnen ein Geschäft vorschlagen.«

»Wenn ich nicht ahnen würde, dass Sie jeden über den Tisch ziehen, würde ich sogar annehmen.«

»Sie lügen«, kommt trocken von ihr.

»Und Sie sagen nicht die Wahrheit.«

»Womöglich verstehen wir uns deswegen so gut.«

»Sie glauben also, wir verstehen uns, was?«

»Ich glaube gar nichts. Höchstens, dass Sie ein erstaunlicher junger Mann sind, dessen Mutter nicht das einzige Problem ist.«

Ich wusste es! Ich wusste es, dass sie irgendetwas mit meiner Mutter zu tun haben muss. Ich versuche, mir nichts anmerken zu lassen, und schweige. Sie macht den Eindruck, als würde sie die kurzzeitige Stille genießen. Sie kommt mir wie eine allwissende Lehrerin vor, die mit einem ihrer dummdreisten Schüler ein schäbiges Spiel spielt. Das stört mich. Das stört mich extrem an ihr.

»Ist das Zufall oder Absicht?«, unterbreche ich mein Schweigen und sehe sie dabei herausfordernd an. Mein Blick wandert zwischen ihren Augen, dem Mund und dem

Dekolleté hin und her und gibt ihr zu verstehen: Ihr Geld interessiert mich nicht, aber mit Ihrem Körper kann ich trotzdem etwas anfangen.

»Es gibt keine Zufälle«, sagt sie, wie man sagt, du bist schuld. »Wie lange bleiben Sie in Wien?«

»Weiß nicht. Bis ich fertig bin.«

»Womit?«

»Wenn ich das wüsste.«

»Klingt interessant.«

»Oder gefährlich, wie Sie wollen.«

»Was wollen *Sie*?« Jetzt habe ich das Gefühl, dass ihr Blick an mir entlang wandert wie an einem toten Stück Fleisch.

»Lebt *Ihre* Mutter eigentlich noch?«, frage ich.

»Nein.«

»Dann können Sie das nicht verstehen.«

»Ich habe einen herrischen Mann.«

»Das ist etwas anderes.«

»Das glauben *Sie*.«

»Von Ihrem Mann können Sie sich trennen, sich scheiden lassen.«

»Ja, natürlich.« Ein bitteres Lachen kommt aus ihrem Mund. »Und Sie können Ihre Mutter … wie soll ich sagen … entsorgen?« Sie scheint nicht ganz zufrieden mit dieser Formulierung.

»Sie kennen meine Mutter nicht.«

»Und Sie meinen Mann nicht.«

»Prost!«

Sie hebt ihr Glas und stößt es so heftig an meines, dass es unangenehm klirrt. »Ich mag Sie.«

»Soll ich ehrlich sein?« Wieder wandert mein Blick zwischen Augen, Mund und Dekolleté, und ich lege eine völlig überflüssige, nach Bedeutung gierende Pause ein. »Ich Sie nicht.«

Sie lacht, als würde sie mich von nun an noch mehr mögen.

Anschließend sehen wir gemeinsam lange aus dem Fenster. Die vorbeiziehende Landschaft bietet Halt. Ich bilde mir ein, sie seufzen zu hören.

»Sie entschuldigen mich?« Ich stehe auf und gehe durch das Bordrestaurant in Richtung Toilette. Der Wein wirkt. Ich spüre, wie sich meine Beine anders anfühlen. Leichter, weicher, auch weniger trittsicher. Ich stoße gegen einen Tisch im Restaurant, entschuldige mich halbherzig und setze meinen Gang fort. Dabei werde ich immer wieder gegen die Scheiben und die Zugabteile gedrückt. Ich bin froh, als ich endlich die Toilette erreiche.

Mir ist schlecht, schwindlig. Beim Blick in den Spiegel muss ich an meinen Vater denken. Ich habe Ähnlichkeit mit ihm auf dem Sterbebett.

Ich setze mich auf den zugeklappten Klodeckel und kotze mir vor die Füße. Es geht ganz schnell. So schnell, dass es mir nicht mehr möglich ist aufzustehen, den Deckel hochzuheben und in die Schüssel zu speien. Danach fühle ich mich sofort besser. Ich spüle mir mit Wasser den Mund aus, wische ihn mit den nach Kompost riechenden Papierhandtüchern ab, wobei die Hälfte zu Boden fällt, und versuche anschließend, der Toilette zu entkommen. Was gar nicht so einfach ist, da mich der Zug immer wieder gegen die Wände schleudert. Endlich auf dem Zuggang angekommen gehorchen mir meine Beine besser, trotzdem habe ich noch immer das Gefühl, irgendetwas ist anders mit mir. Im Bordrestaurant zurück beschleicht mich der Eindruck, der Kellner habe sich bereits Sorgen gemacht, er sieht mich mit einem fragenden Blick an. Womöglich liegt es an meiner Gesichtsfarbe. Die Frau am Tisch wirkt weniger besorgt als belustigt.

»Alles in Ordnung?«, fragt sie grinsend, als wäre sie über die vergangenen Minuten bestens unterrichtet.

»Soll das ein Witz sein?« Ich versuche erst gar nicht, ihr etwas vorzuspielen. »Was war im Wein?« Am liebsten würde ich ihr das Grinsen aus dem Gesicht schlagen.

Sie winkt dem Kellner zu, der daraufhin nochmals zwei Gläser Rotwein an unseren Tisch bringt. Zuerst nimmt die Frau einen Schluck aus ihrem Glas, dann aus meinem. Ein Lippenstiftrest bleibt wie ein Geschenk zurück.

»Prost.« Ich greife nach ihrem Glas und ärgere mich über meine Paranoia.

Ich erwarte ihren Fuß an meinem Bein unterm Tisch. Als der ausbleibt, blicke ich wieder aus dem Fenster. Kurze Zeit später schließt sie sich mir an. Dieses gemeinsame Gesehene schafft Vertrautheit. Häuser, nichts als Häuser, eine Stadt. Erneut glaube ich, sie seufzen zu hören.

»Wir erreichen jetzt in Kürze unseren Endbahnhof Wien West. Der Zug endet hier. Wir bitten, alle Fahrgäste auszusteigen. Wir bedanken uns für Ihre Reise mit der ÖBB und wünschen Ihnen einen schönen Aufenthalt.«

»Wenn Sie es sich noch mal überlegen sollten, wegen des Geschäfts, ich warte.«

»Wo finde ich Sie?«

»Das herauszufinden wird jemandem wie Ihnen allemal gelingen, nicht wahr?«

»Womöglich.«

Es ist seltsam, aber ich habe das Gefühl, dass ich in ihrer Gegenwart alles sagen kann, nichts verheimlichen muss. Vielleicht weil es überhaupt nicht wichtig ist.

»Ja, vielleicht.«

Sie greift nach meiner Hand.

»Was könnte diese schöne Hand alles Schönes anrichten.«

»Und Hässliches.«

Sie führt meine Hand an ihren Mund und berührt mit ihren Lippen ganz leicht meine Finger.

Anschließend tippt sie mit ihren Fingern an meine Stirn.

»Wo haben Sie eigentlich die kleine Schramme her?«

Von einer Schramme ist mir nichts bekannt. Ohne sich zu verabschieden, steht sie auf und verschwindet. An meiner Stirn befindet sich tatsächlich ein kleiner verkrusteter Riss, als hätte ich den Kopf gegen die Scheibe geschlagen.

Auch ich steige aus, als Letzter. Der Bahnsteig lichtet sich, die Menschen zerstreuen sich wie aufgebrachtes Wild. Zurück bleibt ein Mann in einem dunklen Anzug und einem Pappschild vor der Brust. Auf dem Schild steht in wackeligen Großbuchstaben: *HAI*. Der Akzent auf dem A fehlt.

Als ich den Mann sehe, weiß ich, er trifft genau den Geschmack meiner Mutter. Eigentlich hätte ich sofort umkehren müssen. Aber noch ehe ich reagieren kann, bin ich schon in die Fänge des Rechtsanwalts Dr. Wittlich gelangt und seiner servilen Bestimmtheit ausgeliefert.

»Habe die Ehre!«

## DU

Du hast keine Zukunft. Du weißt, dass du eingemauert in diesem verfluchten schwarzen Kellerloch keine Zukunft hast. Nur die Vergangenheit bleibt, um zu überleben. Die Erinnerung. Du musst dich erinnern, um nicht zu sterben. Solange du dich erinnerst, stirbst du nicht, denkst du. Du versuchst dich zu erinnern. Es fällt dir schwer. Warum kannst du dich nicht an früher erinnern?, denkst du. Deine Erinnerung reicht nicht weit zurück. Ein, zwei Wochen höchstens. Und auch nur, wenn du dich darauf konzentrierst. Wenn es dir gelingt, die Dunkelheit, die Kälte, deine gegenwärtige aussichtslose Situation völlig zu ignorieren, um dich zu sammeln und dich ganz auf die Bilder in deinem Kopf zu fokussieren.

Erinnerungsfetzen kehren zurück. Aus den letzten zwei Wochen. Du versuchst, die Tage vor deinem Blackout minutiös zu rekonstruieren. Je länger du in dieser stinkenden albtraumartigen Höhle sitzt, umso besser gelingt es dir schließlich.

Der Streit im Institut mit Stefan fällt dir ein. Er behauptete, dass du dich in etwas verrannt hättest. Stefan! Du wirst wehmütig. Ohne Grund. Stefan war dein williges Spielzeug, das sich in einen abstrusen, völlig konstruierten Gedanken manövriert und sich dabei selbst falsch ein- oder besser überschätzt. Was für jämmerliche Kreaturen Männer sein können, denkst du, auch wenn sie noch so gebildet und intelligent scheinen. Nur weil zwischen ihren Beinen etwas Fleisch baumelt, das gelegentlich steht, verlieren sie gleich den Kopf, wenn sich derselbige mit zwei jungen, straffen Brüsten füllt. Dabei geht die Würde, der Respekt und alles, was die menschliche Spezies von der des Tieres unterscheidet, verloren. Obgleich Stefan nackt auf allen vieren mit Halsband und Knebel im Mund in deiner Küche eher an einen gedemütigten Straßenköter erinnerte als an einen Mann mit akademischer Auszeichnung. Gar mit dem Grad eines Professor. Stefan! Er beteuerte in einem letzten Gespräch in seinem Büro, dass dir die wissenschaftliche Objektivität abhandengekommen wäre. So ein Schwachsinn, denkst du, es geht doch nicht um derartig abgedroschene Begriffe. Es geht darum, endlich ein Verbrechen aufzuklären. Womöglich ist er nur neidisch, denkst du, die wissenschaftliche Konkurrenz ist nicht zu unterschätzen. Obgleich Stefan es gar nicht nötig hätte, dich zu beneiden, weil er schon da ist, wo du hinwillst. Professor. Der Streit mit Stefan ging dir an die Nieren. Nicht seinetwegen, denn dir liegt nichts an ihm. Was kann einem schon an einem gedemütigten Straßenköter liegen. Höchstens Mitleid, mehr nicht. Aber für Mitleid warst du noch nie empfänglich. Du versuchst zu widersprechen, es abzustreiten, und weißt doch, dass es stimmt. Er war für dich nur ein Mittel. Warum ihn nicht benutzen, um dein Ziel zu erreichen? Das, was dir bis vor Kurzem am wichtigsten erschien?

Als Mann hat er dich nicht interessiert. Männer interessieren dich schon lange nicht mehr. Es ging aber nur so. Nur durch das alberne Geschlechterspiel war er zu knacken. Einen 30 Jahre älteren, noch dazu verheirateten Mann zu verführen, fiel dir nicht schwer. Im Bett war er eine Niete. Einfallslos, kurzatmig, akademisch. Es dauerte nicht lang, bis er abhängig von dir war. Er wurde sentimental, klingelte nachts alkoholisiert an deiner Tür. Und als du ihn nicht mehr brauchtest, ließt du ihn fallen. Er warnte dich, sagte, du solltest es nicht auf die Spitze treiben, bis er dir schließlich vorschlug, dir einen anderen Doktorvater zu suchen.

Du hast ihn nur herablassend angelächelt und entgegnet: »Es gibt Angelegenheiten, in denen kann man nicht mehr zurück, Stefan.« Dabei hast du ihm mit der einen Hand in den Schritt gefasst und mit der anderen – wie einem unartigen Kind – über sein schütteres Haar gestrichen. Dann hast du dich umgedreht und bist gegangen.

Das war ein Fehler. Das hättest du nicht tun dürfen. Es war nicht der letzte, der dir unterlief. Kein Wunder, dass du dich immer weiter ins Abseits manövriert hast. Aus Überheblichkeit, aus Ignoranz, aus Fehleinschätzung und falscher Selbstwahrnehmung. Du hast geglaubt, alles laufe nach Plan. Als du dann doch nicht vorankamst, keine eindeutigen Resultate erzielen konntest, war deine Verzweiflung grenzenlos. Du warst in einer Sackgasse. Du glaubtest, es nicht zu schaffen. Jahrzehnte hatte es niemand geschafft. Dabei ging es dir nicht nur um die Aufdeckung dieses historischen Verbrechens. Das war doch nur ein Vorwand, nicht wahr? Dir ging es letztendlich um etwas ganz anderes, stimmt's?

## ICH

Wien. Burgtheater, Prater, Hawelka, Naschmarkt, Fiaker, Sachertorte, Strudelhofstiege, Heurigen, Wolfgang Ambross, *Schifoan!*, Schönbrunn, Stephansdom, Der dritte Mann, Der Herr Karl, Opernball, Mehlspeise, Falco, *Amadeus, Amadeus*, Qualtinger, Kreisler, Schubert, Mozart, Thomas Bernhard, Egon Schiele, Sigmund Freud, Ernst Happel, Hermes Phettberg, *Es lebe der Zentralfriedhof*, Wien! – Das sind die Assoziationen, die Gedankenschnipsel, die mir beim Blick aus dem Seitenfenster des Wagens durch den Kopf schwirren. Während Rechtsanwalt Dr. Wittlich wie eine gesenkte Sau durch die Straßen heizt und dabei vor sich hinflucht, als wären alle anderen Verkehrsteilnehmer Volltrottel. Ich zerbreche mir die ganze Zeit über den Kopf, ob ich Dr. Wittlich schon einmal gesehen habe. Er kommt mir verdammt bekannt vor. Womöglich war er einer der ständig wechselnden Liebhaber meiner Mutter. Damals in meiner Jugend, nachdem meine Mutter mit mir und ohne meinen Vater nach dem Fall der Mauer die DDR verlassen hatte, um im Schwäbischen anzuheuern. Ganz sicher sogar. Je länger ich in diesem französischen Mittelklassewagen sitze, in dem es penetrant nach künstlicher Pfefferminze stinkt, was offenbar vom schaukelnden Duftbäumchen am Innenspiegel herrührt, umso vertrauter kommt mir das Gesicht des Anwalts vor. Ich überlege, ihn zu fragen, woher er meine Mutter kennt, verwerfe es aber im letzten Moment und will stattdessen wissen, *seit wann* er meine Mutter kennt.

»Erstaunlich«, sagt er. »Und ich dachte schon, Sie fragen mich, *woher* ich sie kenne.« Er sieht mir an, dass ich es bereits weiß. »Ich kenne sie schon sehr lange, da waren Sie so groß.« Er zeigt mit der Hand auf die Höhe des Schalthebels und lacht. Es ist ein breites Wiener Lachen und klingt wie das von – Gott hab ihn selig – Helmut Qualtinger. »Vermutlich waren Sie damals noch zu klein, um sich daran zu erinnern, stimmt's?«

Was weiß ich! Ich hebe die Schultern und zeige dem Anwalt, dass mich diese Geschichten nicht interessieren, indem ich meinen Blick erneut nach draußen auf den Wiener Sommer richte. Ich sehe eine Stadt, die mit meinen Assoziationen nichts gemein hat. Das angelesene Klischee von der Langsamkeit und Bedächtigkeit der österreichischen Hauptstadt finde ich nicht wieder. Hektisches Gewusel auf den Gehsteigen. Darunter ausnahmslos schöne Frauen, mit schönen Körpern, schönen Gesichtern; alles schön, wie mir scheint. Viele mit osteuropäischer Physiognomie, deren Attraktivität mich betört. Was ich sehe, löst tief in mir vergrabene Instinkte aus. Kaum verhüllte weibliche Körperteile in Bewegung versuchen, sich meiner Gedanken zu bemächtigen. Fängt das schon wieder an, verdammte Scheiße! Kaum bin ich der Einöde entrissen, kaum verlasse ich die selbstverordnete klösterliche Abgeschiedenheit, drohe ich, in alte, längst überwunden geglaubte Verhaltensmuster zurückzufallen. Ich entreiße meinen Blick der überall lauernden Versuchung und richte ihn erneut auf das Innere des Citroën.

»Lassen wir die Vergangenheit ruhen, wenden wir uns der Gegenwart zu«, sagt der Anwalt floskelhaft. Aus seinem Mund mutet es wie der Wahlslogan der Freiheitlich Liberalen an. Womöglich ist Dr. Wittlich nicht nur Anwalt, sondern auch deren Kassenwart. Zumindest entspricht er dem Klischee. Mit fortschreitendem Gespräch wird der Fahrstil des Anwalts versöhnlicher. Er flucht weniger und fährt nicht mehr ganz so riskant.

»Linda Prohaska ist seit zwei Wochen spurlos verschwunden«, sagt er bestimmt.

Ich warte auf eine nähere Erklärung. Nachdem nichts mehr kommt, antworte ich, ohne ihn dabei anzusehen: »Es verschwinden täglich Menschen. Die meisten tauchen bereits nach Tagen, spätestens nach ein paar Wochen wieder auf. Manche bleiben ein Jahr verschwunden und sind dann plötzlich wieder da.«

Dr. Wittlich sieht aus, als wäre ihm soeben klar geworden, dass er mit mir den Falschen für den Fall engagiert hat. »Haben Sie bei der Polizei gearbeitet?« Der bestimmte Tonfall weicht einem vertrauteren.

»Warum?«

»Ich erinnere mich nicht mehr genau, aber meinte nicht Ihre Mutter, dass Sie …«

Ich falle ihm ins Wort. »Bitte! Herr Dr. Wittlich! Können wir uns darauf verständigen, dass Sie ab jetzt meine Mutter ein für alle Mal aus dem Spiel lassen?«

Der Anwalt blickt irritiert zu mir herüber: »Entschuldigen Sie bitte, aber es war doch Ihre Mutter, die …«

»STOPP!«

Dr. Wittlich erschrickt, steigt intuitiv auf die Bremse, der Wagen hält abrupt an. Hinter uns wird gehupt. Wittlich flucht in tiefstem Wienerisch, unklar, ob über mich oder die protestierenden Verkehrsteilnehmer.

»Einverstanden?«

»Meinetwegen.« Er klingt nun wieder ganz professionell, aber die Irritation ist ihm noch immer anzusehen. »Wo waren wir?«

»Das Verschwinden einer Person ist nichts Ungewöhnliches«, sage ich und hoffe, dem Fall doch noch zu entkommen.

»Sie reden, als wären Sie tatsächlich von der Polizei. Exakt das Gleiche sagte auch Hauptkommissar Schweiger von der Wiener Kripo. Die Polizei glaubt nicht an ein Verbrechen.«

Klar, denke ich, für die Polizei bedeutet Verbrechen Arbeit. Und Arbeit bedeutet Stress, Druck von den Vorgesetzten, der Öffentlichkeit, den Medien, Überstunden, Urlaubssperre und die ganze Scheiße. Die meisten Beamten sind viel zu bequem, um sich von kurzzeitig verschwundenen Gören aufscheuchen zu lassen.

»Die Familie hingegen ist gespalten. Die Eltern vermuten, dass ihrer Tochter etwas zugestoßen ist. Ihr Bruder wiederum will nicht glauben, dass seine Schwester verschwunden ist. Ich meine, er geht nicht davon aus, dass Linda, die sich in letzter Zeit ohnehin ihrer Familie zunehmend entzogen hat, entführt wurde. Verstehen Sie?«

Er sieht mich an, als säße neben ihm ein begriffsstutziges Kleinkind, dem man nicht nur die Sachlage dieses Falles, sondern die hochkomplexe Welt erklären müsste, die es eh nie begreifen wird. Vielleicht glaubt er aber auch nur, wer Bulle ist oder war, ist prinzipiell schwer von Begriff. Wieder kommt mir der Gedanke, dass er es wahrscheinlich bereut, mich engagiert zu haben.

»Es gibt keine Lösegeldforderung. Keine Indizien, die auf ein Verbrechen hindeuten. Auch kein Anzeichen auf mögliche Täter.« Drei Finger seiner rechten Hand zeigen in die Luft und berühren beinahe das stinkende Duftbäumchen.

»Ist die Familie wohlhabend?«

»Ich denke, eine Million wäre sie sicher bereit und auch imstande für ihre Tochter auf den Tisch zu legen.«

Er lässt die Finger in der Faust verschwinden. Wer eine Million für die verschwundene Tochter aufbringen kann, ist wohlhabend!

»Der Bruder geht davon aus, dass Linda für einige Zeit abgetaucht ist, ohne ihnen Bescheid zu geben.«

Womöglich wohlhabend und geizig.

»Gäbe es hierfür einen Grund?«

»Schwierig. Sie sagten ja bereits, dass viele Menschen freiwillig einfach so verschwinden. Auch Sie haben sich nach ihrem letzten Fall, wie mir Ihre Mutter …« Er schaut mich entschuldigend an. »Verzeihen Sie, aber, nun, wie soll ich sagen, haben Sie sich nicht ebenfalls für längere Zeit in ein Kloster abgesetzt, ohne jemandem …«

»Gibt's nicht für jeden immer wieder Gründe, einfach abzutauchen?«, unterbreche ich ihn. Er scheint mir dankbar zu sein.

»Sie haben recht. Nur die Eltern der Vermissten sind da anderer Ansicht. Sie sind sich sicher, dass Linda verschleppt wurde.«

»Warum eigentlich, wenn es hierfür keine Indizien gibt?«

»Sie wollen nicht glauben, dass ihre Tochter einfach so verschwindet.«

»Haben *Sie* Linda schon abgeschrieben?«

»Ich? Warum?«

»Wie es scheint, wollen Sie, dass ich herausfinde, *warum* Linda verschwunden ist. Sie zu finden, scheint weniger wichtig zu sein.«

»Nein, nein, so war das nicht gemeint. Ich denke, wenn Sie rausbekommen, warum sie entführt wurde, dann lässt das auf die Täter schließen und mit ein wenig Glück auch auf Lindas Aufenthaltsort.«

»Mit viel Glück.«

Als wolle er noch am vielen Glück zweifeln, sagt er: »Ich glaube, meine Mandanten gehen vom Schlimmsten aus. Sie sind davon überzeugt, dass ihre Tochter nicht nur entführt wurde, sondern auch mit dem Tode bedroht wird.«

Wieder schiebt sich eine elendig lange Pause in seinen Gesprächsfluss. Als die nicht enden will, frage ich: »Was macht Linda eigentlich beruflich?«

»Sie arbeitet an der Uni, hat da eine Assistentenstelle und promoviert gleichzeitig.«

»Studiengang?«

»Politikwissenschaft. Ich habe Ihnen alles über sie in einer Mappe zusammengestellt. Die gebe ich Ihnen, wenn wir da sind.«

»Wo fahren wir eigentlich hin?«

»Lassen Sie sich überraschen. Ihre Eltern glauben im Übrigen …«

Scheiße! Es fällt mir ein! Scheiße, ja! Ich kann mich wieder erinnern, als hätte das nach Pfefferminze vor sich hin stinkende Duftbäumchen am Spiegel eine hypnotische Wirkung. Meine Stirn reichte nicht erst bis zum Schalthebel, sondern weit darüber hinaus. Ich war damals zwölf und Dr. Wittlich hieß Ritschi, fuhr einen französischen Sportwagen und kam immer zu uns, wenn ich schon im Bett war, sodass ich ihn kurz vor dem Einschlafen nur hörte und nie sah. Bis auf einmal, als ich aufwachte, weil meine Blase, voll vom vielen Apfelsaft beim Abendbrot, wie verrückt drückte. Entweder ins Bett pullern oder heimlich, ohne das Licht anzumachen, aufs Klo, dachte ich und schlich schlaftrunken durch den dunklen Flur. Die Wohnzimmertür war nur angelehnt. Ein Lichtstreifen blinzelte an der Tür vorbei in den Flur. Vom Licht und den Stimmen hinter der Tür ebenso neugierig wie magisch angezogen blieb ich am Spalt stehen. Ich war schlagartig wach. Mir verschlug es den Atem. Blut schoss mir in den Kopf, sodass er wie ein Lötkolben glühte. Mit weit aufgerissenen Kinderaugen sah ich, ohne dass sich auch nur ein einziges Mal mein Lid dazwischenschob, Ritschi mit nacktem Oberkörper und nur mit einer lächerlichen Unterhose bekleidet, auf der sich bunte Comicfiguren befanden, auf der Couch sitzen. Donald Duck, seine Neffen, Tick, Trick und Track, und Daisy. Meine Mutter stand im BH und Slip daneben. Beide sahen aus wie einer Filmszene entstiegen, einem Horrorstreifen, wie ich ihn heimlich kurz zuvor im Fernsehen gesehen hatte. *Rosmary's Baby*. Mia Farrow und John Cassavetes. Ich hoffte, dass das vor meinen Augen im Türspalt alles ein beschissener Albtraum wäre und dass ich nicht auf dem Weg zur Toilette, sondern noch immer träumend im Bett liegen würde. Das kann gar nichts anderes als ein Traum sein, dachte ich, einer dieser beknackten Albträume mit meiner Mutter als Protagonistin – gleich wache ich auf und alles ist anders: kein Lichtschimmer, kein Wohnzimmer, kein Donald Duck, keine Neffen, kein Ritschi in Shorts und keine Mutter. Natürlich fiel mir schnell auf, dass meine Mutter für einen Traum dann doch zu gegenwärtig war. Sie sah aus, als würde sie Ritschi gleich in mundgerechte Häppchen zerlegen und dann verspeisen. Ritschi wirkte in seinen läppischen Shorts und den spärlichen Haaren auf der käsigen Brust wie ein kleiner Hosenscheißer kurz vor dem vernichtenden Tadel der strengen Lehrerin.

»Bitte, Susanne, ich liebe dich doch!« Ritschi sah nicht nur lächerlich, sondern auch verzweifelt aus. Was meine Mutter nicht zu beeindrucken schien. Sie lachte verächtlich. Wie immer eben.

»Liebe, dazu bist du doch gar nicht fähig. Bumsen willst du, nur bumsen. Mich. Und alle anderen auch. Aber damit ist jetzt Schluss! Wenn, dann bumse ich dich, merk dir das.«

Dann scheuerte sie ihm eine. Und er sagte artig: »Danke.« Danke, als wäre Mama Jesus und die Ohrfeige die Absolution.

Ich bin schnell wieder zurück ins Bett, ohne vorher aufs Klo zu gehen. Am nächsten Morgen war mein Bett nass und ich versuchte, das Laken, aus Angst vor meiner Mutter, mit meinem Körper zu trocknen. Anschließend wollte ich alles vergessen. Was anfänglich nicht gelang. Dann schon. Bis jetzt. Jetzt nicht mehr.

»Na, Danke.«

»Was?«, fragt Dr. Wittlich, »Was haben Sie gesagt?«

»Nichts.« Ich zeige zur Windschutzscheibe hinaus. »Was sind denn das für Wahlplakate, die da draußen überall herumhängen?«

»Ende September sind in Österreich Nationalratswahlen.«

»Und was wählen Sie?«

Er zwinkert mir vielsagend zu.

»Wie heißen Sie eigentlich mit Vornamen?«

Er überlegt, als vermute er hinter der Frage irgendetwas anderes.

»Richard. Aber wenn Sie wollen, können Sie mich Ritschi nennen.«

»Lieber nicht.«

# ICH

Wien, 6. Gemeindebezirk, dritter Stock, Altbau, kein Aufzug. Scheiße! Als ich oben ankomme, bin ich erschöpft.

Einer meiner rechten hinteren Backenzähne schmerzt. Ich kann mir nicht vorstellen, dass es einen Zusammenhang gibt.

Der Anwalt schließt die Wohnungstür auf. Ich merke ihm an, dass ihm nicht wohl bei der ganzen Sache ist.

»Wem gehört die Wohnung?«

»Meinem Sohn. Er ist für drei Monate bei einem Praktikum in Deutschland. Sie können hier wohnen.«

Drei Zimmer, Küche, Bad. Im Flur an der Garderobe hängt eine Joggingjacke mit Kapuze. Auf der Brust steht *Burgenland*. Mehrere Turnschuhe sind in einen offenen Schuhschrank an der Wand einsortiert.

»Was ist das für ein Praktikum?«

»Bei einer karitativen Einrichtung. Mein Sohn studiert Sozialpädagogik.« Er verzieht das Gesicht. »Mir wäre Jura lieber gewesen. Oder Betriebswirtschaftslehre. Etwas mit Zukunft eben. Aber der Junge hat seinen eigenen Kopf.«

Die Küche ist geräumig und wirkt ordentlich. Kein schmutziges Geschirr, keine herumliegenden Lebensmittel. Ein anständiger Junge, denke ich und zeige auf ein Foto, das mit einem bunten Magneten am Kühlschrank befestigt ist.

»Ist er das?« Ein schöner junger Mann mit nacktem Oberkörper ist darauf abgebildet.

Dr. Wittlich schüttelt den Kopf. Sein Mund wird zu einem Strich.

»Das ist ein Freund von Paul.«

Ich lächle, denke: schwul und damit noch schlimmer als Sozialpädagogik.

Ein Wohnzimmer. Flachbildschirm. Couchgarnitur. Niedriger Glastisch. Ein großer schwarzer Schrank mit Lamellentüren. Vermutlich von Ikea.

»Die Couch können Sie ausklappen. Bettzeug müsste im Schrank sein.«

Ein großes Zimmer, darin ein Bett, viele Bücher in Regalen, Pflanzen, zwei Sessel. Alles wirkt aufgeräumt. An der Wand zwei Poster von jungen, gut aussehenden Männern. Ebenfalls halb nackt, durchtrainiert und schön. Homo-Träume.

Das ist eine Homo-Bude, denke ich. Dem Anwalt scheint der Anblick unangenehm zu sein. Mich wundert, dass er vorher nicht aufgeräumt und alles Schwule versteckt hatte. Womöglich hatte er sich nicht getraut, und in dieser Vater-Sohn-Beziehung hat eindeutig der Sohnemann die Hosen an.

Auf dem Weg zurück zur Küche kommen wir an einem weiteren, höchstens zehn Quadratmeter großen Zimmer vorbei, dessen Tür halb offen steht. Es ist fast leer. Nur eine Matratze liegt auf dem Boden, verstreut darum herum ein paar Klamotten. Es hat ganz den Anschein, als ob Paul sich die Wohnung mit jemand anderem teilen würde. An den Wänden des Zimmers hängen unterschiedlich große Plakate und Fotos von jungen, jetzt nicht mehr nur halb nackten, sondern völlig nackten Männern. Die weniger softe Variante. Hardcore-Pornobilder. Sexuelle Träume eines Pubertierenden, wie mir scheint.

»Und wer wohnt hier?«

»Wer soll denn hier wohnen?« Dem Anwalt wird die Situation zunehmend unangenehm.

»Hier wohnt doch noch jemand.« Ich zeige auf die Schmutzwäsche am Boden. »Zumindest sieht es so aus.«

»Weiß nicht. Ich weiß nur, dass mein Sohn hier wohnt.« Er sieht mich an, als wäre sein Sohn nicht nur schwul, sondern auch geistesgestört.

»Lassen Sie uns zurück in die Küche gehen.« Er schließt die Tür des Zimmers und schiebt mich den Flur entlang. Zurück in der Küche nimmt er einen Ordner aus seiner Aktentasche und legt ihn auf den Tisch.

»Hier ist alles drin, was Sie wissen müssen.«

Ich schlage den Ordner auf. Die junge Fau auf dem Bild sieht mich an. Nicht schön, eher verbissen, eine, die auf den ersten Blick unzufrieden wirkt.

»Ist sie das?«

»Ja, Linda Prohaska, 25 Jahre alt und seit zwei Wochen verschwunden.«

Er legt einen Briefumschlag auf den Tisch.

»Hier ist Ihr Vorschuss. Den Rest bekommen Sie, wenn Sie den Auftrag erledigt haben.«

Ich wage einen Blick in das Kuvert. Davon lässt sich eine Zeit lang unbeschwert leben.

»Einverstanden?«

»Einverstanden.«

# 2. KAPITEL

»Du hasst mich. Du hasst mich genauso wie dich selber. Du hasst mich und alles um dich. Du bestehst nur aus Hass.«
»Das stimmt nicht.«

*Das Schweigen, Ingmar Bergmann*

# ES

Es ist der 24. März 1945. Es ist Abend. Ein kalter Wind pfeift um das Gemäuer.

Im Schloss brennen alle Lichter. Die Schlossherrin hat die Abendgarderobe angelegt, Schuhe mit hohen Absätzen, Schmuck. Man feiert ein Fest, als solle dem bevorstehenden Ende getrotzt werden. Männer in Uniformen und örtliche Naziprominenz geben sich gut gelaunt, lachen und prosten sich zu. Es wird getrunken. Anzüglichkeiten werden ausgetauscht. Komplimente gemacht. Witze gerissen. Als gäbe es eine Verlobung zu feiern. Eine Hochzeit. Einen Sieg. Dabei müsste ihnen die Niederlage fratzenhaft ins Gesicht geschrieben stehen. Der Feind ist nicht weit von ihnen entfernt und rückt beharrlich näher. Fünf, sechs Tage noch und die Rote Armee steht im Schlosshof. Ungeachtet dessen hält die Gräfin im kleinen Festsaal eine flammende Rede, die gespickt mit pathetischem Vokabular den Zuhörern vor Rührung die Tränen in die Augenwinkel treibt.

Am Ende dankt die Gräfin, ebenfalls sichtlich berührt allen Anwesenden für ihre Treue, dann ihrem Gutsverwalter, anschließend dem Ortsgruppenleiter und zuletzt dem Führer. Nur ihren Ehemann, den Grafen erwähnt sie nicht. Während der Ansprache wird in der Küche geschuftet.

Sie kocht den Kalbsbraten, brät die Kartoffeln, schnippelt das Gemüse. Für so viele Gäste ist das eine enorme Anstrengung. Es dampft, brutzelt und zischt. Sie schwitzt, flucht innerlich, nicht früher mit den Vorbereitungen begonnen zu haben. Aber wenn man erst so spät darüber unterrichtet wird, denkt sie, kann man nun mal nicht zeitiger beginnen. Müssen die Herrschaften eben warten. Ob's der Gräfin passt oder nicht.

»Los, schneller«, feuert sie die Küchenhilfe und sich selbst an. »Wir haben keine Zeit!«

Schließlich wird das Essen doch noch pünktlich aufgetragen. Für Momente ist ein wenig Ruhe in der Küche eingekehrt. Sie beobachtet die Festgesellschaft durch den Spalt in der Tür hindurch, wie sie sich über die Köstlichkeiten hermacht. Manch einen Dorfbewohner aus Rechnitz erkennt sie. Der Gutsverwalter sitzt strahlend und schon leicht angetrunken neben der Gräfin, der Ortsgruppenleiter nicht minder erfreut links von ihr. Der Graf, der weniger beglückt zu sein scheint, sitzt an der Stirnseite schräg gegenüber, ganz mit dem Kalbsbraten beschäftigt.

Nach dem Essen wird das schmutzige Geschirr geschwind abgetragen, damit der Tanz beginnen kann. Eine Ziehharmonika spielt auf. Es wird viel gelacht, geklatscht und immer ausgelassener gejohlt. Der Alkohol fließt in Strömen.

Sie schuftet wieder in der Küche, wäscht ab, trocknet das Geschirr und bleibt neugierig, als müsste sie alles, was im Festsaal vor sich geht, für die Nachwelt festhalten. Sie erhascht durch den Spalt der geöffneten Küchentür immer wieder Bilder, Bildsequenzen, Satzfetzen und Ausschnitte der Feierlichkeit. Einmal sieht sie die Gräfin und den Gutsverwalter abseits der Festgesellschaft in einer schummrigen Ecke auf dem Flur beieinander stehen. Sie umarmen sich, scheinbar von niemandem bemerkt, und küssen sich, dass sie beschämt wegschaut. Ein anderes Mal erkennt sie den Ortsgruppenleiter, der ebenfalls auf dem Flur erscheint. Er ist aufgebracht und geht mit rotem Kopf telefonierend – den Apparat wie einen Hund an einer langen Leine – auf und ab. Er flucht in das Telefon, dass es bis in die Küche zu verstehen ist.

»Verdammte Schweinerei!« und »Ja, ja, machen wir, alles klar, Heil Hitler!«

Anschließend verlassen zehn Männer bewaffnet das Fest, während die anderen noch ausgelassener weiterfeiern. Bis plötzlich von weit her nicht enden wollende Gewehrsalven zu hören sind, die die Festgesellschaft kurzzeitig aus dem Konzept zu bringen scheinen.

Aber nur für Sekunden, denn schon wieder ertönt ein »Hoch lebe Margit!«.

Gläser klirren. Die Ziehharmonika spielt erneut. Der Tanz geht weiter.

Erst weit nach Mitternacht sind die abwesenden Männer zurück und fügen sich wieder nahtlos und tanzend in die Festgesellschaft ein.

Bis zum Morgengrauen wird gefeiert, während sie, weiterhin die Schürze um den Bauch, vor sich hindämmernd in der Küche neben dem Kachelofen auf einem unbequemen Stuhl ausharrt und noch immer die schon längst verklungenen Schüsse hört.

## DU

Um was geht es? Um was geht es dir, Linda?

Nein, bitte keine Ausflüchte jetzt. Du schweigst, du willst nicht antworten.

Okay. Dennoch kommst du um die Wahrheit nicht herum. Hör zu! Die Wahrheit ist: Es geht dir nur um dich selbst. Du schüttelst den Kopf. Du willst es dir nicht eingestehen, nicht zugeben.

Oh, doch, du brauchst es nicht abzustreiten. Jetzt nicht. Jetzt nicht mehr, in dieser aussichtslosen Situation. Wem willst du noch was vormachen? Was beweisen?

Es geht einzig und allein um dein kleines beschissenes Ego. Von Anfang an. Das Ego einer ewig zu kurz gekommenen. Stimmt's? Du kannst so lange deinen Kopf schütteln, wie du willst.

Du bist egoistisch und grob. Und rührselig!

Weinen ist feige. Weinen ist Kapitulation. Wein nicht! Noch bist du nicht so weit aufzugeben. Noch atmest du. Denkst du. An was denkst du?

An Nora? An Konstantin? An deine Familie? Oder doch nur an dich selbst?

Die letzte Begegnung mit deinem Bruder fällt dir ein. Damit fing dein Scheitern an. Er hat dir die Hand gereicht. Aber du hast ihm nur gegen das Schienbein getreten. Er hat dir ein Geschäft vorgeschlagen und du hast ihn beleidigt. Er hat dich gewarnt und du hast ihn verhöhnt. Jetzt wunderst du dich, dass alles anders kam, als von dir gedacht.

So wie man in den Wald hineinschreit – du weißt schon. Eine Plattitüde, ja, aber wahr. Jetzt hörst du das Schweigen. Die Nacht schweigt. Und die Tage auch. Aller Nächte. Und Tage. Und du gehst daran zugrunde. In diesem schwarzen Loch. In dieser Hölle. Wärst du gläubig, würdest du beten. Aber um beten zu können, muss man an Gott glauben. Du hast immer nur an dich geglaubt. Und daran, dass dieser Glaube nicht erst im Jenseits, sondern hier und heute erfüllt wird. Davon scheint wenig übrig geblieben zu sein. Nicht wahr?

Dir bleibt nichts anderes übrig, als nachzudenken, dich zu erinnern. An das, was war, was dich hierher gebracht hat.

Es ist die einzige Chance, die du jetzt noch hast, die dich am Leben hält. Wenn auch nur mehr für kurze Zeit.

## ICH

»Du sollst Vater und Mutter ehren!«

»Seit wann bist du gläubig?«

»Es geht nicht um mich.«

»Das ist ja was ganz Neues. Außerdem ist Vater tot.«

»Ich habe mit dem Abt gesprochen.«

»Du hast was?!«

»Er hat gesagt, dass du gefestigt wirkst und durchaus fähig bist, wieder zu arbeiten.«

»Das hat er nicht!«

»Oh doch.«

»Was fällt dir eigentlich ein, hinter meinem Rücken …«

»Hài! Ich brauche deine Hilfe.« Sie griff nach meinem Arm. »Bitte! Hör mir zu. Ein Freund, ein wirklich guter Freund, Rechtsanwalt Dr. Wittlich, hat mich gebeten, dich zu fragen, ob du einen Fall, einen wirklich verzwickten Fall annehmen würdest.«

»Nein.«

»Hài. Bitte, tu es mir zuliebe.«

»Warum?«

»Mir liegt viel an diesem Freund. Er behauptet, der herkömmliche Weg zur Aufklärung dieses Verbrechens sei erschöpft. Jetzt könntest nur mehr du helfen.«

»Nein.«

Und noch einmal:
»Du sollst Vater und Mutter ehren!«
»Seit wann bist du gläubig?«
»Es geht nicht um mich.«
»Das ist ja was ganz Neues.«
»Ich habe mit dem Abt gesprochen.«
»Du hast was?!«
»Er hat gesagt, dass du gefestigt wirkst und durchaus fähig, wieder zu arbeiten.«
Und so weiter. Und so weiter.
Es war wie eine Schallplatte, die hängen blieb. Entweder schien meine Mutter wirklich verzweifelt. Oder sie war von ihrer mütterlichen Dominanz nach wie vor überzeugt.
Sie weinte. Ich wollte es zuerst nicht glauben. Aber: Sie weinte! Meine Mutter weint nie, normalerweise. Deshalb konnten das unmöglich echte Tränen sein. Meine Mutter hat in meiner Gegenwart noch nie geweint. Wirklich geweint. Wenn dann höchstens aus Empörung. Wie damals in meiner Jugend, als ich vielleicht 16, 17 war. Ich beleidigte ihren damaligen Freund so sehr, dass er meiner Mutter gedroht hatte, sie zu verlassen, wenn ich mich ihm gegenüber nicht augenblicklich ändere. Ich änderte mich nicht, weder augenblicklich noch langfristig, was meine Mutter veranlasste, vor Zorn zu weinen und mir zu drohen, mich ins Internat abzuschieben. Zuvor verließ sie zum Glück den Freund, sodass das Internat kein Thema mehr war.
»Hilfst du mir?«
Ich fragte mich, warum das Ganze für sie so wichtig war. Oder ob es doch der Rechtsanwalt war, der es ihr angetan hatte.
»Bitte, hilf mir.« Sie fixierte mich wie die Spinne den Schmetterling, der verzweifelt mit den Flügeln schlägt und dennoch das Netz nicht abschütteln kann. Die Kraft ließ

nach. Ich merkte wie ich ihr erlag. Die Spinne kam auf mich zu und umwickelte mich mit ihrem Faden. Ich nickte. Sie lächelte. Es war ein hinterhältiges, berechnendes Lächeln.

Eine Stunde später fuhr sie mich zum Bahnhof nach Sigmaringen.

## ICH

Es ist mitten in der Nacht. Die Zahnschmerzen sind mittlerweile so heftig, dass nur mehr Alkohol in Kombination mit Paracetamol hilft. Ich kann mich nicht erinnern, wann ich das letzte Mal derartig höllische Zahnschmerzen hatte. Als Kind vielleicht.

Ich habe schon einen im Tee, als ich die Tür der Wohnung aufschließe. Aus einem der Zimmer sind Geräusche zu hören. Stöhnen. Stimmen. Die Tür ist nur angelehnt, aus dem Zimmer fällt ein schmaler Lichtstreifen in den dunklen Flur. Ich schleiche mehr über das Parkett, als dass ich gehe. Bleibe an der halb geöffneten Tür stehen und sehe zwei nackte junge Männer. Sie sind ineinander verkeilt und vögeln leidenschaftlich. Sie scheinen mich nicht zu bemerken. Seltsamerweise erregt es mich. Ich gehe weiter den Flur entlang in die Küche, öffne den Kühlschrank, nehme eine angebrochene Flasche Wodka heraus und schenke mir ein Glas ein. Ich zünde mir eine Zigarette an, rauche, trinke und höre den beiden beim Stöhnen, Flüstern und Schreien zu. So lange bis sie schlagartig verstummen. Das war's, denke ich, schenke mir ein erneutes Glas ein, stecke mir eine weitere Zigarette an und stoße auf die beiden an. Ich merke, wie ich immer betrunkener werde, als einer der jungen Männer splitternackt in der Küche auftaucht. Sein rasierter Schwanz ist noch halb erigiert. Offenbar ist ihm Scham fremd.

»Hey, ich bin Mark«, sagt er, geht zum Kühlschrank, holt eine Flasche Wasser heraus, öffnet sie, nimmt einen großen Schluck und bleibt dann neben mir am Tisch stehen.

»Paul hat mir gesagt, dass sein Alter hier jemand einquartieren würde.« Er schaut auf mich herunter. Sein Körper glänzt vor Schweiß, er riecht nach Sex. »Das bist also du.«

»Das bin ich, ja. Und wer bist du?«

»Ich bin Pauls Freund.« Er holt aus der Tischschublade ein Kuvert heraus, setzt sich neben mich und streut wortlos ein Häufchen weißes Pulver auf eine Postkarte. Er portioniert es in zwei Lines. Dann nimmt er einen zusammengrollten Geldschein und zieht sich eine halbe Line ins linke und eine halbe ins rechte Nasenloch. Er wirft den Geldschein auf den Tisch neben die Postkarte und sagt: »Bedien dich.« Dann steht er auf und verlässt wieder die Küche.

Ich nehme den Geldschein und ziehe mir die andere Line rein, während im Nebenzimmer wieder gevögelt wird. Kaum ist Mark verschwunden, taucht er erneut in der Küche auf. Dieses Mal ist sein Schwanz völlig erigiert.

»Wenn du Lust hast, kannst du mitmachen.«

»Ne, danke.«

»Okay, war nur so ’ne Idee.«

Er zieht wieder ab und ich gehe ins Bad, kippe einen Spritzer Badezusatz Fichtennadel in die Wanne, drehe das heiße Wasser auf, bis die Wanne voll ist und das Badezimmer von Dampf eingehüllt ist, dass ich kaum noch die eigene Hand vor dem Gesicht erkennen kann. Während im Nebenzimmer weiter heftig gebumst wird, ziehe ich mich aus, lege mich in die Wanne und masturbiere.

# DU

Du hast einen Fehler gemacht, Linda. Einen entscheidenden, sonst wärst du nicht hier. Ist dir das selbst schon aufgefallen? Du bist immer zur falschen Zeit am falschen Ort. Wie jetzt. Das hier ist der falscheste Ort zu allerfalschesten Zeit, den es nur gibt. Verstehst du? Du willst einfach nicht akzeptieren, dass du keine Chance hast. Nie eine hattest. Du hast immer dagegen aufbegehrt. Zuerst im Stillen. Dann lauthals. Du weißt, was mit demjenigen passiert, der schreit? Ihm wird der Mund zugehalten. Auch auf die Gefahr hin, dass er erstickt. Wie du jetzt. Du erstickst, Linda, ganz langsam und kannst dich selbst dabei beobachten. Grausig, nicht wahr?

Je länger du in diesem kalten stinkenden Loch in völliger Dunkelheit sitzt, umso weiter zurück reicht deine Erinnerung. Anfänglich war es dir nicht möglich, auch nur die letzten drei Tage Revue passieren zu lassen. Jetzt überschwemmen dich die Bilder der Vergangenheit. Die der Jugend. Kindheit. Du erinnerst dich wieder an die Zeit, als du noch klein warst. Ein Kind. Ein vernachlässigtes Kind. Ein wenig beachtetes. Ein hässliches. So kam es dir zumindest vor, nicht wahr? Und wer war schuld?

Na los, sag schon! Du weißt es. In deinen Augen sind immer die anderen schuld. Das stimmt doch, oder? Genau. Schuld war Nora. Deine Schwester. Deine vier Jahre jüngere Schwester. Nora. Sie war dir in allem voraus. Sie war jünger, intelligenter, schöner, schlanker als du und hatte die hübscheren Haare. Sie konnte alles besser als du. Wirklich alles. Du standst ständig in ihrem Schatten. Gleichzeitig neben dir. Du warst immer nur die zweite Wahl. Der erste missglückte Versuch deiner Eltern. Nur die Vorstufe zur Perfektion: Nora.

Ihr fiel alles in den Schoß. Was sie anpackte gelang. Ohne Mühe, wie von allein. Ein Glückskind. Ein Sonnenschein. Der Stolz der Familie. Die Kleine ganz groß.

Natürlich konnte sie selbst nichts dafür. Nora. Sie wollte nicht besser sein. Sie wollte sich nicht abheben, unterscheiden von allen anderen, von dir. Oft war es ihr unangenehm herauszuragen, bewundert zu werden. Anders zu sein, als die anderen. Intelligenter, schöner. Manchmal machte sie absichtlich Fehler, um dich gewinnen zu lassen. Beim Federballspiel zum Beispiel. Natürlich hast du es gemerkt und dich noch mehr geärgert. Ohne es dir anmerken zu lassen. Später schnitt sie sich ihre schönen, langen Haare ab, die alle immer bewunderten. Ihr Kopf wurde ganz kahl. Sie malte sich die Augen schwarz an und das Gesicht ganz weiß.

Du konntest ihr vieles nachsehen. Es war ja deine Schwester, deine jüngere Schwester, auf die du aufpassen solltest. Um die du dich kümmern musstest. Als sie dir in den Rücken fiel, heimtückisch und bösartig, wie du fandst, war es vorbei mit der schwesterlichen Zuneigung und Fürsorge. Ihren Verrat, und nichts anderes war es in deinen Augen, hast du ihr nie verziehen. Wirst du ihr auch nicht verzeihen, nicht wahr? Niemals.

## ICH

Der Dampf hat sich gelichtet. Der Schaum ist zusammengefallen. Das Wasser ist nur noch lauwarm. Die Zahnschmerzen sind weg. Was bleibt ihnen nach drei Paracetamol auch anderes übrig? Mein Sperma schwimmt an der Wasseroberfläche – einem Bandwurm gleich. Es riecht noch immer nach Wald. Ich liege seit fast einer Stunde in der Badewanne und versuche mich zu entspannen. Was nur unzureichend gelingt. Was überhaupt nicht gelingt. Mein Hirn rattert unaufhörlich. Ich turne gedanklich zwischen Mark, Paul, Dr. Wittlich, Linda, meiner Mutter und meiner Kindheit herum. Bis ich schließlich ganz in den Erinnerungen an früher versinke. Der Ursprung allen Unheils liegt in der Vergangenheit! Scheidungskinder sind für ihr Leben gezeichnet, heißt es. Ich bin nicht nur ein Scheidungskind, ich bin eins, das auch noch seine Mutter mit unzähligen Liebhabern teilen musste. Männer, die ich von Anfang an als Konkurrenten betrachtete, die ich weder mochte noch duldete, sondern permanent bekämpfte. Meine Mutter schlug sich immer auf die Seite ihrer Liebhaber und drohte mir ständig damit, mich ins Internat abzuschieben. Die Folge ist auf die Dauer nicht nur ein Mutter- und Frauenproblem, sondern auch ein Abgrenzungs- und Profilierungsproblem gegenüber Männern.

Mich beginnt es zu frösteln. Das Wasser ist kalt. Meine Haut ist ganz schrumplig.

Jetzt reicht's, denke ich, genug der trübsinnigen Gedankenmarter. Ich will mich gerade aus der Wanne hieven, da geht die Tür auf und Mark kommt ins Badezimmer. Er ist noch immer nackt.

»Das stört dich doch nicht, oder?«, sagt er, setzt sich auf die Toilette und pinkelt.

Ich liege in der Wanne und sehe ihm dabei zu.

»Und hast du sie schon gefunden?«, fragt er.

»Wen?«

»Linda.«

»Du kennst Linda?« Ich kann meine Überraschung nicht verbergen.

»Klar.« Mark glotzt mir auffällig zwischen die Beine. »Durch Paul.«

»Und woher kennt Paul …«

»Durch seinen Alten.«

»Dr. Wittlich kennt Linda persönlich?« Meine Überraschung potenziert sich. Seine Blicke auch.

»Er ist ihr Patenonkel.«

»Was?«

»Das wusstest du nicht?«

»Nein.«

»Paul glaubt sogar, dass sein Alter mit ihr was gehabt hätte.«

»Dr. Wittlich und Linda?«

»Ja, warum nicht? Der Altersunterschied war Linda egal. Sie hat ihre Beziehungen immer schon dazu benutzt, voranzukommen. Sagt Paul. Dabei ging sie über Leichen. Ihre Schwester kann davon ein Lied singen.«

»Sie hat eine Schwester?« Das ist wie beim legendären Robert Lemke, denke ich und seinem ›Was bin ich?‹.

»Das schwarze Schaf der Familie. Nora.«

»Und wo finde ich diese Nora?«

»Keine Ahnung. Nora ist nirgends und überall. Sie hat sich schon lange von ihrer Familie verabschiedet. Lebt auf der Straße, vermutlich schwerst drogenabhängig.«

Er steht auf, spült, dreht mir seinen Rücken zu und stellt sich ans Waschbecken. Er betrachtet sich und ebenso aufmerksam mich im Wandspiegel.

»Bist du eigentlich auch schwul?«, fragt er wie nebenbei, als wolle er wissen, ob ich gerne Cornflakes zum Frühstück esse.

»Ich?«

»Ja, oder siehst du hier noch jemand anderen.«

»Ne.«

Er lächelt. »Das klingt aber nicht gerade überzeugend.« Mark dreht sich zu mir um und bleibt vor der Wanne stehen, die Hände in die Hüften gestemmt. Er präsentiert sich, denke ich. Es hat etwas Aufreizendes, Provokatives. Ein Körper, der viel Eitelkeit mit sich herumschleppt. Waschbrettbauch, muskulöse Brust, Bizeps, Trizeps. Da ist so manche Stunde in der Muckibude deutlich abzulesen, denke ich und bleibe an seinem Schwanz hängen; er ist leicht erigiert. Ich merke, wie mich die Situation verunsichert, und sehe weg.

»Ich geh dann mal. Bis später.«

## ICH

Der Sommer ist gnadenlos. Bereits am Morgen geizt die Sonne nicht mit ihrer Wärme. Eigentlich sollte man tagsüber im Bett bleiben. Nur nachts, wenn die Temperaturen halbwegs erträglich sind, das Haus verlassen. Damit klärt man natürlich keinen Fall auf. Mir scheint, dass es in Wien noch heißer ist als anderswo. Das mag mit der Lage zu tun haben. An dieser Kuhle, in die sich die Stadt zurückgezogen hat. An diesem stickigen Loch, einer Pfanne gleich, in dem Wien wie ein Schnitzel auf heißer Herdplatte vor sich hin brutzelt.

Ich warte seit einer halben Stunde vor der Kanzlei, um Wittlich abzupassen. Pünktlich um zehn taucht er mit seinem Citroën auf. Er stellt den Wagen auf einem ausgewiesenen Parkplatz der Kanzlei ab. Als er aussteigt, stehe ich neben ihm. Er erschrickt, fängt sich aber sofort wieder und wirkt hernach sogar erfreut.

»Hài! Das ging aber schnell. Haben Sie schon etwas Neues?«

»Sagen wir mal so, ich hatte ein nettes Gespräch mit Mark.«

»Mark?«

»Der Freund Ihres Sohnes.« Dr. Wittlichs gute Stimmung ist dahin.

»Und?«

»Na ja, er hat mir einen groben Einblick in die Familienverhältnisse der Prohaskas geliefert. Jetzt würde ich gerne auch noch einen tieferen Einblick wagen.«

Er steht auf dem Schlauch. Er versucht sich abzulenken, indem er seine Ledertasche von der Rückbank nimmt und dann den Wagen abschließt.

»Herr Wittlich, ich würde gerne die Familie treffen.«

Er sieht mich konsterniert an. »Warum denn? Ich habe Ihnen doch schon alles …«

»Herr Dr. Wittlich, bitte!«

»Gut, wie Sie wollen, ich mache uns einen Termin.«

»Ich würde gerne allein mit ihnen sprechen.«

Er kneift die Augen zusammen und sieht mich schweigend an. »Meinetwegen, wenn es uns weiterbringt.«

»Es kann zumindest nicht schaden.«

»Ich weiß nicht.«

»Ich aber.«

»Also gut, wie Sie wollen.« Anscheinend muss er immer das letzte Wort haben. Den Gefallen tue ich ihm nicht.

»Und den Schlüssel von Lindas Wohnung hätte ich auch gerne.«

»Wozu das denn?« Langsam wird er ungehaltener.

Komisch, warum stellt er sich so quer? Entweder versteht er mein Anliegen nicht oder er will die Ermittlungen verschleppen. Irgendwie scheine ich ihm auf die Nerven zu gehen. Was mich umso mehr freut. Der ehemalige Stecher meiner Mutter soll leiden!, denke ich, dann habe ich das Gefühl, dass auch sie nicht ungeschoren davonkommt.

»Ich muss mir ein Bild machen.«

»Ein Bild?«

»Ihre Lebensumstände und ... sagen Sie mal, wollen Sie eigentlich, dass ich sie finde, oder nicht?« Langsam frage ich mich, was der Typ eigentlich zu verbergen hat, warum er so wenig kooperativ ist.

»Aber natürlich, was soll denn die Frage überhaupt ...«

»Dann legen Sie mir keine Steine in den Weg.«

»Welche ...«

»Den Schlüssel, bitte!«

»Besorge ich Ihnen.«

Wir stehen mittlerweile vor dem Hauseingang der Kanzlei. »Sonst noch was?«, fragt er in angesäuertem Ton.

»Ja, wie stehen *Sie* eigentlich zu Linda?«

»Ich bin mit der Familie seit Jahrzehnten freundschaftlich verbunden. Ich vertrete sie ebenso lange schon« – kommt wie aus der Pistole geschossen aus seinem Mund.

»Ich meine nicht die Familie, ich meine Linda.«

Er schweigt, sieht mich an und kneift dabei wieder die Augen zusammen.

»Worauf wollen Sie hinaus?«

»Auf nichts. Gar nichts.«

Ich lasse ihn auf dem Bürgersteig vor der Kanzlei stehen.

»Hài«, ruft er mir hinterher. »Wenn Sie wollen, können Sie auch in ein Hotel umziehen.«

»Nö, warum denn? Ist doch schön bei den Schwulen.

Na ja, die ständige Bumserei geht manchmal auf die Nerven, aber sonst ist es ganz kuschelig.«

Ich hebe die Hand, ohne mich noch mal umzudrehen, und verschwinde.

## ICH

Hier wohnt die High Society Wiens. Eine Villa neben der anderen. Und was für welche. Mehr Schlösser als Villen. Perchtoldsdorf heißt das Kaff, an der südlichen Stadtgrenze von Wien gelegen. Mit dem Wienerwald vor der Haustüre. Und dem größten in Österreich erhaltenen Wehrturm. Na, wenn das mal kein gutes Omen ist.

Ich fahre mit dem Taxi zu den Prohaskas. Der Taxifahrer, ein gut unterrichteter Serbe mit ausgezeichneten Österreichkenntnissen. Wir halten vor einer erst kürzlich sanierten Villa, die in den Nachmittag hinein glänzt, als müsste sie sich und der Welt etwas beweisen. Hier wird nicht nur gewohnt, hier wird geprotzt, denke ich beim Anblick dieses zu groß geratenen Schmuckkästchens. Wer hat den größten?! Der von den Prohaskas ist ziemlich groß.

»Soll ich warten?« Er sieht mir an, dass ich es da drin nicht allzu lange aushalten werde.

»Gerne.«

Ich gehe an den Luxuskarossen in der Hofeinfahrt vorbei; Porsche, Mercedes, Jaguar und werde am Eingang zum Prachtprotz erwartet. Eine Bedienstete, die sicher auch wegen ihrem Äußeren ausgesucht wurde und mit der Inneneinrichtung bestens harmoniert, öffnet, noch ehe ich läuten kann, die Tür. Die Familie ist im geräumigen Empfangszimmer, oder besser Halle, zugegen. Der Vater von Linda, der alte Prohaska, ist um die 60 und braun gebrannt, vermutlich vom vielen Tennisspielen. Einer, der aussieht, als ob er auch in seiner Freizeit maßgeschneiderte Anzüge trägt, sicher eine 30 Jahre jüngere Liebhaberin hat und der Korruption nicht abgeneigt ist. Seine Frau ist ähnlich braun, kommt frisch aus der Maske und vom Friseur; die Haare sind gefärbt und toupiert. Ihre Fassade ist aufpoliert, und dennoch tippe ich mal, dass der Alten psychisch einiges gegen den Strich läuft. Das leicht aufgeschwemmte Gesicht, die glasigen Augen, der nervöse Zug um den Mund – alles Anzeichen für eine handfeste Tablettensucht. Daneben der Bruder von Linda, Konstantin Prohaska, Ende 20, mit großer Ähnlichkeit zum Vater, im akkurat sitzenden Designeranzug und mit randloser Brille. An der Wange eine kleine Narbe. Sieht aus wie ein Burschenschaftsschmiss. Der Junior ist einer, der zeitlebens auf der Gewinnerseite des Lebens zu Hause ist. Auch wenn er vielleicht selbst gar nichts dafür kann. Vererbtes Erfolgsgen. Siegervisage. Heldenpose. Wo bei Konstantin die Abgründe liegen, scheint mir unklar. Fest steht, dass das nicht nur eine an den englischen Landhäusern geschulte Villa ist, sondern eine andere Welt. Eine, in die man hineingeboren wird. Höchstens noch durch Heirat Zugang erhält. Ansonsten außen vor bleibt. Da gibt es für die einer anderen Klasse oder Gesellschaftsschicht Angehörigen keine Tür – außer jene für das Personal. Das hat nicht nur mit Geld zu tun. Es ist etwas anderes, was dieses Refugium hermetisch abschließt. Es wirkt alles sehr reserviert, unterkühlt und gespielt freundlich. Es scheint, dass die Familie prinzipiell nicht verstehen kann, was ich eigentlich von ihr möchte. Ich selbst weiß es auch nicht genau. Ich weiß nur, dass das ganze Szenario hier ziemlich verkrampft wirkt.

Nach kurzem Abschnüffeln setze ich mich auf ein futuristisches Designersofa. Mir gegenüber die Mutter und der Vater auf einem ebensolchen. Der Sohn bleibt neben einem dazu passenden Sessel stehen, als wolle er sich über das Geschehen oder besser das Gespräch einen besseren Überblick verschaffen.

»Dürfen wir Ihnen etwas zu trinken anbieten?«

Ich verneine und komme gleich zur Sache. Ich wende mich an die Eltern und sage: »Mich interessiert, warum Sie glauben, dass Linda einem Verbrechen zum Opfer gefallen sein soll.«

Die Mutter sieht mich mit ihren wässrigen Augen an, als hätte ich nicht mehr alle Tassen im Schrank.

»Was würden Sie denken, wenn Ihre Tochter spurlos verschwindet?«, sagt sie mit leicht vorwurfsvollem Ton in der Stimme.

»Ich weiß nicht, aber es gibt viele Gründe zu verschwinden. In den meisten Fällen steckt kein Verbrechen dahinter.« Eigentlich müsste sich jetzt ein Hoffnungsschimmer auf ihre Maske legen. Das Gegenteil ist der Fall. Ihre Miene verdüstert sich noch mehr.

»Wie mir Dr. Wittlich berichtet hat, glaubt die Kriminalpolizei ebenfalls nicht an ein Verbrechen.«

»Der *Schweiger*!« Der alte Prohaska spuckt es mehr aus sich heraus, als dass er es sagt. »Der wird auch noch sein blaues Wunder erleben!«

»Edmund!« Frau Prohaska versucht ihren Mann zu disziplinieren. Woraufhin dieser die Arme vor der Brust verschränkt und schweigt. Ihr Sohn mischt sich ein.

»Gut. Ich sage Ihnen ganz offen, ich persönlich glaube auch nicht an die Entführungsgeschichte.«

»Konstantin!« Die Mutter sagt es trocken, mechanisch, fast emotionslos.

»Ist doch wahr.«

Der Vater löst die verschränkten Arme wieder und legt seiner Frau eine Hand auf den Unterarm, als wäre das ein Zeichen für seinen Sohn. Woraufhin der loslegt: »Linda war schon immer darum bemüht, möglichst viel Aufmerksamkeit zu erheischen. Da war ihr so manches Mittel recht. Erinnere dich nur mal …«

»Konstantin, bitte.« Die Mutter hält dagegen.

Der Junge scheint seine Emotionen nicht immer im Griff zu haben, denke ich. Vielleicht will er mir aber auch nur zeigen, dass er meine Anwesenheit nicht nur hier in der Villa, sondern in Wien generell als völlig überflüssig erachtet. Ich wende mich wieder an die Mutter und sage: »Aber *Sie* glauben schon, dass Ihrer Tochter etwas zugestoßen sein könnte.«

Sie nickt. Der Vater schaut ausdruckslos vor sich hin. Konstantin tritt nach: »Das Geld könnten wir uns sparen.«

Hab ich richtig gehört? Er hat von Geld gesprochen und meint wohl mein Honorar.

Von den Reichen kann man einiges in Bezug auf Geld erfahren. Womöglich kostet das Designersofa, auf dem ich sitze, ein Vielfaches von meiner Gage.

»Wie ist Ihnen eigentlich aufgefallen, dass Linda verschwunden ist?«

»Sie hat sich nicht mehr gemeldet«, sagt die Mutter.

Ich erinnere mich an die Worte des Rechtsanwalts und erwidere: »Ja, klar. Aber war Ihr Kontakt zuvor nicht auch schon eher sporadisch?«

»Wie wollen Sie das wissen?« Der Vater klingt feindselig. Die Mutter wirkt überrascht, als ob ihr Lindas Rückzug von der Familie im Tablettennebel gar nicht aufgefallen wäre.

»Ja, das stimmt«, sagt Konstantin. »Linda hat sich hier rar gemacht.«

»Charlotte, eine Kommilitonin von ihr hat uns angerufen«, kommt von der Mutter. »Sie war mit ihr verabredet, aber Linda kam nicht. Sie hat versucht, sie mehrere Tage lang zu erreichen. Ergebnislos. Das Handy war ausgeschaltet. Ihr Doktorvater bestätigte auf unsere Nachfrage hin, dass sie sich auch bei ihm seit Tagen nicht mehr gemeldet hätte und Termine nicht wahrgenommen habe. Er konnte sich das nicht erklären. Linda ist ansonsten diszipliniert und pünktlich. Als dann ihre Wohnung über mehrere Tage hinweg unangerührt wirkte und der Briefkasten nicht geleert wurde, war klar, dass irgendetwas nicht stimmte.«

»Wie konnten Sie das wissen mit der Wohnung?«

»Wir haben einen Schlüssel.«

»Warum dass denn?« Sie scheinen mich nicht zu verstehen. Vielleicht verstehen sie es auch prinzipiell nicht, dass Töchter mit 25, die von zu Hause ausgezogen sind und eine eigene Wohnung bezogen haben, ein Anrecht auf Selbstständigkeit haben.

»Wir haben zu allen unseren Wohnungen einen Schlüssel.«

»Linda wohnt also in einer Wohnung, die *Ihnen* gehört?«

»Uns gehören viele Wohnungen«, mischt sich der Vater ein. Stolz ist herauszuhören.

Die Frage, womit sie eigentlich ihr Geld verdienen, hätte ich mir sparen können.

Der Junge sieht den Alten an, als wolle er sich vergewissern, dass er das sagen dürfe.

»Immobilien.«

Eine Million Lösegeld wäre ein Klacks, denke ich.

»Wir haben ein Immobilienunternehmen, verkaufen, vermieten, bauen Häuser, Büros, Wohnungen, Geschäftslokale, Anlageobjekte, Grundstücke.« Das klingt jetzt wie von der Homepage abgelesen. »Nicht nur in Wien. In ganz Österreich und im benachbarten Ausland.«

Der Sohn hat den Stolz des Vaters nicht nur kopiert, er sieht zudem aus, als wolle er belobigt werden. Nur auf die Wangen der Mutter zaubert diese Erfolgsgeschichte keinen Glanz. Sie wirkt noch immer bedrückt.

»Wenn wir davon ausgehen, dass Linda gegen ihren Willen verschwunden ist, dann ist es in Anbetracht dieses, wie ich denke, enormen Geschäftswertes schon verwunderlich, dass keine Lösegeldforderung eingegangen ist. Wie erklären Sie sich das?«

»Vielleicht kommt ja noch eine«, sagt der Alte lapidar, während es beim Sohn schon wieder unter der Hutschnur köchelt und er immerzu den Kopf schüttelt.

»Das ist doch jetzt auch nicht wichtig. Wichtig ist, dass Sie Linda finden«, meldet sich die Mutter wieder zu Wort.

Ich nicke zustimmend.

»Wie kann ich eigentlich Nora treffen?«, frage ich.

Es ist das erste Mal während des Gesprächs, dass eine längere Pause entsteht, die offenbar nicht so einfach mit vorgefertigten Phrasen zu füllen ist. Der wunde Punkt der Familie, denke ich und lege mit »Nora, das ist doch Ihre andere Tochter« nach.

Die Mutter nickt, der Vater ist noch immer erstarrt und Lindas Bruder sieht aus, als würde er mir gleich an die Kehle springen. Seine gute Kinderstube verbietet es ihm.

»Was wollen Sie von ihr?«

»Ich weiß nicht, vielleicht reden. Vielleicht weiß Nora irgendetwas, was Sie nicht wissen. Was uns weiterhelfen könnte.«

»Vergessen Sie's. Nora ist …«

»Auch verschwunden?«, gehe ich dazwischen.

»Ja, aber anders.«

»Aber Sie meinten doch, Linda könnte auch …«

»Anders habe ich gesagt.« Er wird lauter. »Nora ist ausgestiegen.« Er spricht das Wort wie den Namen einer ansteckenden Krankheit aus. »Sie ist irgendwo da draußen.« Er zeigt zum großen Panoramafenster hinaus, während die Mutter mit den Tränen kämpft und der Vater noch immer aus Stein zu sein scheint. »Was weiß ich wo. Sie hat keine Wohnung, ist zumindest nirgends gemeldet. Das andere möchte ich uns allen ersparen.« Er sieht seine Mutter an, dann den Vater und zuletzt mich, mit einem Blick, der keinen Widerspruch duldet.

»Ich würde Sie jetzt bitten, uns alleine zu lassen. Es ist für uns momentan keine einfache Zeit. Vor allem nicht für meine Eltern. Das verstehen Sie doch?«

Das ging jetzt aber schnell, denke ich. Ein Rausschmiss de luxe.

Ich nicke, lasse mir noch die Telefonnummer von Charlotte, der Kommilitonin geben, verabschiede mich und verschwinde. Die Zahnschmerzen sind zurück.

## ICH

Es bedarf nochmals zweier Anrufe, bis Dr. Wittlich endlich den Schlüssel zu Lindas Wohnung herausrückt. Einen weiteren, um ihn davon abzuhalten, dass er mich begleitet. Ich habe das Gefühl, dass der Anwalt nicht nur über alles die Kontrolle behalten will. Womöglich misstraut er mir auch. Vielleicht hat er mich nur engagiert, um meiner Mutter einen Gefallen zu tun, damit ich endlich, zumindest zeitweise, aus diesem schrecklichen Kloster, wie sie das immer nannte, rauskomme. Womöglich glaubt Wittlich, ähnlich wie Konstantin Prohaska, gar nicht an ein Verbrechen.

Bevor ich mir die Wohnung im sechsten Gemeindebezirk vorknöpfe, klopfe ich an den Wohnungstüren der Nachbarn. Ich gebe mich abwechselnd als Lindas Bruder oder als Beamter vom Wiener Magistrat aus und frage, wann sie Linda das letzte Mal gesehen hätten. Eine ältere Frau, die nach nur einmaligem Klopfen die Tür aufreißt, als würde sie den ganzen Tag dahinter lauern, sieht mich an, als hätte sie keinen blassen Schimmer, wer Linda sei. Eine junge Mutter mit einem vielleicht zweijährigen Kind auf dem Arm behauptet, dass die junge Frau einen Stock tiefer immer seltsam, auch überheblich auf sie gewirkt habe. »Sie hat nicht gegrüßt, hat wohl geglaubt, sie wäre was Besseres.«

Ein junger Mann öffnet mir in Unterhose und mit nacktem Oberkörper verschlafen die Tür. Er versichert, dass er Linda, so lange er hier wohne, nur zweimal gesehen habe, einmal allein und einmal mit einem älteren Herrn, der auf dem Trottoir vor dem Haus mitten in der Nacht zu ihrem Fenster hochgebrüllt habe. Bis sie ihn schließlich, aber erst nachdem er nach unten schrie, dass er gleich die Polizei verständigen würde, reinließ.

»Wann war das?«

»Vor ein paar Wochen.«

»Was war das für ein Mann?«

»Er hat sich nicht bei mir vorgestellt«, sagt er patzig und will die Tür wieder schließen. Ich stelle meinen Fuß in den Spalt.

»Aber wie er aussah, daran können Sie sich noch erinnern, nicht wahr?!« Ich versuche meine Stimme grimmiger klingen zu lassen. Es gelingt.

»So'n alter Typ eben, Anzug, schütteres Haar. Mehr weiß

ich auch nicht.« Ich ziehe den Fuß zurück, woraufhin er die Tür zuschlägt und anfängt, mich dahinter zu verfluchen.

Ich schließe Lindas Wohnung auf, weil ich glaube, dass eine weitere Befragung nichts Neues einbringen wird. Sofort schlägt mir abgestandene, modrig riechende Luft entgegen. Als ich die Wohnungstür hinter mir ins Schloss fallen lasse, höre ich Schritte.

Scheiße! Es ist noch jemand in der Wohnung.

# 3. KAPITEL

»Ich meine, wir wären frei.
Ich wollte mich mit meiner elenden Rolle nicht abfinden.
Aber jetzt ist alles so schön einsam.«

*Das Schweigen, Ingmar Bergmann*

# ES

Es ist der 25. März 1945. Es ist Nacht. Es ist kalt.

Sie steht, wie an Schnüren gezogen, traumwandlerisch vom Kinderbett auf. Die anderen Geschwister merken nichts, röcheln im Schlaf, eines hustet. Wie fast jede Nacht geht sie an der Zimmertür vorbei in den Flur und von da durch den nicht abgeschlossenen Hintereingang des Hauses nach draußen. Das Zweifamilienhaus steht am Rande der Ortschaft. Dahinter kommen nur noch Felder, Äcker, Wiesen, der Wald. Nicht weit davon entfernt ist das Schloss. Sie war schon einmal im Schloss. Mit ihrem Vater. Auch die Gräfin hat sie schon gesehen. Eine schöne Frau. Ihr Vater bewundert sie und redet von ihr, als wäre sie nicht von dieser Welt, fasziniert wie von einer Heiligen. Ihre Mutter wird jedes Mal zuerst eifersüchtig, dann zornig.

Im Garten mit den großen Obstbäumen bleibt sie stehen. Die Augen sind noch immer geschlossen. Wären sie geöffnet, würde sie Sterne sehen und einen fast vollen Mond.

Sie sieht nichts. Hört nichts. Auch nicht die Glocke der Kirche, die zweimal blechern schlägt. Sie schlafwandelt. Das Mädchen schlafwandelt immer, jede Nacht bei zunehmendem Mond. Mehrere Nächte lang bis Vollmond ist. Dann hat sie einige Nächte Ruhe, bis es wieder von vorn losgeht. Wie jetzt.

Es ist frisch, ein leichter Wind weht von Osten her. Sie geht querfeldein, noch immer wie an Fäden von einer unsichtbaren Hand geführt. Sicher setzt sie auf dem gefrorenen Boden einen Fuß vor den anderen. Immer weiter, immer voran. Bis plötzlich ein Schuss ertönt, spitz, metallisch, als käme er nicht weit von ihr entfernt.

Sie bleibt stehen. Noch ein Schuss.

Die Augenlider gehen auf. Sie ist wach, schlottert ein wenig, reibt sich die Augen und wundert sich. Sie weiß nicht, wie sie hierher gelangt ist. Sie blickt in die mondhelle Nacht, erkennt Felder. Sie schwankt zwischen Angst und Neugierde. Vor ihr in Sichtweite erkennt sie die Silhouette eines großen Gebäudes. Der Kreuzstadl, denkt sie. Hier war sie schon oft. Hier kennt sie sich aus. Die Felder hinter dem Dorf gehören zu ihrer Spielwiese. Auch die vom Kreuzstadl nicht weit entfernte Remise, ein kleines Waldstück mit Nadelholzbestand. Das Gebiet ist bei den Kindern beliebt, vor allem für das ›Räuber und Gendarm‹-Spiel. Sie robben durch Maisfelder, durch das Waldstück in zwei feindliche Gruppen eingeteilt. Die einen sind Russen, die anderen Österreicher und schießen sich mit selbst gebastelten Holzgewehren tot. Es gewinnen immer die Österreicher.

Sie sieht an sich herab. Das Nachthemd flattert im Wind. Ein weiterer Schuss fällt. Sie zuckt zusammen und geht voran. Am Panzergraben angekommen, duckt sie sich, legt sich auf die kalte Erde. Nur den Kopf hebt sie ein Stück weit hoch und sieht, einen Steinwurf von sich entfernt, Soldaten vor einem ausgehobenen L-förmigen Graben stehen, daneben ausgemergelte Menschen mit Schaufeln in der Hand.

»Na, los weiter, ihr Schweine!«, hört sie und fürchtet sich.

Drei Autos fahren vor. Die Scheinwerferlichter zerschneiden die Nacht in helle Streifen. Sie steht auf und schleicht gebückt wie beim ›Räuber und Gendarm‹-Spiel noch näher heran. Verborgen im Schutz des Panzergrabens kauert sie im Dreck und sieht die ausgemergelten Menschen vor den Gruben knien. Sie sind nackt, die Hände hinter dem Kopf verschränkt. Hinter ihnen stehen Uniformierte mit angelegten Gewehren.

Ist das nicht mein Vater?, denkt sie. Er steht hinter einem der Nackten und hält ein Gewehr in den Händen. Und drückt ab. Ein Schuss ertönt. Der Nackte sackt in sich zusammen, fällt und verschwindet im Loch vor ihm. Andere folgen. Immer mehr.

Jeder Schuss ein Treffer. Wie Räuber und Gendarm, nur in echt. Plötzlich hört sie keine fünf Meter von sich entfernt ein Geräusch. Atmen. Weinen. Wimmern. Sie sieht eine Silhouette, eine Person, einer der Ausgemergelten, der schwer schnaufend nicht weit von ihr ebenfalls im Schutz des Panzergrabens kauert.

Sie richtet sich leise auf, rennt gebückt so schnell sie kann davon. Sie rennt immer weiter mit nackten Füßen über den gefrorenen Boden, bis sie wieder zu Hause ankommt. Sie schleicht sich zur Hintertür ins dunkle Haus hinein, geht auf Zehenspitzen, leise keuchend den Flur entlang und legt sich in ihr Kinderbett. Die Beine sind zerkratzt, die Füße blutig und eiskalt; sie spürt sie nicht mehr. Der Kopf pocht, hämmert, als wolle er gleich zerspringen. Sie schwitzt und bebt am ganzen Körper. Ihr Nachthemd ist feucht und dreckig. Sie schließt die Augen und will vergessen. Immer wieder knallen Schüsse in ihrem Kopf. Immer wieder sacken Nackte in sich zusammen und fallen in Gruben. Immer wieder sieht sie ihren Vater mit dem Gewehr in der Hand, der auf die Ausgemergelten schießt. Und trifft.

Von da an jede Nacht. All die Jahre. Bis heute.

Niemandem hat sie davon erzählt. Nicht dem Vater, der Mutter nicht und auch nicht den Geschwistern. Damals nicht. Bis heute nicht.

Sie weint in das Kopfkissen.

»Das bleibt mein Geheimnis.«

# ES

Es ist der 24. März 1945. Es ist Samstagnachmittag. Es ist kalt und nass.

Sie sind viele Kilometer gelaufen, beinahe die ganze Nacht hindurch. Die Beine wiegen schwer. Der Hunger ist unerträglich. Jetzt werden sie am Bahnhof in Waggons gepfercht. Die Kranken, die Schwachen werden separiert.

Er hustet, zittert, weiß nicht, wie lange er noch durchhalten wird. Seine Glieder schmerzen, er friert. Lange hat er nichts mehr getrunken und gegessen. Im völlig überfüllten Waggon werden sie nach Burg im Burgenland transportiert. Am Bahnhof verlädt man sie auf Lkws, mit denen sie nach Rechnitz gebracht werden.

»Was haben die vor?«, fragen sie sich ängstlich zusammengekauert auf der Ladefläche. Niemand weiß es. Alle ahnen das Schlimmste.

Die Soldaten brüllen sie an, treiben sie voran und schlagen mit den Gewehrkolben auf sie ein.

»Na los, graben!«

Mit Schaufeln und Krampen graben sie über zwei Meter tiefe Löcher in den gefrorenen Boden. Gescheucht vom herrischen Geschrei und den Schlägen der Uniformierten.

»Na, wird's bald! Los, schneller!«

Wer vor Erschöpfung zusammenbricht, wird traktiert, bis er entweder für immer liegen bleibt oder weitermacht.

Er schaufelt schwitzend außer Atem um sein Leben, bis zu diesem einen Augenblick, in dem er wie aus dem Nichts heraus für einen Bruchteil einer Sekunde verharrt. Einer der Mithäftlinge lässt, womöglich aus Verzweiflung und Angst vor dem nahen Ende, die Schaufel fallen und rennt in die Nacht davon.

Er weiß intuitiv: jetzt oder nie. Jetzt ist die Gelegenheit gekommen, der Moment, auf den er so lange gehofft, den er so lange herbeigesehnt hat. Die Soldaten, völlig überrascht, drehen sich dem Flüchtenden zu und weg von den anderen, weg von ihm. Für ein paar Sekunden sind die Häftlinge der Aufmerksamkeit ihrer Bewacher entzogen.

»Na, los mach schon«, schreit ihn eine innere Stimme an. »Spring! Spring endlich!«

Er springt. Es ist ein Sprung ins Nichts, in das dunkle ausgehobene L-förmige Loch. Ins Schwarz. Unbemerkt von den Bewachern kauert er im kalten Dreck. Dann fällt ein Schuss, ein Schrei; der Flüchtende stürzt zu Boden.

»Na los, weitermachen!«

Die Uniformierten sind zurück, wütender als zuvor und richten die Gewehre auf die Häftlinge.

»Jedem, der Ähnliches vorhat«, brüllen sie und fuchteln dabei mit den Armen in der Luft herum, »passiert dasselbe, klar?!« – als hätten die Häftlinge eine Wahl.

Er sitzt im Loch und wartet auf eine weitere Chance, die nächste Gelegenheit, die er nutzen muss, um aus der Grube zu entkommen. Er hofft, er bangt, verzweifelt beinahe, bis sie da ist.

»Ausziehen. Los, alle ausziehen, verdammt noch mal«, hört er von oben die Soldaten lärmen und Autos, die langsam näher kommen und vor den ausgehobenen Gräbern anhalten. Die Scheinwerfer schneiden grelle Löcher in die Nacht. Männer steigen aus und begrüßen sich. »Heil Hitler!«

»Jetzt, mach!«, hört er wieder die eigene Stimme, die ihn ermahnt. »Mach schon!«

Er macht. Zieht sich an der schmierigen Grubenwand nach oben, klettert heraus aus dem Loch und schleicht sich robbend im Schutz der Dunkelheit auf allen vieren zum nahen Panzergraben. Er verharrt im Dreck, ohne genau zu wissen, ob die Soldaten ihn gesehen haben. Er erwartet jeden Moment Geschrei, Schüsse, die ihn töten.

Aber nichts. Nur Stille. Dann das Klicken der Gewehre. Er schließt die Augen und hört peitschende Schüsse. Spürt keinen Schmerz.

Sie schießen nicht auf mich, denkt er und hört Schreie und wieder Schüsse. Er öffnet die Augen, blickt am Panzergraben vorbei und sieht seine nackten Mithäftlinge getroffen in die Gräber plumpsen.

»Ihr Schweine gehört ins Feuer! Ihr Vaterlandsverräter!«, schreit einer der Soldaten.

Gelächter. Wieder Schüsse. Schreie.

So lange, bis alles verstummt.

Noch bevor die Toten verscharrt sind, macht er sich im Schutz der Nacht davon.

## NO

Es ist ein Engel! Ein leibhaftiger Engel! Vor meinen Augen ist ein Engel gelandet. Ich werd verrückt, denke ich, wenn ich es nicht schon wäre. Ein Engel mit Schlitzaugen. Der geilste, den man sich vorstellen kann. Zu schön, zu begehrenswert für den Himmel. Einer der gekommen ist, um mich von hier wegzubringen. Raus aus diesem Müllhaufen der gebrochenen Seelen, der geschundenen Herzen, der psychischen Krüppel. Wohin? Egal. Irgendwohin. Wo Leben nicht reduziert ist auf fressen und gefressen werden. Und scheißen. Immerzu scheißen. Dahin, wo die Sonne nicht nur dem Nutzenleistungsprinzip unterworfen ist, allein Sonnenkollektoren dient, Solaranlagen und der ganzen Photovoltaikscheiße, sondern einfach grundlos und überflüssigerweise scheint. Voller Strahlen!

Ich weiß nicht, ob ich mir das alles ausdenke oder ob es tatsächlich *wirklich* so ist. Aber was ist schon *wirklich*? Die Stimmen in meinem Kopf sind doch auch wirklich, oder? Ich höre sie, also sind sie da. Die anderen hören sie natürlich nicht. Es sind ja auch meine Stimmen, in meinem Kopf, kapiert! Und das, was ich sehe, ist ebenso da, auch wenn die anderen es nicht sehen, oder? Klar.

Und hier vor mir steht eindeutig ein Engel. Ein Engel ohne Flügel, aber mit Schlitzaugen. Und der spricht. Oder? Ist es der Engel oder wieder nur eine meiner Stimmen im Kopf, die wie die eines Engels klingt? Egal, ich verstehe sowieso nichts. Nichts, was er sagt. Vielleicht auch deswegen, weil ich von seiner Erscheinung so geblendet bin. Ich bin paralysiert, gebannt, vergesse zu schlucken. Wenn mir jetzt der Speichel aus dem Mund tropft wie bei einem Grenzdebilen, ist das ziemlich peinlich, denke ich und sehe diese anmutig gemeißelten Gesichtszüge. Eine ägyptische Büste, Nofretete in Mann. Eine himmlische Erscheinung. Er ist besonders. Er weiß es nur nicht.

*Vielleicht will er dich auch nur ficken?*, sagt die Stimme im Kopf. Und *ich* weiß es nicht. Egal. Er steht vor mir und schaut auf mich herunter, als könnte auch er mich nicht begreifen. Ich bin sprachlos, mein Mund füllt sich immer mehr, die Augen sind starr. Ich versuche jeden Wimpernschlag zu vermeiden, bis sich die ersten Tränen in den Augenwinkeln sammeln. Ich kann nichts mehr sagen. Bin stumm wie Stanniolpapier. Er sieht mich an, als wäre ich meschugge. Ich bin meschugge, Mann, aber nicht so, wie du denkst, denke ich. Er redet auf mich ein, zumindest sieht sein Mund aus, als öffne und schließe er sich unentwegt.

Verdammte Scheiße, was sagt er denn!? Seine Bewegungen ähneln einem Tanz. Ein Engel, der gleich abhebt und davonfliegt.

Bleib hier, denke ich. Oder wenn du dich schon aus dem Staub machen willst, dann nimm mich mit. Ich greife nach ihm, er weicht zurück. Ich versuche, mich zu beruhigen, innerlich zu beruhigen, was mir verdammt noch mal nicht gelingen will; äußerlich bin ich noch immer wie versteinert.

Er hingegen lehnt sich gegen den Türrahmen und redet nach wie vor auf mich ein, als müsste er mit Worten sich selbst erklären. Mich. Alles.

*Mann, verstehst du denn nicht, dass es nichts zu erklären gibt?*, denke ich, oder besser sagt die Stimme in meinem Kopf, die sich jetzt gar nicht mehr wie die von einem Engel anhört. Sie hört sich beschissen an, wie in eine Blechdose gekotzt.

Seine Worte hingegen klingen für mich wie Musik. Punk. Drei Gitarrenriffs, raffiniert gespielt. Immer wieder dieselben.

Ich verstehe ausnahmslos nur: Linda, Linda, Linda.

Ich lache.

»Was ist?«, fragt er, woraufhin die Stimmen in meinem Kopf ganz ruhig werden, als zögen sie sich in den hintersten Winkel meiner Ganglien zurück, um nicht entdeckt zu werden. Feiglinge! Hosenscheißer!

»Du passt nicht zu Linda«, antworte ich. Er braucht ein paar Sekunden, bis er begreift. Dann lacht auch er. Es klingt gequält, die Schlitzaugen verengen sich noch mehr.

»Ich gehöre auch nicht zu ihr. Ich suche sie. Sie ist verschwunden.«

»Ich würde auch gerne verschwinden«, sage ich und die verborgenen Stimmen aus meinen Hirnarealen mischen sich wieder ungefragt ein: *Dahin, wo die abgewandte Seite von dir ist, was?!* – ich kann aber gerade noch verhindern, dass sie außerhalb meines Kopfes hörbar werden. Ich presse meine Lippen aufeinander und denke, das ist jetzt ein ganz normaler Dialog zwischen zwei, die sich gegenüberstehen. Oder? Ich wundere mich über mich selbst, über unsere Worte, über ihn, den Engel mit den Schlitzaugen.

Er fragt mich, ob ich wüsste, wo Linda sein könnte, und fixiert mich dabei mit seinen geschlitzten Engelsaugen, dass die ersten Tränen sich aus meinen Augenwinkeln in den Abgrund stürzen.

Linda?, denke ich, meine liebe, hässliche Linda, die sich selbst und allen anderen immer etwas beweisen will.

*Was? Was will sie sich denn beweisen?*, fragen die Stimmen leise kaum hör- vielmehr fühlbar. Das weiß ich doch nicht, das weiß sie womöglich selbst nicht, denke ich, Linda, die kleine große Schwester.

»Ihre Familie glaubt, ihr sei etwas zugestoßen.«

»Ihre Familie?«, entgegne ich. »Was weißt du denn schon von ihrer Familie?!«

»Und du?«

»Mehr als mir lieb ist.«

Er löst sich federnd vom Flur und kommt einen kleinen Schritt auf mich zu.

»Was machst du eigentlich hier?« Er steht neben mir im Türrahmen zu Lindas Küche. »Das ist doch Lindas Wohnung.« Er betritt die Küche, geht ein paar Schritte Richtung Spüle, wobei ich seinen breiten, höchstwahrscheinlich trainierten Rücken unter dem Hemd erkenne, dreht sich dann zu mir um und fragt: »Wer bist du?«

Wer bist *du*, denke ich, und wie bist du hier reingekommen? Während mich die Stimmen im Kopf auslachen und *Mit dem Schlüssel, du Idiot!*, kreischen und dann *Los, mach schon, blas ihm einen! Das ist doch das Einzige, was du kleine Ratte kannst!*

»Lindas Schwester«, entgegne ich, schreie es fast und weise damit die Stimmen zurecht.

»Du lügst.«

»Das kannst du nicht wissen.« Ich kontere ungerührt. »Bist du ihr Neuer? Würde mich wundern. Dafür bist du zu attraktiv.«

»Danke für die Blumen.«

»Welche Blumen?« Ich verpisse mich beinahe vor Lachen und füge hinzu, nachdem ich mich wieder beruhigt habe: »Offenbar kennst du Linda nicht.« Er gibt sich von meinem Lachanfall unbeeindruckt.

»Und du? Bist du Lindas *verzogene* Schwester.«

»Ich bin das schwarze Schaf der Familie.« Ich blöke. Nun lächelt er doch noch. Es ist ein schönes Lächeln. Das schönste, das ich je gesehen habe.

»Älter oder jünger?«

»Was?«

»Bist du älter oder jünger als deine Schwester?«

Ich lasse mir Zeit, als müsste ich nachdenken. »Wonach sieht es denn aus?«

»Schwer zu sagen, ich kenne deine Schwester nicht.«

»Wusste ich es doch!« Ich sage es triumphierend und dann, nicht weniger überzeugt. »Ich kenne dich.«

»Herzlichen Glückwunsch, da hast du mir aber etwas voraus.«

Jetzt lachen wir beide.

»Meine Schwester ist ganz anders als ich«, sage ich und frage mich: Stimmt das eigentlich? Um das zu wissen, müsste ich wissen, wie ich bin. Weiß ich es? Ich weiß es nicht. »Ehrgeizig. Tüchtig. Strebsam. Eifrig.«

»Sagen die Eltern, habe ich recht?«

»Sagen alle.«

»Und du?«

»Auch.«

»Und dein Bruder? Konstantin Prohaska?«

Ich ignoriere die Frage. Ich habe mir verboten, über ihn nachzudenken. Ich habe ihn aus meinem Gedächtnis getilgt. Versucht zu tilgen. Jetzt ist der Arsch wieder zurück. Scheiße. Dafür hasse ich mich. Und ihn, den schlitzäugigen Engel. Bevor ich es ihm sagen kann, sagt er: »Ich glaube Linda ist tot.«

»Wie willst du das wissen?«

»Ich weiß es nicht. Ich ahne es.«

Ich zünde mir eine Zigarette an und blase ihm den Rauch ins Gesicht. Er beobachtet mich, als erwarte er, dass ich nach dem nächsten Zug das ganze Haus in Brand stecken würde.

»Und warum?«

»Es gibt hunderttausend Gründe zu sterben.«

»Ums Leben zu kommen oder ermordet zu werden?«

»Beides.«

»Du glaubst also, Linda wurde ermordet?« Er reagiert nicht. »Und *warum* willst du mir nicht sagen, oder?«

»Um das herauszufinden, bin ich hier.«

»Ich dachte du bist hier, um sie zu finden.«

»Das ist womöglich dasselbe.«

Er lässt mich in der Küche stehen, wirft einen Blick in die beiden Zimmer und geht dann wieder zurück auf den Flur und von da zur Wohnungstür.

»Nimm mich mit«, feuere ich in seinem Rücken ab.

»Wohin?« Er bleibt stehen, dreht sich zu mir um.

»Egal wohin.«

»Wo wohnst du?«

»Überall. Und nirgends.«

»Bleib doch einfach hier.«

»Im Sarg einer Leiche?«

Er kommt auf mich zu und bleibt erneut im Türrahmen zur Küche stehen. Es scheint sein Lieblingsplatz zu sein.

»Ich dachte, du bist eine Braut des Teufels.«

»Wie willst du das wissen?«

»So wie du aussiehst.« Es klingt gar nicht herablassend, eher neutral.

»Das ist alles Tarnung«, flüstere ich ihm zu. »Ich bin auf direktem Weg in den Himmel.«

Und du bist der Bote, der mich da hinbringt, denke ich, sage aber: »Das glaubst du nicht, was?«

»Für Glauben ist Gott zuständig«, flüstert er zurück und grinst dabei.

Ich sehe ihm an, dass er in diesem Moment überzeugt ist, dass ich völlig übergeschnappt bin. Gut so.

»Und wenn ich dir helfe, sie zu finden?«

»Was ist dann?«

»Nimmst du mich dann mit?«

»Mein Weg führt nicht in den Himmel.«

»Egal. Ich mache gerne Umwege.«

Ich merke, wie er mit sich ringt. Er verspricht sich etwas von meiner Hilfe. Oder ist er so verzweifelt, dass er auf meine Unterstützung gar nicht verzichten kann?

Er reißt von der Küchenkrepprolle neben der Spüle ein Blatt ab und kritzelt etwas drauf. Er reicht es mir.

»Ruf mich an, wenn du was weißt.«

*Hài* steht auf dem welligen Blatt und eine Telefonnummer.

»Wie kann ich *dich* erreichen?«, will er wissen.

Ich klopfe mir mit der flachen Hand mehrmals auf die Brust und tippe ihm dann vorsichtig auf sein Hemd auf Brusthöhe. Er schüttelt den Kopf dreht sich um und geht.

Die Stimmen sind wieder zurück. Andersrum wäre es mir lieber.

*Ich glaube, du hast dich verliebt*, krächzt es in meinem Kopf.

»Du bist doch irre«, schreie ich die Stimmen, so laut ich kann, an, dann die Tassen, die Spülmaschine, alles. »Total übergeschnappt!« Und die Stimmen schlagen sich vor Freude auf die Schenkel.

## ICH

Entweder ist Nora völlig durchgeknallt. Oder sie blufft. Sie blufft gut. Wer so darauf beharrt, irre zu sein, macht das nur, um etwas zu verbergen. Was verbirgt sie? Warum spielt sie mir die Verrückte vor? Ich bin mir sicher, dass sie etwas über das Verschwinden von Linda weiß. Womöglich hat sie mit ihrem Verschwinden sogar zu tun. Es sah ganz so aus, als hätte sie auf mich gewartet. Das kann kein Zufall sein. Wie kam sie überhaupt in die Wohnung? Sie hatte behauptet, die Tür wäre offen gewesen. Dass ich nicht lache. Eine unoriginellere Lüge habe ich schon lange nicht mehr gehört. Als ich ihr sagte, dass das wohl ein Witz wäre, hat sie gelacht und dann »Ein ziemlich guter, was?« hinzugefügt.

Solange ich in der Wohnung war, hat sie mich permanent angemacht. Ganz offensiv sogar. Als wollte sie mich flachlegen. Dieses Miststück! Sicher war auch das Berechnung. Auf jeden Fall führt sie etwas im Schilde. Vielleicht ist sie tatsächlich total irre. Oder auf Drogen. Oder beides.

Ich muss sie auf jeden Fall im Auge behalten. Womöglich führt sie mich zu Linda. Oder zeigt mir einen Weg, der zu ihr führt.

## DU

Nora ist durchgeknallt. Nora war schon immer durchgeknallt. Du weißt das am besten. Schon als Kind waren bei ihr mehrere Schrauben locker. Du lachst bei dem Ausdruck, lachst in dich hinein auf dem Boden sitzend an die Mauer gedrückt in diesem dunklen, stickigen Loch. Dich fröstelt. Die Augen brennen. Du erinnerst dich, wie sie das erste Mal weggelaufen ist. Vielleicht mit sechs, sieben. In die Weinberge. Von da an immer wieder. Einmal wurde sie ohne Fahrkarte im Zug nach Linz aufgegriffen. Eine Polizeistreife brachte sie am Abend zurück nach Hause. Da war sie neun. Eure Eltern haben es gar nicht mitbekommen, dass sie verschwunden war. Kein Wunder, waren sie doch immer nur mit sich selbst beschäftigt. Erst als das Polizeiauto in der Hofeinfahrt stand, brach die Realitat sich Bahn. Dennoch machte deine Mutter Nora keine Vorhaltungen, sondern schloss sie weinend in die Arme. Sie schluchzte und sagte, dass sie so froh, so unendlich erleichtert wäre, dass ihre Kleine wieder da sei. Theater, alles Theater, schlechtes Schauspiel, hast du gedacht. Du bist neben dieser rührseligen Schmierenkomödie gestanden wie ein Charge, der seinen Einsatz verpasst hat. Auch du hättest dich gerne umarmen lassen. Von der Mutter. Von

Nora. Am besten von beiden. Aber Umarmungen waren nur für Ausreißerinnen reserviert. Und du hast dich nicht getraut. Du hast dir das nie zugetraut. Einfach abhauen, einfach alles hinter sich lassen. Abenteuer. Ja, gewollt hättest du es schon, stimmt's? Du hast es dir ständig vorgestellt, wie es wäre, woanders zu sein. Aber dafür hattest du viel zu viel Angst. Nora hatte nie Angst, vor nichts. Nora hat gemacht und du hast zugesehen. Und dich geärgert. Über sie. Und dich.

## NO

Aus Dagnys Nase kommt Blut. Ihr Gesicht ist weiß wie ein Spiegel, der Schnee reflektiert. Oder das Kokain, das sie in sich hineingeschaufelt hat. Sie verträgt einfach nichts. Vielleicht ist es auch das *Special K*, auch *Kitty* genannt, das ihr zusetzt.

Sie liegt auf dem Bett wie eine Leiche. Eine Leiche, die atmet. Hoffentlich kotzt sie mir nicht das Laken voll. Das Blut aus ihrer Nase fange ich mit einem feuchten Waschlappen auf.

Wenn Linda wüsste, dass ich hier bin, würde sie total ausflippen. Nicht nur weil ich mich hier bei ihr eingenistet habe, sondern weil Dagny, dieses *asoziale Teil*, wie sie sie bezeichnet hat, auch noch da ist. Der schlitzäugige Engel brachte mich auf die Idee. Nach dem zu urteilen, was er erzählt hat, ist nicht damit zu rechnen, dass Linda so schnell zurückkommt. Und wenn schon. Dann fliegen wir raus und sie sieht sich mal wieder in ihrer Meinung über mich bestätigt. Ist doch alles bestens.

Ich gebe zu, ihr Verschwinden beschäftigt mich. Obwohl sie mir eigentlich egal sein kann. Linda! Was habe ich schon mit ihr zu schaffen?!

*Viel hast du mit ihr zu schaffen*, fängt die Stimme in meinem Kopf wieder an, alles besser wissen zu wollen.

Und was, hä?

*Du bist ihre Schwester. Ihr seid aus demselben Fleisch und Blut.*

Scheiß Gene, das sagt gar nichts. Das ist Evolutionsmist, Mendelpendelkacke.

*Ihr habt viel zusammen erlebt*, stochert die Stimme noch immer in mir herum.

Ja, verdammt das ist es ja, schreie ich, ich wünschte ich hätte nichts mit ihr erlebt. Oder zumindest nicht das.

*Och, du Arme, du arme bemitleidenswerte Nora.*

Halt die Fresse!

Sie hält sie natürlich nicht, fragt mich hingegen, was ich da denn eigentlich suche? Ihr scheint wohl auch aufgefallen zu sein, dass ich seit mindestens 20 Minuten wie bekloppt durch die Wohnung renne und wie irre in Schränken und Schubladen stöbere.

*Such doch nicht so blöd. Du suchst so planlos, wie du selbst bist. Denk doch mal nach, Mensch! Schalt doch mal dein Hirn ein, Tusse! Oder bist du so blöd, wie du aussiehst! Du bist noch viel blöder, was?!*

Halt's Maul!

*Halt's Maul, halt's Maul. Mehr fällt dir wohl nicht ein, was? Halt's Maul und dann? Dann kommst du doch nie drauf. Dann suchst du noch bis in alle Ewigkeit ziellos vor dich hin.*

Ich bleibe stehen, sehe mich um und habe tatsächlich keinen Plan.

*Na, wo hat deine Schwester immer ihre Sachen versteckt, die ihr am liebsten waren, hä? Ne, nicht hinter der Fußbodenleiste. Auch nicht unterm Bett. Sondern, hä? Mensch, denk nach!*

Ihr Tagebuch!, denke ich, ihr Tagebuch war an die Rückseite des Kleiderschranks geklebt.

*Bravo! Da hättest du mal eher drauf kommen können.*

Ich schiebe den Schrank ein Stück von der Wand weg.

Nichts.

*Tja, das wäre auch zu einfach, was?* Die Stimme scheint Spaß an diesem miesen Spiel zu haben.

*Und die Liebesbriefe?*

Welche Liebesbriefe?

*Mann, die, die deine Schwester bekommen hat, damals, als ihr noch zusammen ein Zimmer geteilt habt, im Stockbett, du oben und sie –*

Sie hat doch keine Liebesbriefe –

*Oh doch, hat sie, und wo hat sie die … na?*

Ich bücke mich und schaue unter ihrem Schreibtisch nach. Nichts. Gehe ins Bad und reiße den Spiegel von der Wand. Auch nichts.

Scheiße!

*Scheiße, Scheiße, Scheiße, mehr fällt dir nicht dazu ein, das ist mal wieder typisch!* Die Stimme spottet vom Flur aus durch die geöffnete Badezimmertür. Es ist nicht mehr nur eine Stimme, es sind mehrere, zwei, drei, vier, die mich im Chor foppen und dabei so in Rage bringen, dass ich vom Bad auf den Flur hinausrenne und dann hinter ihnen her in die Küche.

Wenn ich euch zu fassen kriege, dann …, schreie ich und: Ah!

Ich rutsche auf den Bodenfliesen in der Küche aus, schlittere, sodass es mich schließlich bäuchlings auf die Fresse legt.

Kacke! Warum rutsche ich auf diesen verdammten Fliesen aus?, denke ich, während die Stimmen lachen.

*Tja, warum wohl? Weil dieses asoziale Teil Dagny vor genau einer Stunde und zwölf Minuten hier eine halbe Flasche Wein verschüttet hat und keiner von euch beiden asozialen Teilen es aufwischen wollte. Deshalb!*

Ich liege auf dem Boden in der Küche, drehe mich auf den Rücken und erkenne den Tisch. Ich sehe unter den Tisch.

Ja, aber nicht nur deswegen, denke ich, beim Anblick der rückseitigen Tischplatte aus Holz. Ich traue meinen Augen nicht, reibe daran und reibe und reibe und reibe – aber der Zettel, der mit Reiszwecken unter dem Küchentisch befestigt ist, ist noch immer da.

Ich juble innerlich.

*Freu dich bloß nicht zu früh!*

»No!« Es ist Dagny, die nach mir schreit. »No, wo bist du?!«

Ich löse den Zettel unter dem Tisch, schaue was draufsteht, bin enttäuscht und gehe zu Dagny rüber.

»Was ist denn?« Kaum habe ich es ausgesprochen, sehe ich es schon. Verdammt! Dagny hat das Bett vollgekotzt. Auch das Kopfkissen ist ganz blutig.

»Scheiße!«

## ICH

Er lässt mich warten. Seit einer halben Stunde. Ich sitze im Flur auf einem Stuhl mit unbequemer Plastikschale, sodass mein Arsch schmerzt. Das ist Schikane. Das hat Methode. Klar! Das weiß ich von früher. Wir haben damals bei der Kriminalpolizei in Berlin ebenfalls die Angehörigen von Tätern, Zeugen, Anwälte, wen auch immer bis zum Abwinken warten lassen. ›Auf dem Flur schmoren‹, hieß das bei uns. Wenn sie dann beinahe ganz durch waren, ging es ab ins Büro und da dann noch mal von vorn: warten. Bis ihre Nerven blank lagen. Im Anschluss hatten wir dann leichtes Spiel.

Ich versuche, gelassen zu bleiben, probiere mit Blick auf die kahle Wand zu meditieren.

Die Gedanken kommen und gehen und bleiben: Erinnerungen an meine Zeit bei der Berliner Kripo –

»Kommen Sie?« Es ist natürlich nur der Assistent vom Kriminalhauptkommissar, der mich endlich ins Zimmer bittet.

»Huch, das ging aber schnell.«

»Wenn Sie hier bitte Platz nehmen wollen, Hauptkommissar Schweiger kommt gleich.« Er zeigt auf einen klapprigen Stuhl vor einem mit Akten überfüllten Schreibtisch.

Klar, denke ich, sicher muss der Hauptkommissar den frisch gebrühten Kaffee noch austrinken, die Zigarette zu Ende rauchen. Dieses Spiel ist so durchschaubar wie das Glas Wasser, das der Hiwi mir anbietet.

»Gerne. Ich habe Zeit.«

Nach zehn Minuten kommt er. Der Oberbulle Schweiger sieht genauso aus, wie man sich einen Oberbullen kurz vor der Pension in den Satiremagazinen des Landes vorstellt. Leicht gerötetes und glänzendes Gesicht, grau melierte Kurzhaarfrisur, randlose Brille von Fielmann und ein blonder Schnauzbart mit gelben Verfärbungen vom vielen Nikotin. Dazu ein kariertes ärmelloses Flanellhemd, mindestens zwei Nummer zu weite beige Cordhose und bequeme Sandalen, die auch als Hausschuhe durchgehen könnten.

»Ah, da sind Sie ja.«

Es klingt als hätte nicht ich auf ihn, sondern er auf mich gewartet.

»Der Herr Doktor hat Sie schon angekündigt.« Er lässt sich zufrieden in seinen Schreibtischstuhl fallen.

»Der Herr Doktor?«

»Ihr Anwalt.«

»Es ist nicht mein Anwalt, es ist …«

»Worum geht es?«

»Hat Ihnen der Herr Doktor das nicht gesagt?«

»Ich würde es gerne von Ihnen wissen.«

»Ich bin auf der Suche nach Linda Prohaska. Wie Sie wissen, ist sie seit über zwei Wochen verschwunden. Die Eltern und ihr Rechtsanwalt Dr. Wittlich sagten mir, dass die Kriminalpolizei nicht von einem Verbrechen ausgehe.«

Schweiger hebt seine Hand weit über den Schreibtisch. »So hoch ist der Haufen der Vermisstenanzeigen, die bei uns liegen. Wenn wir bei allen von einem Verbrechen ausgehen würden, hätten wir nichts anderes mehr zu tun.« Er lässt die Hand wieder sinken. »Haben wir aber. Aktuell mehrere unaufgeklärte Tötungsdelikte. Er lässt zwischen Daumen und Zeigefinger einen vielleicht fünf Zentimeter großen Spalt. »Mord, Totschlag und das alles. Sie wissen das doch genauso gut wie ich. Waren Sie, bevor Sie Privatschnüffler wurden, nicht auch bei der Kripo?«

Er scheint bestens über mich informiert zu sein. In Zeiten der Europäischen Union werden nicht nur Verbrechen über Landesgrenzen hinweg verfolgt, sondern auch Biografien.

»Sie sehen, Ihr Ruf eilt Ihnen voraus.« Er lächelt süffisant und zeigt seine womöglich ebenfalls vom Nikotin verfärbten Zähne. »Wir haben kein Opfer, keinen Täter, nicht mal eine Lösegeldforderung oder dergleichen. Wir haben nichts. Das ist für Ermittlungsarbeit zu wenig. Viel zu wenig.«

»Sie haben die Aussagen der Eltern.«

Wieder hebt Schweiger die Hand über den Schreibtisch hoch. »Wir haben tausende Aussagen.« Er lässt die Hand sinken und beugt sich ein Stück weit zu mir herüber.

»Mal ehrlich«, sagt er fast konspirativ leise, »nur weil die Prohaskas zu den oberen Zehntausend der Gesellschaft gehören, können wir sie nicht anders behandeln als den Rest.«

»Kennen Sie die Familie Prohaska eigentlich näher?«

Er fläzt sich zurück auf den Schreibtischstuhl. »Wie kommen Sie darauf?«

»Nur so.«

»Nur so, aha.« Wieder ein Lächeln. »Wenn Sie so wollen, nicht mehr oder weniger als alle anderen. Es gibt Menschen, die bewegen sich gerne im Licht der Öffentlichkeit und andere eher am Rand.«

»Und Sie eher am Rand?«

Er ignoriert meine Spitze und sagt: »Im Übrigen haben in diesem Fall auch schon andere außer Ihnen versucht, uns zum Ermitteln zu bewegen. Ich möchte sogar sagen, zu zwingen.« Er deutet mit dem Zeigefinger nach oben zur Decke. »Aber selbst wenn wir wollten, geht es nicht. Wir haben keine Kapazitäten mehr frei, wie man so schön sagt. Es gibt neben den üblichen Totschlagsfällen, et cetera pp., auch aktuell eine unaufgeklärte, scheußliche Mordserie an Prostituierten, die alle, und ich betone alle, unsere Kräfte bis auf den letzten Mann beansprucht und uns ganz schön auf Trab hält. Das können Sie mir ruhig glauben. Mit Überstunden und allem drum und dran, Sie verstehen?«

Und ob ich verstehe.

»Da können der Staatsminister und der Polizeipräsident auch nicht helfen. Außer sie bewilligen ein paar weitere Stellen. Aber dafür fehlt ja wie immer das Geld.«

Wieder beugt er sich ein Stück weit zu mir rüber.

»Mal unter uns. Kann man die jungen Menschen nicht auch verstehen, wenn sie heutzutage gegen den übersteigerten familiären Erwartungsdruck aufbegehren? Sich gegen die elterlichen Erfolgsambitionen wehren? Sich den Karrierebestrebungen von Papi und Mami entziehen und einfach mal die Fliege machen? Ganz hypothetisch jetzt.«

»Kann man können. Wenn man können kann.«

»Na, sehen Sie.« Er scheint zufrieden. Kein Wunder, kurz vor der Rente.

»Sollten Sie tatsächlich ernst zu nehmende Hinweise oder Spuren haben, die faktisch auf ein Verbrechen Rückschlüsse zulassen – hier ist die Tür immer offen. Sie sind jederzeit willkommen.«

Klar, denke ich, wenn nicht gerade Feierabend ist oder eine unaufgeklärte, scheußliche Mordserie der Kripo den Schlaf raubt.

»Ich fürchte, ansonsten kann ich für Sie nichts tun. Und für die Prohaskas auch nicht. Aber dafür hat die Familie jetzt ja Sie.« Wieder ein süffisantes Lächeln unter der Rotzbremse. »Sie entschuldigen mich.« Er steht auf.

»Klar, die toten Nutten«, gebe ich ihm mit auf den Weg.

»Exakt«, kommt von ihm schon an der Tür zurück.

»Habe die Ehre.«

Er verlässt den Raum; sicher auf dem Weg zur nächsten Zigarette.

# NO

In ihrem Verwertungsprozess bin ich der totale Ausfall. Und Abfall. Scheiße, ja totale Scheiße. Ich bin Abschaum, eine Zecke, eine stinkende Ratte. Für sie bin ich nichts, ein niemand, ein Scheißhaufen. Sie haben recht. Ich will nicht dazugehören zu diesem Verwertungskreislauf. Lieber tot als ein Teil von Ihnen. Sie wollen, dass ich genauso werde, wie sie selbst sind. Zombies. Emotionslose Krüppel. Sie wollen, wollen, immerzu wollen. Ich ziehe den Stecker. Ich glaube an kein Leben nach dem Tod. Und auch das davor ist fragwürdig. Ich bin, wie ich bin. Verstanden?!

Es sind dieses Mal nicht die Stimmen, die das sagen. Ich bin es selbst. Wobei ich das immer weniger auseinanderhalten kann. Andauernd spricht es in mir und ich kann nicht zuordnen, von wem was kommt. Wer ist wer und wer bin ich? Da muss man ja verrückt werden, denke ich. Oder ist es das, was verrückt ist? Was als verrückt bezeichnet wird? Solange die Stimmen nur in meinem Kopf bleiben und nicht auf andere übergreifen, durch andere zu mir sprechen, geht es ja noch, denke ich, als ich in der Tram das Gefühl habe, dass mich der Mann schräg gegenüber anschaut, als würde er mich kennen, mich durchschauen. Er glotzt und glotzt und kann gar nicht mehr aufhören zu glotzen. Seine Gesichtszüge erinnern an meinen Vater. Dann an meine Mutter, an Linda. Zuletzt an meinen Bruder. Dr. Konstantin Prohaska! Verdammt, ich will nichts mehr mit diesem Arsch zu tun haben. Was allerdings, seit der Engel mit den Schlitzaugen aufgetaucht ist, nicht mehr gelingen will. Er redet ununterbrochen auf mich ein.

»Dein Weltverneinungsdrang verzeichnet krankhafte Züge. Deine Zerstörungswut sucht nach Erfüllung. Du bastelst dir

Flügel aus Abfall, schwebst über der Stadt, über dem Leben, über dir selbst. Du bist ein in die Luft geschossener Schrotthaufen. Wenn du abstürzt, begräbst du dich unter dir.«

»Was?«, frage ich. »Was soll das, verdammt noch mal?«

»Tun Sie die Füße vom Sitz«, sagt er und glotzt mich noch immer an mit diesen beschissenen Glotzaugen.

»Leck mich!« Bevor er sich echauffieren, kann stehe ich auf und steige aus.

Ich sehe ihn schon von Weitem. Engel heben sich einfach von der Masse ab, leuchten, ziehen die Blicke auf sich. Er ist früher da als verabredet. Was darauf hinweist, dass er nichts weiß, gar nichts. Er hat keinen blassen Schimmer, wo Linda steckt, weiß auch gar nicht, wo er suchen soll.

»Du bist zu spät.«

»Na, das ist mal ein Empfang.« Ich sehe auf die große Uhr über dem Bahnsteig. Scheiße, er hat recht, ich bin eine halbe Stunde zu spät. Ich will mich entschuldigen, doch die Stimmen im Kopf kommen mir zuvor und fragen: »War dein Urin schon mal rot?«

»Ne, deiner?«

»Meiner ist schwarz.«

»Schwarz?«

»Hast du sie gefunden?«, sage ich in seine Verwunderung hinein. Die Verwunderung schlägt um in Ärger.

»Findest du das eigentlich lustig, auf verrückt zu machen?«

»Ich bin verrückt.«

»Wer sagt das?« Seine Verwunderung ist zurück und scheint noch größer zu sein als zuvor. Viel größer.

»Mein Arzt, meine Eltern, alle.«

Sein Gesichtsausdruck verändert sich schon wieder. Der Engel ist ein Chamäleon. Er sieht nicht mehr nur erstaunt aus, er wirkt völlig hilflos, wie ein Kind allein gelassen auf einem stark frequentierten Bahnsteig in einer mitteleuropäischen Großstadt. Süß, denke ich und will ihn am liebsten in den Arm nehmen. Ich nehme ihn nicht in den Arm, sondern sage: »Schizoide Persönlichkeitsstörung.«

»Das ist nicht dein ernst, Nora.«

»Nein. Mein ganzes Leben ist ein Witz. Lustig, was?«

Er schaut mich an, als hätte auch er einen Dachschaden. Dann platzt es aus uns heraus und wir lachen beide, dass sich die vorbeigehenden Menschen nach uns umdrehen. Ein eigenartiges Paar, müssen sie denken, die verlotterte Punkerin und das elegant gekleidete, groß gewachsene, durchtrainierte und bestens aussende Schlitzauge. Das erste Mal habe ich das Gefühl, dass mich jemand versteht. Die Schwerkraft zwischen uns scheint aufgehoben. Ich schwebe um ihn herum. Und er um mich. Die Stimmen in meinem Kopf verursachen das Fluggeräusch dazu. Schön. Schön verrückt.

Dann landen wir wieder, haben uns beruhigt – schade eigentlich – und ich sage: »Ich heiße No, nicht Nora, okay?«

»Okay.«

»Seit ich meine Medikamente abgesetzt habe, wird es schlimmer.«

»Und warum nimmst du sie dann nicht mehr?«

»Willst du vielleicht sein, wie du nicht bist?«

»Schwierige Frage und ehrlich gesagt …« Er stockt und ich gehe dazwischen »… geht es nicht um dich, stimmt's?«

»Stimmt.«

»Es kommt in Schüben.«

»Und jetzt?«

»Alles paletti.« Die Stimmen in meinem Kopf wollen widersprechen. Aber!!! ABER ich lasse es nicht zu, ich lasse es verdammt noch mal nicht zu, schlage mir mehrmals hintereinander mit der flachen Hand an die Schläfe, woraufhin er »Verstehe« sagt. Ich werde das zweite Mal kurz hintereinander das Gefühl nicht los, dass dieser schlitzäugige Engel mir vertrauter ist, als mein Dreck unter den Fingernägeln.

## ICH

Die Kleine ist irre. Komplett durchgeknallt. Aber süß, verdammt süß sogar.

Nachdem sie mich angerufen hat, ohne zu sagen, was sie eigentlich von mir will, und in vagen Andeutungen sprach, dass sie was hätte, was mich – »He, Mann, total, ich schwör's dir« – interessieren könnte, warte ich eine halbe Stunde an der Trambahnhaltestelle Schottentor gegenüber der Uni, ohne dass sie auftaucht. Bin ich eigentlich bescheuert, mich auf dieses verrückte Biest einzulassen, denke ich, nur weil sie einen knackigen Hintern, einen verdammt knackige Hintern hat und süße Brüste, die jedem Mann den Kopf verdrehen? Ist es schon wieder so weit, dass mein Schwanz lenkt, ohne dass mein Hirn denkt? Kaum habe ich das Kloster verlassen, fängt die ganze Scheiße von Verlangen, Sucht und Trieb von Neuem an, denke ich, als sie schließlich doch noch kommt und abermals völlig wirres Zeug redet. Bis sie schließlich aus ihrer Hosentasche einen zerknüllten Zettel hervorzieht und mir unter die Nase hält.

»Was ist das?«, will ich wissen.

»Ein Zettel.«

»Klar ist das ein *Zettel*, aber was für einer?«

Sie sieht mich an, als hätte ich nicht mehr alle Tassen im Schrank.

»Von Linda, Mann! Sie hat früher schon immer das, was ihr wichtig war, hinter Schränke, Regale und unter Tische geklebt.«

»Was?«

»Ihr Tagebuch, Liebesbriefe, was weiß ich.«

»Und das?« Ich zeige auf das zusammengeknüllte Stück Papier in ihrer Hand.

»Das war unter ihrem Küchentisch. Mit Reißzwecken festgemacht. Könnte also wichtig sein.«

»Glaubst du?«

»Warum sollte sie es denn sonst …« Sie gerät langsam außer sich. »Damit es niemand findet, Mann!«

Sie klappt den Zettel auf, ich lese: Faschinger, Pramer, 15/6.

»Was soll das sein?«

»Nach was sieht es denn aus?« Sie betrachtet mich, als stünde ich komplett neben mir.

»Keine Ahnung.«

»Das ist eine Adresse, Sherlock!«

»Was für eine Adresse?«

»Bin ich Jesus?«

Ich merke immer mehr, wie die Kleine nicht nur wahnsinnig ist, sondern mich auch langsam wahnsinnig macht.

»Wo?«

»Na, hier in Wien. Pramergasse 15, Tür 6. Na los, es ist nicht weit von hier.«

»Wie, na los?«

»Gehen wir.«

»Wir?«

»Du, ich, wir.« Sie grinst schalkhaft. »Und die anderen.«

»Welche anderen?«

Sie tippt sich an die Stirn und lacht, dann hakt sie sich bei mir unter und zieht mich fort.

Hinter der Votivkirche lässt sie mich wieder los. Sie steckt sich eine Zigarette an, geht zwei Schritte vor mir her und dreht sich dabei zu mir um. Sie geht rückwärts und redet ununterbrochen auf mich ein. Ich höre ihr schon lange nicht mehr zu, sehe auf ihre Brüste. Als sie sich wieder umdreht, glotze ich auf ihre Arschbacken, die makellos wie von einem begabten Bildhauer entworfen erscheinen. Ganz auf ihren Hintern konzentriert entgeht mir dennoch nicht, dass sie, als wir an einem geparkten Polizeifahrzeug vorbeikommen, einen unscheinbaren Gegenstand aus ihrer Jackentasche holt und diesen gegen die Autokarosserie drückt.

»Was machst du da?«

»Subversion«, sagt sie, ohne sich umzusehen.

Die Subversion ist ein kleiner Kratzer, der sich über die komplette Längsseite des Wagens in das Metall gefressen hat. Während ich mir an die Stirn tippe, »Kinderkram«, murmle, lächelt sie und lässt den kleinen Nagel wieder in ihrer Jackentasche verschwinden. »Das befreit!«

»Wovon?«

»Von allem!«

Wir gehen die Berggasse entlang, kommen am Sigmund Freud Museum vorbei. Sie schreit mich plötzlich an, dass ich gar nicht anders kann, als ihr zuzuhören.

»He, bist du taub, oder was?! Wir werden verfolgt. Nicht umdrehen.«

»Du spinnst doch!«

»Na und?«

Ihre Paranoia scheint sich langsam auf mich zu übertragen.

Kurz nachdem wir in die Pramergasse eingebogen sind, bleibt sie vor Hausnummer 15 stehen. Ich kann sie gerade noch daran hindern, bei *Faschinger* zu klingeln. Die Haustür öffnet sich auch so nach einem leichten Druck. Wir tauchen in den kühlen nach vergorenen Essensresten riechenden Hausflur ein. Bei einem Blick zurück merke ich, dass Nora verschwunden ist. Ich gehe die Treppe allein nach oben in den zweiten Stock und bleibe vor Tür Nummer sechs stehen. Auch da erübrigt sich Klingeln oder Klopfen. Diese Tür ist ebenfalls nur angelehnt. Ich weiß aus meinem früheren Leben als Kriminalbeamter beim Drogendezernat und bei der Mordkommission in Berlin, dass derartige Türen nichts Erfreuliches bereithalten. Noch ehe ich darüber nachdenken kann, ob es nicht sinnvoller wäre, den Rückzug anzutreten, übernimmt meine Neugierde die Initiative. Ich befinde mich bereits im Wohnungsflur.

»Hallo?«

Niemand antwortet. Ein Uhrenpendel und das dazugehörige Ticken sind zu hören. Sonst nichts. Auf knarrenden Dielen arbeite ich mich den Flur entlang. Ich drücke eine angelehnte Zimmertür auf, trete in das Wohnzimmer und verharre. Nahe dem kniehohen Tisch sitzt oder besser hängt eine alte Frau im Rollstuhl. Ihr Kopf ist auf die Brust gefallen, die Arme und Beine sind schlaff von ihr gestreckt. Der erste Blick lässt keine Zweifel offen: Die schläft nicht, die ist tot. Da ist er wieder: der Tod! Obgleich ich ihm in meinem Leben bereits mehrmals begegnet bin, erwischt es mich völlig unvorbereitet. Ich kann mich einfach nicht an ihn gewöhnen. Ich will mich nicht an ihn gewöhnen. Er ist und bleibt ein hinterhältiges Arschloch, der sich aus einem Minderwertigkeitsgefühl dem Leben gegenüber auf- und damit in den Vordergrund spielt. Als hätte er auf mich gewartet. Als ginge es ohne ihn nicht. Warum muss es immer Tote geben? Warum kann ein Fall nicht Mal unblutig enden? Ohne ihn.

Die letzten Toten, die mir begegnet sind, rattern wie Dias durch mein Hirn, um mir die Ausweglosigkeit meiner eigenen mickrigen Existenz zu illustrieren. Tote widern mich an. Sie machen mir Angst. Auch die tote Alte im Rollstuhl erschüttert mich, sodass ich meinen Blick nicht von ihr nehmen kann.

»Was machen Sie hier?« – Worte wie Pistolenschüsse in meinem Rücken.

Mir bleibt beinahe das Herz stehen, bevor ich mich umdrehen kann. An der Wohnzimmertür steht eine Frau in einem weißen Kittel. Sie sieht mich fragend, auch eine Spur vorwurfsvoll an.

»Die Tür war auf«, sage ich, als würde das alles entschuldigen. Auch die tote Alte im Rollstuhl.

»Was ist mit Frau Faschinger?«

»Sie ist tot.«

Ich sehe ihr an, dass sie überlegt, ob sie schnellstmöglichst die Wohnung verlassen sollte. Sie bleibt. Offenbar schließt sie eine Verbindung zwischen dem Tod der Frau und mir aus.

»Waren Sie das?«

Zu früh gefreut, denke ich. »Wie kommen Sie darauf, dass sie umgebracht wurde?« Bei dem Wort ›umgebracht‹ zuckt sie zusammen.

»Sie hatte die letzte Zeit so eine Ahnung.«

»Was für eine Ahnung?«

»Seit diese Frau da war.«

»Welche Frau?«

»Eine junge Frau, die sie ganz durcheinandergebracht hat.«

»Die hier.« Ich zeige ihr ein Foto von Linda.

»Ja, die war es.«

»Was sie wollte, wissen Sie nicht zufällig?«

»Sind Sie von der Polizei?«

»So etwas Ähnliches.«

Sie geht zum Wohnzimmertisch, nimmt den Hörer vom alten Kabeltelefon und tippt eine Zahlenkombination ein.

»Ja, hier ist Isabelle, ich wollte nur sagen, dass die Frau Faschinger tot ist. Ja. Gut, ich warte.« Sie legt auf. »Die Leitstelle benachrichtigt die Polizei.«

»Welche Leitstelle?«

»Volkshilfe. Ich bin die Heimhilfe von Frau Faschinger. Und wer sind Sie?«

»Ich bin ein … Freund von Linda.«

»Linda?«

»Die junge Frau, die Frau Faschinger in Aufregung versetzt hat. Sie ist spurlos verschwunden. Wir machen uns große Sorgen.«

»Wer wir?«

»Ihre Eltern, ihr Bruder, ihre Schwester. Ich.«

»Und Sie glauben, Frau Faschingers Tod hat damit zu tun?«

»Ich weiß nicht. Aber es ist schon komisch, oder?«

»Komisch? Das ist nicht nur komisch, da liegt ein Zusammenhang auf der Hand. Vor gut zwei Wochen taucht diese Frau auf, dann verschwindet sie spurlos und kurze Zeit später ist Frau Faschinger tot.«

Die Heimhilfe entwickelt einen seltsamen Eifer. Womöglich zu viele Kriminalfilme im ORF gesehen, denke ich und nicke ihr bestätigend und etwas aufmunternd zu.

»An Ihnen ist eine Kriminalhauptkommissarin verloren gegangen.« Sie fühlt sich geschmeichelt. »Sehen Sie das?« Ich zeige auf die tote Frau Faschinger im Rollstuhl.

»Was?«

»Hier am Hals.«

»Was ist das?«

»Nach was sieht es denn aus?«

»Ein Strich, eine Linie.«

»Erdrosselt.«

»Um Gottes willen.«

»Kann man wohl sagen.«

# DU

Konstantin! Dein Bruder! Er hat dich auf die Idee gebracht, auf das Thema.

Es ist kurz vor Weihnachten. Ihr seid alle versammelt im Haus der Eltern. Vater, Mutter, sogar Nora ist da. Warum ist Nora da? Du weißt es nicht; Nora ist normalerweise nie da. Nach dem Essen kommt das Gespräch auf die österreichische Nobelpreisträgerin. Wobei man von einem Gespräch nicht reden kann. Eigentlich spricht nur Konstantin. Immer spricht Konstantin. So als wäre der Wohnzimmertisch das Rednerpult einer Parteiversammlung, der Weihnachtsbaum die Kamera vom ORF und er der Messias während der Bergpredigt. Die anderen hören andächtig zu. Ab und zu versucht ihn der Vater zu bestätigen. Die Mutter nickt voller Stolz vor sich hin, während Nora zu Boden schaut und du angestrengt seinen Worten folgst. Er lässt kein gutes Haar an der Schriftstellerin, bezeichnet sie als »linke feministische Schlampe« als »penetrante Aufwieglerin«, als jemanden, der das Land permanent beleidigt und mit ihm die Bürger die in demselbigen leben.

»Und warum?«, fragt er und beantwortet die Frage gleich selbst: »Weil sie ein paranoides neurotisches Mutterproblem hat und ein Leben lang jüdisch zersetzt wurde.« Den Nobelpreis für sie hält Konstantin für einen Skandal und eine Schande fürs ganze Land, nur traue sich das niemand zu sagen.

»Verleumdungen, Verdächtigungen, Diffamierungen und Lügen, das ist das, was diese Zicke kann. Ein einziges monomanischen Hass- und Raunzgeseiere ist das, eine Betroffenheitsverwurstungsshow.« Er lacht abschätzig und scheint sich für seine Wortwahl selbst gratulieren zu wollen.

»Und die Theater spielen das auch noch«, fügt der Vater hinzu. Die Mutter sagt, als müsste sie ihrem Mann und dem Sohn zeigen, dass auch sie aufmerksam ist, »Der Würgeengel«, während Nora und du schweigen.

»Da kommt einem das Kotzen!«

»Konstantin, bitte.« Das geht dann der Mutter doch zu weit.

»Ist doch wahr!«

Was ist wahr?, denkst du und weißt plötzlich, dass ihm, dem eloquenten Bruder, nur die Wahrheit zusetzen kann. Gegen alles andere ist er gefeit. Dir wird klar, dass du ihm, wenn überhaupt nur mit dem, was er nicht für wahrhaben will, beikommen kannst. Damit ist er zu knacken. Jenseits der Rhetorik.

Einen Tag später besorgst du dir den ›Würgeengel‹, das Theaterstück der Nobelpreisträgerin über das Massaker von Rechnitz. Sofort ist dein Interesse geweckt. Mit dem Stück geht für dich ein Buch auf, in das du dich versinkst. Es ist ein magischer Sog, der dich von einer Szene in die andere gleiten lässt. Immer weiter, das Ziel dicht vor Augen: Genugtuung, Rache, Gerechtigkeit.

Dabei gehst du, bei der Suche nach den Leichen, selbst über welche. Du schüttelst den Kopf, immer wieder, willst es nicht wahrhaben. Dich nicht wahrhaben. Aber wenn wir schon bei der Wahrheit sind, liebe Linda, auf die du so sehr vertraust, wird dir nichts anderes übrig bleiben, als diese Scheiße zu akzeptieren, in die du hineingeraten bist. Dich selbst hineinmanövriert hast.

# ICH

An jedem Laternenmast hängen Wahlplakate. Darauf hässliche Gesichter, deformierte Visagen von Ärschen, Repräsentanten des Grauens, Politzombies. Einfältige Parolen plus debiler Populismus ergibt Verdummungsstrategie. Wahlwerbung inflationär. ÖVP, SPÖ, FPÖ, Grüne. Und dazwischen immer wieder welche der AFÖ – der Alternative für Österreich. Mit den hetzerischsten Sprüchen drauf. ›Heimatliebe statt Marrokaner-Diebe‹, ›Mehr Mut für unser Wiener Blut – zu viel Fremdes tut niemandem gut‹. Plakatierter Rassismus. Wenn das die Alternative für Österreich sein soll, dann ist Österreich keine Alternative. Für nichts und niemanden. ›Gas geben‹, steht auf einem weiteren Plakat genau über mir, auf dem ein Kandidat locker im schwarzen Lederkombi auf einer BMW sitzt und den Betrachter jovial mit einem Schwiegermuttergrinsen belästigt. Das Irritierenste ist ein schwarzer Strich über der Oberlippe, ein aufgesprühter Bart, der eindeutig an den des Massenmörders aus Braunau erinnert. Darunter steht ›AFÖ –Alternative für Österreich‹ und ›Ihre Alternative heißt: Dr. Konstantin Prohaska‹.

Halleluja! Lindas Bruder ist Spitzenkandidat der Rechtspopulisten, einer Partei die sich auf antisemitische Faustschläge spezialisiert hat. Davon hat mir Dr. Wittlich ja gar nichts erzählt. Scheint ihm wohl nicht so wichtig gewesen zu sein. Womöglich glaubt das Bruderherz deswegen nicht an ein Verbrechen an seiner Schwester. Er möchte sich seinen Wahlkampf nicht von der aufmüpfigen Linda versauen lassen. Wäre blöd, wenn alle nur über die verschwundene Schwester reden und gar nicht mehr über seine Alternativen für Österreich. Andererseits könnte ein unterstelltes brutales Verbrechen an der Schwester unter Umständen auch für den Wahlkampf des Bruders instrumentalisiert werden, nach dem Motto: Die politischen Gegner lassen kein Mittel ungenutzt, um dem heimatliebenden AFÖ-Spitzenkandidaten zu schaden. Dafür ließen sich die Afrikaner, das ausländische Blut, die Juden und all die anderen Feinde der Alternativen doch bestimmt bestens herbeizitieren und verantwortlich machen.

Ich glaube nicht an Zufälle. Es würde mich sehr wundern, wenn es keinen Zusammenhang zwischen dem Verschwinden von Linda und dem politischen Aufstieg von Konstantin Prohaska gäbe. Es ist auf jeden Fall eine Angelegenheit, der ich nachgehen –

»Hallo, Isabelle!« Die Heimhilfe der toten Frau Faschinger erschrickt.

»Das ist jetzt aber kein Zufall, oder?« Ich stehe neben ihr beim Hauseingang der Leitstelle der Volkshilfe im neunten Gemeindebezirk auf dem Bürgersteig und rieche ihr blumiges, wahrscheinlich billiges Parfum, durch das hindurch sich ein leichter Schweißgeruch schummelt. Natürlich ist es kein Zufall. Ich habe sie beobachtet und abgepasst.

»Was glauben Sie?«

Sie sieht mich argwöhnisch an und lässt ihre Augen wie an einem Bungeeseil an mir entlang gleiten. »Ich glaube, dass Sie was von mir wollen.«

»Exakt.« Meine Stimme hausiert mit einem verführerischen Ton. Den verführerischsten, den ich drauf habe. Er zeigt Wirkung. Ihr breites Gesicht mit den hohen Wangenknochen wird ein bisschen rot. Ich lasse sie noch ein wenig von dieser Peinlichkeit umwabern und sage dann ebenso reizend wie zuvor: »Isabelle, nehmen Sie es mir nicht übel, aber ich würde Sie gerne zum Essen einladen.« Ich merke, wie meine Worte ihr schmeicheln. »Sie haben jetzt doch Mittagspause, stimmt's?!«

»Gehen wir ins *Landsknecht.* Gleich da ums Eck.«

Wir setzen uns in den hinteren Teil des Restaurants, möglichst weit von den anderen Gästen entfernt und studieren beide auffällig intensiv die Speisekarte wie Fremdwörterlexika. Gleichzeitig legen wir sie zur Seite. Ohne Umschweife komme ich zur Sache.

»Sagen Sie mal, Isabelle, was war denn die Frau Faschinger für ein Mensch?«

Sie faltet ihre Hände auf dem Tisch und lehnt sich in ihrem Stuhl zurück. »Kann es sein, dass Sie mich nicht nur zum Essen einladen wollen?«

Ich sage erst mal nichts, was auch gar nicht notwendig ist, da Isabelle gleich nachlegt.

»Sie glauben wohl, weil ich alten Menschen den Hintern wische, hab ich nichts drauf und leg einfach so die Karten auf den Tisch.«

Natürlich hätte ich ihr widersprechen können, sagen – Aber meine liebe Isabelle, Sie sind alles andere als blöd – und dabei nach ihren gefalteten Patschhändchen greifen und –

»Was für Karten?«

»Was wollen Sie wissen und was kriege ich dafür?« – ein Pragmatismus, der mir gefällt. Jetzt sind schon Heimhelfer bestechlich. Was für elende Zeiten! Ich habe, wie es scheint, die kleine pummelige Isabelle unterschätzt.

»Kommt darauf an«, sage ich, »was Sie zu bieten haben.« Jetzt reißt sie gleich ihre Bluse auf, denke ich und zeigt mir ihre großen verschwitzten Brüste. Ich merke, wie mich diese völlig unscheinbare Heimhelferin langsam anfängt zu erregen. Mein Thalamus sortiert die von meinen Sehnerven abgefeuerten Botschaften und komplimentiert sie an das limbische System weiter. Das scheint sich dadurch in höchster Aufregung zu befinden. Verflucht, das funktioniert ja wieder bestens!

Ich schiebe 50 Euro unter die Speisekarte auf dem Tisch. Sie will danach greifen. Ich lege meine Hand auf ihre. Sie fühlt sich schwammig an, wobei ich ein weiteres Mal an ihre Brüste denken muss.

»Diese Frau war meines Wissens zweimal bei Frau Faschinger.« Isabelle zieht ihre Hand unter meiner hervor. »Das eine Mal war auch ich da. Ich habe gerade die Wäsche gemacht, im Kabinett. Bügeln.«

»Wann war das?«

»Ich bin zweimal die Woche bei Frau Faschinger. Dienstag und Freitag. Es war Freitag vor zwei Wochen.«

»Und was wollte Sie?«

»Sie hat sie ausgefragt.«

»Worüber?«

»Na ja, das kann ich nicht so genau sagen. Ich war ja im Kabinett und konnte nicht alles verstehen. Soviel ich mitbekommen habe, hat es mit früher zu tun gehabt, mit der Vergangenheit von Frau Faschinger. An die sich die aber nicht mehr erinnern konnte oder wollte. Die junge Frau hat nicht lockergelassen. Die wusste, wie man so was macht.«

»Was macht?«

»Jemand in die Enge treiben.« Es ist ein vorwurfsvoller Blick, der mich trifft und den ich mit einem Lächeln erwidere.

»Sie hat gesagt, dass die Frau Faschinger es ihr ruhig sagen könne. ›Es nütze nichts, es abzustreiten‹, hat sie gesagt, dafür gäbe es Beweise. Sie solle ihr helfen, damit sie sich selbst hilft. ›Die Zeit heilt keine Wunden, Frau Faschinger‹, hat sie gesagt. Und: ›Wenn Sie es mir nicht sagen, dann bleibt es für immer verschollen.‹«

»Was?«

Sie zuckt mit ihren Schultern.

Die Bedienung kommt an unseren Tisch und nimmt schlecht gelaunt die Bestellung auf. Ich rieche Rauch von zuvor inhalierten Zigaretten.

»Zweimal Tagesgericht«, sage ich, ohne sie anzusehen. »Und für mich einen Kaffee.«

»Und Sie?«

»Ein Glas Roten.«

Als die Bedienung die Speisekarte mitnehmen will, lege ich ein weiteres Mal meine Hand darauf. Ihre Laune wird noch schlechter. Ich weiß, was sie jetzt denkt, und erwarte jeden Moment eine rassistische Beleidigung. Sie traut sich nicht und verschwindet. In solchen Fällen ist es ratsam, das bestellte Essen nicht anzurühren.

»Sie hatte einen Plan dabei«, sagt Isabelle.

»Was für einen Plan?«

»Weiß nicht, so 'ne Art Stadtplan. Also keinen richtigen Stadtplan, eher so was handschriftlich Gezeichnetes, das aussah wie …«

Die Bedienung bringt die Getränke. Isabelle nimmt einen Schluck vom Glas, ich lasse den Kaffee unangerührt.

»Und?«

Sie macht keine Anstalten weiterzureden. Sie pokert, denke ich. Ich lächle und lege einen weiteren 50-Euro-Schein unter die Speisekarte. Ich merke, wie sie ihren Impuls, erneut nach der Speisekarte greifen zu wollen, unterdrückt. Der Niedriglohnsektor verlangt seinen Tribut. Ihre Brüste sind wieder in meinem Kopf. Scheiße!

»Sie hat immer wieder gesagt, die Frau Faschinger soll ihr zeigen, wo es ist, weil sie es doch wissen würde. Das hat sie, also die junge Frau, schon längst herausgefunden, also dass die Frau Faschinger es weiß. Frau Faschinger hat gesagt, dass sie sich nicht mehr erinnern kann, dass es schon zu lange her ist. Aber diese Frau hat nicht lockergelassen und hat gesagt, dass sie ihr das nicht glaubt. Und dass sie sich erleichtern soll, vor ihrem Gewissen, jetzt am Ende ihres Lebens. Das ist sie sich selbst schuldig und den Opfern. Sie hat auf moralisch gemacht und die Frau Faschinger immer weiter in die Enge getrieben. Ob es am Stadl ist, hat sie gefragt, aber die Frau Faschinger hat nur den Kopf geschüttelt. Und immer wieder beteuert, dass sie es doch nicht mehr weiß.«

»Was für ein Stadl?«

»Keine Ahnung.«

Sie nimmt wieder einen Schluck von ihrem Weinglas.

»Am Ende hat sie es dann doch noch gesagt, glaube ich.«

»Warum glauben Sie das?«

»Na ja, die junge Frau hat sich bedankt und gemeint, sie wird es auch niemanden verraten, von wem sie das weiß. Dann ist sie verschwunden und die Frau Faschinger war ganz aufgelöst und hat geweint. Als ich sie gefragt habe, was denn los ist, hat sie nur gesagt: ›Nichts, gar nichts.‹«

Ich hebe die Speisekarte hoch. Wenn ich jetzt noch ihre verschwitzten Brüste sehen dürfte, würde ich ihr noch einen Schein dazulegen. Sie sieht mich an, als könne sie meine Gedanken lesen. Sie zögert, überlegt, dann steckt sie die Scheine ganz schnell ein. Die Tagesgerichte kommen.

»Ich zahle gleich. Zusammen.«

Mit Heißhunger stürzt sich Isabelle auf das Wiener Schnitzel. Es erinnert an Kannibalismus. Ich sehe ihr eine Weile zu, ohne mein eigenes Essen anzurühren, und kann an ihrer Bluse vorbei die weiße Haut von ihrem Brustansatz erkennen. Mir ist der Appetit vergangen. Die Stimulierung meiner Neuronen des limbischen Systems nimmt mich völlig in Beschlag und läuft auf Hochtouren. Der Neokortex greift auf die verfluchten abgelagerten Muster zurück und schüttet mich mit assoziierten Details zu, die mir die Erfahrungen meiner Vergangenheit in der Randzone der Lust schmackhaft machen wollen.

»Wo ist die Frau Faschinger denn jetzt?«

»Wie wo?« Sie fragt es mit vollem Mund.

»Wo wird sie beerdigt?«

»In Rechnitz.«

»Rechnitz?«

»Im Burgenland. Da kommt die Frau Faschinger doch ursprünglich her.«

»Wie alt war denn die Frau Faschinger?«

»77.«

Nachdem mir der Blick auf die feuchte Haut ihres Dekolletés mit zunehmender Zeit langsam den Verstand raubt, verabschiede ich mich aufs Klo und masturbiere auf dem Klodeckel sitzend in einer der Kabinen. Meine Gedanken sind ganz bei ihren verschwitzten großen Brüsten. Es dauert nicht lange, da klatscht mein Sperma gegen die Kabinentür auf der mit Edding *AFÖ – Arschficken Für Österreich*! gekritzelt steht. Meine im Kloster erfolgreich kontrollierte Sexsucht scheint nach wenigen Tagen fernab der Bendiktinischen Regel wieder voll ausgebrochen zu sein. Mein limbisches System dreht durch. Es ekelt mich vor mir selbst.

Als ich zurück bin, ist Isabelle verschwunden. Was mich ein wenig erleichtert. Auf dem Tisch hat sie auf einem Bedienungszettel ihre Telefonnummer zurückgelassen und darunter *Bei weiteren Fragen* geschrieben.

# 4. KAPITEL

»Ist es wahr?«
»Weshalb sollte ich lügen?«
»Natürlich, weshalb solltest du lügen.«
»Zufällig habe ich jetzt doch gelogen.«
»Das macht nichts.«
»Ich habe nur zugesehen, wie die beiden sich liebten.«

*Das Schweigen, Ingmar Bergmann*

# ES

Es ist der 24. März 1945. Später Nachmittag.

Sie ist aufgeregt und freut sich auf den Abend. Sie weiß, es wird das letzte Fest im Schloss sein. Das letzte für lange Zeit. Vielleicht für immer.

Die Koffer sind gepackt, in ein paar Tagen geht es los. Bevor die Russen hier einfallen. Laut des Ortsgruppenleiters Podezin stehen sie schon an der Donau. Sie muss weg von hier, in Sicherheit. Zuerst in die neutrale Schweiz. Dann womöglich nach Südamerika. Die Trauer, das Schloss zurücklassen zu müssen, hält sich in Grenzen. Die Freude, dass Hans Joachim, ihr Gutsverwalter und Liebhaber, mitkommen wird, überwiegt.

Die Vorbereitungen für das Abschiedsfest laufen auf Hochtouren. Sie hat alle eingeladen, die ihr wichtig sind. Mitglieder der Gestapo, lokale Nazigrößen, Freunde, Rechnitzer. Ein letztes Mal will sie mit ihnen feiern. Dass ihr Mann, der Graf, auch zugegen ist, behagt ihr weniger. Sie ignoriert ihn, was ihn offenbar nicht allzu sehr kränkt. Die Ehe ist von Anfang an ein Desaster. Der verarmte ungarische Graf kann ihr, der Thyssen-Milliardärin, nicht das Wasser reichen. Das weiß sie, das weiß er. Ein Deal unter den Eheleuten macht das Verhältnis erträglich. Nach außen hin wird der Anschein einer glücklichen Ehe gewahrt. Darüber hinaus macht sie, was sie will. Der Graf drückt alle Augen zu und wird dafür fürstlich entlohnt.

Während in der Küche geschuftet wird, putzt sie sich heraus. Legt den teuren Schmuck an, das Abendkleid. Sie sieht sich im großen Wandspiegel, feilt dabei an ihrer Festrede und ist mit ihrem Erscheinungsbild mehr als zufrieden. Besonders mit ihrer vornehmen Blässe, die ihre Besonderheit noch hervorhebt. Auch die Rede scheint ihr gelungen zu sein, wenngleich sie den Eindruck hat, in manchen Passagen etwas zu dick aufgetragen zu haben.

Aber die Ansprache an die Festgesellschaft kommt bestens an. Die meisten sind gerührt, manche weinen für Momente sogar. Noch vor dem Essen wird im Stehen ein Aperitif gereicht. Dann werden die Töpfe aufgetragen. Der Kalbsbratenduft erfüllt den Raum. Das Essen ist vorzüglich. Die Köchin hat, trotz der wenigen Zeit und des reduzierten Personals, gute Arbeit geleistet.

»Ein Prosit auf die Küche«, ruft sie in die Menge und erhebt das Glas. Alle stoßen an.

Nach dem Essen spielt die Ziehharmonika auf und es wird getanzt. Sie tanzt mit dem Ortsgruppenleiter, der auffällig nach Schnaps riecht und ihr dreimal auf die Füße tritt, ohne sich auch nur ein einziges Mal zu entschuldigen. Dann mit dem Führer der Hitlerjugend aus Rechnitz. Wie ihr scheint, verschlingt dieser sie dabei mit seinen Augen, wobei seine Wangen wie zwei Sonnen glühen und seine Unterlippe vor Aufregung zittert. Was ihr nicht unangenehm ist. Sie mag es, begehrt zu werden. An den Namen des Mannes kann sie sich nicht erinnern, nur dass sie ihm beim letzten Weihnachtsfest im Schloss ein Fläschchen Rasierwasser geschenkt hat. Wie allen anderen Nazigrößen auch. Zuletzt tanzt sie mit Hans Joachim, der ebenfalls schon angetrunken scheint und ihr ins Ohr flüstert, dass er sie liebe, begehre und mit ihr schlafen wolle.

»Jetzt?«, flüstert sie zurück.

»Jetzt!«

Sie setzen sich unbemerkt von der Festgesellschaft ab, küssen sich in einer schummrigen Ecke des langen Flurs und treiben es hernach im Stehen, seine Hand auf ihrem Mund, in der dunklen Bügelkammer neben der Küche.

Als sie keine halbe Stunde später im Festsaal zurück sind, sucht der Ortsgruppenleiter bereits nach Hans Joachim. Sie müssen dringend zum Bahnhof Juden entsorgen, wie er sagt und zu Hans Joachim: »Das solltest du dir auf keinen Fall entgehen lassen.«

Zehn Männer brechen, nachdem die Gewehre und die Munition ausgeteilt sind, gegen 23 Uhr auf. Auch sie würde sich gern anschließen. Schießen gehört schließlich zu ihrer Leidenschaft. Aber als Gastgeberin muss sie sich um die verbliebenen Gäste kümmern.

»Wir sind bald wieder zurück.« Hans Joachim drückt ihr einen flüchtigen Kuss auf die Wange. Sie zwinkert ihm zu, als Zeichen, dass sie auf jeden Fall so lange ausharren werde.

## DU

Du sitzt in deinem dunklen Loch. Dir ist kalt. Du bist allein. Du warst schon immer allein. Allein auf der Suche nach einem Fall, den die Öffentlichkeit abgehakt hat. Aber die verschwundenen Juden interessieren dich doch gar nicht. Du kannst es ruhig zugeben. Die Zeit der Lügen ist vorbei. Die des Selbstbetrugs auch. Das Einzige, was dich wirklich interessiert, bist du selbst. Du hast alles gemacht, die Recherche, die Suche, ja sogar deine Promotion ganz allein für dich, um es ihnen zu zeigen. Deiner Familie, deinem Bruder, Nora, allen. Endlich raus aus der dunklen Ecke, hast du gedacht, ans Licht. Um jeden Preis, nicht wahr?! Annerkennung ist dein Lebenselixier, dein Antrieb. Die Schmach für immer vergessen machen. Das Stigma der mittelprächtigen Tochter auslöschen, die Demütigung wettmachen. Aus dem Schatten treten, in den Vordergrund, damit aus dem »Du schaffst das nie!« ein »Das hätten wir aber nicht gedacht!« wird. Du wolltest sie Lügen strafen und gleichzeitig dafür bestrafen, dass sie dich dein Leben lang unterschätzt haben. Immer die anderen vorgezogen und dich als die graue Maus im grauen Universum verkannt haben.

Und dann war sie da, die Chance! Endlich. Die einmalige Gelegenheit. Als du kurz nach der Lektüre des ›Würgeengels‹ bei einem Forschungspraktikum deines Studiums mit Studierenden der Politikwissenschaft der Universität ein weiteres Mal auf den Fall Rechnitz stößt, ahnst du zunächst nur, dass das eine Möglichkeit sein könnte, die graue Maus an Farbe gewinnen zu lassen. Je mehr du dich damit auseinandersetztest, umso deutlicher erkanntest du die Chance, die dir Rechnitz bot; nicht nur fürs Studium, deiner wissenschaftlichen Karriere, sondern vor allem damit es deinen Widersachern und Bedenkenträgern endlich einmal zu zeigen. Zu zeigen, was in dir steckt. Was du zu leisten imstande bist. Vor allem deiner Familie, deinen, dich ständig unterschätzenden Eltern gegenüber. Konstantin. Nora.

Du erinnerst dich, dass Rechnitz in den Gesprächen zu Hause nie eine Rolle gespielt hat. Auch bei dem Gespräch über den ›Würgeengel‹ fiel der Name nicht. Obgleich deine Mutter aus Rechnitz stammt. Deine Großeltern bis zu ihrem Tod in Rechnitz gewohnt haben. Die Geschichte des Dorfes war im Familienkreis tabu. Erst als Konstantin in die Politik wechselte, hast du immer wieder mal das Gespräch auf die Vergangenheit dieser Burgenländischen Ortschaft gebracht, was meistens mit Ignoranz beantwortet wurde. Als du Konstantin fragtest, was er denn darüber wisse, sagte er der Situation völlig unangemessen: »Das geht dich einen Scheißdreck an.«

Du warst von seiner heftigen Reaktion überrascht, sahst dich aber darin bestätigt, an der richtigen Stelle, am wunden Punkt zu rühren.

# ICH

*Massaker von Rechnitz*. Es ist der dritte Eintrag bei Google, der mir sofort ins Auge springt. Zuerst überfliege ich den Wikipedia-Eintrag und stelle mit jedem Wort mehr fest, dass es sich hier offenbar nicht nur um ein historisches Verbrechen handelt, sondern dass die Vergangenheit vor meinen Augen eine tiefe Schneise in die Gegenwart hineinschlägt. In meine Gegenwart. Ich lese den Eintrag noch einmal langsam und laut vor mich hin.

»Am 24. und 25. März 1945 ereignete sich im burgenländischen Rechnitz in der Nähes des Schlosses ein Massaker bei dem höchstwahrscheinlich bis zu 200 jüdische Zwangsarbeiter aus Ungarn umgebracht wurden.«

Ich bin wie paralysiert und gleichzeitig total aufgewühlt. Die Worte eröffnen mir unerwartet Zutritt in vormals diffus Waberndes, für das ich bis jetzt kein Verständnis aufbringen konnte. Ich merke, wie ich ein Fitzelchen einer Schnur in der Hand halte, die, daran gezogen, eine Tür öffnet, einen Zusammenhang zwischen diesem Verbrechen und meinem

Fall. Ich ahne, dass der Name Rechnitz wie ein Damoklesschwert über dem Verschwinden von Linda hängt.

»Nach dem Krieg kam es zu einem Gerichtsverfahren, das aber nur wenig Licht ins Dunkel brachte. Im Zuge des Verfahrens wurden zwei Zeugen ermordet. Ob deren Ermordung im Zusammenhang mit dem Massaker von Rechnitz stand, konnte bis heute nicht geklärt werden. Die Akten der Volksgerichtsverfahren ›Rechnitz I‹ (Vg 2f Vr 2832/45), ›Rechnitz II‹ (Vg 11d Vr 190/48) und ›Rechnitz III‹ (Vg 8e Vr 70/54) werden heute im Wiener Stadt- und Landesarchiv aufbewahrt.«

Linda studierte bis zu ihrem Verschwinden Politikwissenschaft an der Universität Wien und hat ihr Studium mit einem Master abgeschlossen. Ich blättere die Mappe durch, die mir Dr. Wittlich gegeben hat, finde aber keine näheren Informationen darüber und lese weiter im Wikipedia-Eintrag.

»Die Überreste der ermordeten Zwangsarbeiter, die beim Kreuzstadl, einer heutigen Ruine eines Gehöfts, vermutet werden, konnten trotz intensiver Suche in den Jahren 1966 bis 1969 und 1993 noch immer nicht gefunden werden.«

Mir schwant, dass das Verschwinden von Linda mit dem Nicht-Auffinden der ermordeten Zwangsarbeiter zu tun haben muss. Linda scheint auf ihrer Spur gewesen zu sein. Womöglich hat sie die Stelle, an der die 200 ermordeten Juden verscharrt wurden, gefunden. Wahrscheinlich hat Frau Faschinger sie darauf gestoßen. Vermutlich musste deshalb auch Frau Faschinger sterben. Und Linda? Wenn sie nicht auch schon tot ist, dann ist sie in größter Gefahr. So viel steht fest. Ich bilde mir ein, dass, wenn überhaupt, nur die 200 seit 70 Jahren verschwundenen Juden mich zu Linda führen werden.

Ich rufe Dr. Wittlich an und frage ihn, ob er wisse, woran Linda bis zuletzt gearbeitet habe. Er fragt mich, warum ich das wissen möchte, und ich sage ihm erneut, ob er eigentlich wirklich wolle, dass ich Linda finde.

»Herr Hài, ich muss schon bitten.«

»Dann muss ich Sie bitten, es mir zu sagen.«

Noch ehe er antworten kann, füge ich hinzu: »Und Herr Dr. Wittlich, sagen Sie jetzt bitte nicht, Sie wissen es nicht.«

Er sagt gar nichts. Ich höre nichts mehr am anderen Ende der Leitung. Ist das die Vogel-Strauß-Taktik, denke ich und sage: »Herr Wittlich, was ist jetzt?«

Noch immer nichts, als wäre die Leitung tot.

»Sie wissen doch ganz genau, dass ich es auch so herausfinde. Also?!«

Ich höre ihn blättern, ziemlich lange sogar, dann räuspert er sich und sagt, es hört sich an, als lese er es ab: »Ihre Forschungsschwerpunkte sind Vergangenheitspolitik, Erinnerungskultur, Nationalsozialismus und Holocaust. Seit einem Jahr ist sie mit ihrem Doktoratsstudium bei Professor Dr. Stefan Gotthoff beschäftigt. Ihr Dissertationsthema lautet ›Nationalsozialistische Moral, situativer Rahmen und individuelle Handlungsspielräume als konstitutive Elemente bei der Vernichtung der Juden‹.«

Ich lege, ohne mich zu verabschieden, auf.

Professor Dr. Gotthoff! Erneut bin ich wie gelähmt. Das kann kein Zufall sein! Hat nicht Mechthild Gotthoff, die reizende Kriminalbeamtin aus Berlin, mit der ich bei meinem letzten Fall vor einem Jahr zusammengearbeitet habe, bevor ich mich ins Kloster absetzte, vor nicht allzu langer Zeit ihren Dienst quittiert, um mit ihrem Mann, einem Hochschulprofessor an der Freien Universität Berlin, nach Wien umzuziehen?

Ich muss nach Rechnitz! Vorher aber noch ins Wiener Stadt- und Landesarchiv. Akten sichten. Und Mechthild Gotthoff einen Besuch abzustatten, wäre auch nicht verkehrt.

# DU

Du weißt, dass Konstantin sich schon immer für die Familiengeschichte interessiert hat. Vor allem für diejenige mütterlicherseits. Seit er einer der führenden Funktionäre bei der Alternative für Österreich, AFÖ, ist, scheint er sich noch mehr für den unrühmlichen Teil der Österreichischen Geschichte zu begeistern. Die AFÖ ist eine Absplitterung und ein Rechtsausleger der Freiheitlichen Partei, die von ihm und anderen Abtrünnigen erst vor knapp einem Jahr gegründet wurde und von Beginn an mit immensem Zuspruch in der Bevölkerung rechnen kann. Die Medien sagen ihnen bei den bevorstehenden Nationalratswahlen den Einzug ins österreichische Parlament voraus. Sie geben sich selbstbewusst und siegesgewiss und nehmen den Mund besonders voll. Auch Konstantin. Die Verbindung der AFÖ mit der erstarkten ungarischen Rechtsextremen Partei Jobbik liegt nicht nur auf der Hand, sondern ist auch gewollt. Persönliche Kontakte scheint es auch zu geben. Zumindest zeigt sich der Vorsitzende der AFÖ gerne an der Seite von Gábor Vona, dem ungarischen Parteivorsitzenden der Jobbik. Auch Konstantin ist schon öfters mit der attraktiven Krisztina Morvai, Spitzenkandidatin der Jobbik für die Europawahl, in der Öffentlichkeit zu sehen gewesen. Als die beiden beim Opernball gemeinsam auftreten, spekulieren vor allem die linken Medien, dass da mehr dran sei als nur politische Sympathie. Dich wundert Konstantins Werdegang nicht. Er bewegt sich ganz im Sinne der Familientradition. Konservativ, restaurativ und allem gegenüber feindlich eingestellt, was die eigene Position und das bürgerlich reaktionäre Establishment, dem er angehört, infrage stellen könnte. Allein das provoziert dich zu einer widersprechenden Haltung. Alles, wofür Konstantin steht, glaubst du ablehnen zu müssen. Weil du ihn ablehnst. Da er dich abgelehnt hat. So einfach ist das. Für dich, Linda. Und doch so kompliziert. Konstantin ist dir immer einen, meistens mehrere Schritte voraus. Der Stammhalter, der Lieblingssohn, der Stolz der Familie. In seinem Schatten kannst du nur dahinvegetieren. In seiner Gegenwart bist du immer die kleine, naive Schwester, die es nicht besser weiß, nicht besser versteht. Die niemand ernst nimmt, die keiner in der Familie auf Augenhöhe betrachtet. Du bist unfähig, dich von seiner Dominanz zu lösen. Höchstens, indem du ihn zerstörst. Nur wie, denkst du, und suchst und suchst. Bis du die Nadel im Heuhaufen findest. Einen Ansatz, ein Mittel. Rechnitz!

## ICH

Immer, bevor ich einschlafe, habe ich das Gefühl, nicht mehr aufzuwachen. Ich habe Angst, die Augen zu schließen, weil ich befürchte, sie nicht mehr öffnen zu können. Ich werde panisch, mein Herz beschleunigt, ich schwitze, wälze mich von der einen Bettseite zur anderen, bis ich schließlich völlig gerädert wieder aufstehe.

Ich bleibe wach. Die ganze Nacht über. Es ist sicherer. Ich gehe in der Wohnung umher. Meine Zahnschmerzen sind noch immer nicht besser. Er hämmert im Gebiss und feuert einen spitzen Schmerz direkt ins Hirn. Scheiße, auch das noch! Wenn das so weitergeht, bleibt mir ein Zahnarztbesuch nicht erspart.

Marks schmutzige Wäsche ist verschwunden. Er scheint ausgezogen zu sein. Sicher hat ihm Dr. Wittlich keine andere Wahl gelassen. Arschloch!

Ich ziehe Pauls Trainingshose an, seine Turnschuhe, stecke mir eine paar Scheine für alle Fälle ein und gehe joggen. Ich renne stundenlang wie ein Bekloppter durch das nächtliche Wien. Nachts gefällt mir die Stadt besser als tagsüber. Nachts ist sie beinahe menschenleer. Nur wenige Versprengte sind um diese Uhrzeit mitten unter der Woche noch unterwegs. Meist sind die Nachtschwärmer betrunken und torkeln, die kompletten Gehsteige einnehmend, auf der Suche nach dem eigenen Bett dahin. Ab und zu treffe ich auf ein paar Arbeiter, die mich auf dem Weg zur Frühschicht entgeistert ansehen, unklar, ob ich als Überbleibsel ihrem gerade zurückliegenden Albtraum entstamme oder einfach nur völlig verrückt bin. Wer nachts durch die Stadt joggt, muss verrückt sein, scheint ein Wartender im Blaumann an der Bushaltestelle zu denken. Oder krank. Er schüttelt den Kopf, als könne er damit das an ihm vorbeilaufende Bild loswerden. Das Krankhafte, das mir anhaftet, von sich fernhalten.

Nach wenigen Kilometern bin ich so erschöpft, dass ich mich ausruhen muss. Ich lehne mich an Straßenschilder, setze mich auf Parkbänke oder Mauervorsprünge. Im Blickfeld immer die viereckigen omnipräsenten Wahlaufforderungen aller Parteien, die um Wählerstimmen buhlen. Manche sind kunstvoll umgestaltet, andere einfach nur mit Farbe beschmiert. Es gibt kaum Plakate der AFÖ, die nicht in Mitleidenschaft gezogen sind. Der Spitzenkandidat hat fast immer ein Hitlerbärtchen oder wahlweise auch den strengen Scheitel des Diktators. Bei vielen sind die Slogans verändert worden. Aus *Mehr Mut für unser Wiener Blut* wird *Mehr Blut für unsre Wiener Wurst*. Aus *Ihre Alternative heißt: Dr. Konstantin Prohaska*, wird *Ihre Actrice scheißt auf Dr. Konstantine Prohaschkack.* Offenbar hat die AFÖ nicht nur Sympathisanten. Auch bestens organisierte und kreative Widersacher.

Kurz bevor ich drohe, auf dem Mauervorsprung einzuschlafen, gehe ich weiter. Es tut gut. Es entspannt. Die Gedanken strömen im Laufen durch mich hindurch, zergehen, zerfließen auf dem Trottoir. Ich vermag durch die Nacht streifend zwar klarer zu denken, komme dennoch auf keinen grünen Zweig. Ich habe das Gefühl, mich im Kreis zu drehen. Unentwegt. Immer um mich selbst. Wie eines dieser aufziehbaren Blechspielzeuge aus der verhassten Kindheit, damals noch DDR.

Als ich verschwitzt und ausgepowert am dreispurigen Gürtel entlang gehe, sprechen mich die am Straßenrand wie Wegmarkierungen platzierten Nutten an. Gestalten aus einer anderen, fremden Welt. Sie sehen alle gleich aus. Hochgetunte Brüste, Bodys in grellen Farben, rosa, rot, gelb, Lackstiefel, meist weiß, ab und zu ein Minirock aus Plastik. Einfältige Erotikuniformen. Womöglich haben sie alle denselben Zuhälter. Oder denselben Sexkatalog. Sie stellen sich mir in den Weg, als wäre die sexuelle Begierde mit dem Blick auf ihre meist überdimensionierten Titten keine Frage des Preises, sondern eine Zwangsläufigkeit. Sie versuchen mich mit anzüglichen Worten, die aus ihren Mündern quellen wie ihre Brüste aus den Dekolletés, zu ködern. Sie versprechen um diese frühe Stunde, gegen ein paar Euros, mehr, als sie womöglich zu bieten haben. Auch sie wirken auf den zweiten Blick müde von der Nacht, sehnen den Morgen herbei, den Feierabend. Die dick aufgetragenen Schminkschichten können die Erschöpfung nicht wirklich kaschieren. Ich lasse sie lächelnd stehen. »Ein anderes Mal, vielleicht.« Einige

Sexarbeiterinnen sind enttäuscht. Die meisten gleichgültig. Nutten sind auch nur Menschen!, denke ich und merke, dass sie mir näher sind, als mir lieb ist.

In einer dunklen Seitenstraße stellt sich mir eine weniger Aufgetakelte in den Weg. Eine, die anders aussieht als die anderen. Auch weniger künstlich.

»Na, einsam?« In den zwei Worten schwingt eine fremdländische Intonation mit. Ostblock. Sie greift mir in den Schritt und sagt, dass sie mir für einen Zwanziger einen blasen würde. Als ich nicht sofort ablehne, schiebt sie ihre Hand in meine Turnhose und fängt an meinen verschwitzten Schwanz zu reiben. Sofort ist die Folge spürbar. Diese Nutte ist anders als die Prostituierten am Gürtel, nicht nur weniger nuttig, weniger konventionell, auch natürlicher. Ich stecke ihr einen Schein zu. Während ich gegen die dunkle Hauswand lehne, geht sie auf die Knie und lutscht an meinem Schwanz, bis ich in ihren Mund ejakuliere. Sie spuckt aus, sagt, nicht ohne Ironie: »Fein gemacht.« Ich ziehe die Hose hoch und frage, was sie noch vorhabe.

»Ich warte, bis der Nächste kommt.« Sie wischt sich ihren Mund mit einem Papiertaschentuch ab.

»Und wenn keiner kommt?«

»Dann gehe ich nach Hause.«

»Wo ist dein Zuhause?«

»Und deins?«

»Ich habe keins.«

»Ich auch nicht«, sagt sie fast gleichgültig, als käme es darauf nicht an. Worauf dann?, denke ich. »Arbeitest du für einen Zuhälter oder auf eigene Kasse?«

»Warum willst du das wissen?«, kommt patzig von ihr.

»Du siehst anders aus als die anderen, so als wärst du dein eigener Herr.«

»Herrin, wenn schon.« Sie lacht künstlich und schiebt sich einen Kaugummi in den Mund. Irgendetwas stimmt mit ihr nicht. Vielleicht ist es das, was mir an ihr gefällt.

Wir rauchen zusammen schweigend eine Zigarette. Ich fühle mich dieser völlig fremden Frau viel näher als allen anderen. Uns scheint mehr miteinander zu verbinden, als wir vielleicht selbst ahnen und wahrhaben wollen. Wir sehen uns immer wieder an und ich werde dabei das Gefühl nicht los, sie denke in diesem Moment dasselbe. Nur anders.

»Kann ich dich wiedersehen?« Ich schnipse die Zigarettenkippe in den Rinnstein.

»Wenn du einen Schein übrig hast?« Sie zieht gierig an ihrer Zigarette. Die Spitze glüht in der Nacht. Es sind Zeichen, die ich glaube zu verstehen. Ich lasse sie wortlos stehen. Langsam schlendernd entferne ich mich von ihr mit einem Gefühl der Erschöpfung, Müdigkeit, aber auch des Wohlbehagens. Jetzt könnte ich schlafen, denke ich, wäre da nicht die Angst vor dem Tod. Ich weiß, dass sie mir nachschaut.

»Ficken kostet 80!«, höre ich, bevor ich in eine weitere Nebenstraße abbiege. Ich hebe die Hand, ohne mich umzudrehen.

## ICH

Auf dem Heimweg fährt mich beinahe ein roter Porsche über den Haufen. Ich gebe zu, daran habe ich selbst nicht unwesentlichen Anteil. Wenn man ganz in Gedanken – welche Gedanken? – ohne nach rechts oder links zu schauen, die

Straße überquert, muss man sich nicht wundern, wenn man totgefahren wird. Das war knapp. Verdammt knapp! Diese Gedanken: Rechnitz, tote Juden, geile Nutte – zusammen ist das einfach zu viel und zu komplex. Da kann man einen heranrauschenden Flitzer schon mal überhören.

Zwei Straßen weiter fällt der rote Porsche 911 erneut in mein Blickfeld. Er parkt genau vor einer edlen Bar. Stand nicht vor der Villa der Prohaskas ebenfalls einer dieser schwäbischen Sportwagen herum? Meine Neugierde ist geweckt. Meine derzeitige Garderobe erlaubt es mir nicht, in so ein Schickimicki-Lokal einzukehren. Der verschwitzte Traininganzug ist nicht nur olfaktorisch für die Barbesucher eine Zumutung. Auch ästhetisch bin ich völlig underdressed. Ich drücke meine Nase an den Scheiben des Porsches platt und versuche durch das getönte Glas im Innern etwas zu erkennen, was nicht zu erkennen ist. Was eigentlich? Was erwarte ich bloß? Die tote Linda auf dem Rücksitz?

»Na, davon träumt unser eins nur, was?«

Ich erschrecke, drehe mich um. Vor mir steht ein Schrank von Mann im schwarzen Anzug, weißen Hemd und Krawatte. Unter dem Hemdkragen guckt der Rest einer Tätowierung hervor. Der Schwanz irgendeines Tieres. Salamander, Echse, Leguan. Im Gesicht einen Jonny-Depp-alias-Jack-Sparrow-Gedächtnisbart. Sofort ist mir klar, dass das nicht der Besitzer des Wagens sein kann. Das ist jemand, der niemals in seinem Leben so ein Auto fahren wird. Sicherheitsdienst, Bodyguard, Selekteur, Türsteher. Oder irgendeine andere arme Sau, die ganz am Ende der Karriereleiter steht und die immer ein wenig heiser von der frischen Luft an den zugigen Eingangstüren klingt.

»Na ja, träumen allein ist auch nicht gerade befriedigend. Wem gehört denn der Schlitten?«

»Willst ihn abkaufen?«

»Ne, aber vielleicht klauen.«

Er sieht mich alarmiert an. Ich erwidere ebenso ernst seinen Blick so lange, bis sich bei mir ein lausbubenhaftes Lachen entlädt. Er fällt mit ein.

»Der war gut.«

Um diese frühe Uhrzeit ist die Stadt am erträglichsten. Ein laues Lüftchen von Osten her vertreibt die stehende Hitze aus dem Wiener Kessel. Die frische Luft kühlt den Schweiß am Hals und im Gesicht. Angenehm, verdammt angenehm. Wir stehen beide nebeneinander und blicken auf das polierte Blech des Carreras hinunter, in dem sich die Lichter der Bar verzerrt spiegeln, und könnten uns beide ein anderes, womöglich auch besseres Leben vorstellen als das, welches wir momentan führen. Mein Herz sticht, die Schultern sind verspannt, ich rieche den Schweiß unter meinem T-Shirt. Durch das angetrocknete Sperma klebt mein Schwanz an der Unterhose. Es geht ein ziehender Schmerz davon aus. Ich greife mir in den Schritt, während der Typ melancholisch, als wäre es eine ganze Zeile in einem Johnny-Cash-Song, fragt: »Zigarette?«

»Nein. Danke.«

»400 PS.«

»3.800 Kubik.«

»150.000 Steine.«

»Ist hier Stammgast«, mit jeder Information bläst er einen Rauchring in Richtung des roten Blechs. »Dem gehört auch das Haus hier. Und noch viel mehr.«

*Wusste ich es doch.*

»Diesen Immobilienheini«, sage ich. »Kennst du den näher?«

Ich überlege mir, ob ich mit Geldscheinen nachhelfen soll. Entscheide mich dagegen. Es würde vermutlich unsere gerade eben erst entdeckte Verbundenheit schon wieder zunichte machen. Der Mann mit dem geflochtenen Bart am Kinn würde die Bestechung höchstwahrscheinlich als Beleidigung seiner Berufsehre auffassen.

»Warum willst du das wissen?« Unsere Verbundenheit scheint doch noch nicht so groß. Er dreht sich vom Porsche weg und mir zu. Lügen oder die Karten auf den Tisch legen, denke ich und entscheide mich für die Wahrheit, was allerdings bei meinem Gegenüber wie eine Lüge rüberkommt.

»Seine Tochter ist verschwunden, ich suche sie.«

Er lacht gekünstelt. »Klar und ich heirate seinen Sohn.«

»Wusste gar nicht, dass Konstantin schwul ist?«

Sein Gesichtsausdruck verändert sich schlagartig. Seine Stirn sieht aus wie ein Rübenacker. Er scheint ernsthaft zu überlegen, was mein Auftritt hier bedeuten könnte.

»Was willst du?«

»Ich hab dir doch schon gesagt, ich suche Linda, dem Alten seine Tochter.«

»Was willst du von mir?«

»Vielleicht kannst du mir helfen.«

Er blickt sich um und reibt dann Zeigefinger und Daumen schnell aneinander. Also, nichts mit Majestätsbeleidigung, sondern angeborener Hang zu Schwarzgeld. Ich stecke ihm einen Schein in die Jackentasche. Den letzten, den ich noch mithabe. Er tritt von der Seite an das Fenster der Bar heran und winkt mich zu sich. Ich stehe neben ihm und sehe an den Gardinen vorbei in eine um diese Uhrzeit nicht mehr allzugut besuchte Bar. Inmitten der wenigen Gäste erkenne ich den alten Prohaska an einem Tisch neben einer höchstens halb so alten Frau sitzen. Und seine Alte lümmelt zu Hause im Schmuckkästchen herum und tröstet sich mit Tabletten, denke ich, während der Türsteher »Immobilien sind das eine« sagt. Er schlägt mehrmals die flache Hand auf die Faust und kommentiert es mit: »Ist das andere.«

»Du meinst, ein lukrativer Seitenarm zum Kerngeschäft. Häuser und Nutten.«

»Na ja, eher Wohnungen für die Nutten. Die können schließlich ja auch nicht ständig auf der Straße von den Freiern gebumst werden, verstehst du?«

»Wie weißt du das?«

»Ist doch egal, oder?«

»Egal ist immer ein schlechtes Argument.«

»Die Firma, bei der ich angestellt bin, arbeitet gelegentlich für den Junior.«

»Konstantin.«

»Ja.«

»Und?«

»Ist derselbe vornehme Kerl wie der Alte.«

Ich weiß nicht, ob ich das ernst nehmen kann oder ob es feine Ironie sein soll, die keineswegs als solche deklariert ist.

»Und Linda?«

»Kenne ich nicht.«

»Und Nora?«

»Auch nicht.«

Ich merke, dass aus ihm nichts mehr herauszubringen sein wird. Selbst wenn ich mehr Scheine dabeihätte. »Danke für das Gespräch.«

»Danke auch, gerne wieder.«

Wir geben uns die Hand. Sein Händedruck hat was von schwerer Kindheit. Ich verschwinde und denke, diese 50 Euro hätte ich mir auch sparen können.

# ICH

Es ist nicht, schwer an ihn heranzukommen. Ich passe ihn im Neuen Institutsgebäude nach einer seiner Politikwissenschaftsvorlesung der Uni Wien ab. Fast alle Stundenten haben bereits den Hörsaal verlassen.

»Professor Gotthoff?«

Er sortiert seine Unterlagen und heftet sie in verschiedenen Schnellordnern ab.

»Mein Name ist Hài.«

»Ja, und? Was wollen Sie?«

Er wirkt abweisend. Er ist noch immer mit seinen Unterlagen beschäftigt und scheint keine Lust zu haben, mir seine Aufmerksamkeit zu schenken.

»Ich suche Linda Prohaska.« Er verharrt für einen Moment, sieht mich das erste Mal an und hebt die Schultern. Mir wird klar, dass der Professor eine harte Nuss sein wird; kaum zu knacken. Ich denke an Mechthild Gotthoff, seine Frau, die ihren Job für ihn aufgegeben hat, um mit nach Wien zu ziehen. Warum macht man das?, frage ich mich. Warum hängt man die eigene berufliche Existenz an den Nagel, verlässt das geliebte Berlin, um im argwöhnischen Österreich den Piefke zu geben? Doch nicht für diesen Mann, etwa? Er ist dick, sieht aus wie ein Landrat aus Niederbayern und trägt einen schlecht sitzenden Anzug. Macht Wissen sexy? Sicher. Macht auch.

»Sagt Ihnen der Name etwas?«

»Und wenn?«

»Sie hat bei Ihnen promoviert.«

»Was heißt *hat*?« Was für den Professor spricht, ist, dass er seine Feindseligkeit mir gegenüber nicht verbirgt. »Sie promoviert noch immer.«

»Ja, aber momentan ist sie verschwunden.«

»Ach.«

Ein Professor der Politikwissenschaft ist kein Burgtheaterschauspieler. Miserables Schauspiel Professor Dr. Gotthoff, denke ich und sehe ihm an, dass er es in diesem Augenblick selbst bemerkt.

»Sind Sie von der Polizei?« Er fragt es schnippisch und packt die Schnellordner in seine Ledertasche.

»Die Polizei glaubt nicht an ein Verbrechen.«

»Was für ein Verbrechen?«

»Sie wissen ja besser als ich, woran Linda gearbeitet hat.« Natürlich weiß ich, dass er es weiß. »Da kann es schon mal vorkommen, dass man in Regionen vordringt, die hochexplosiv sind, die gefährlich werden können. Schon kurz nach dem Krieg wurden bei einem Verfahren im Fall Rechnitz zwei Zeugen ermordet, Sie erinnern sich?«

»Reden Sie doch keinen Scheiß!« Er nimmt seine Tasche vom Pult, klemmt sie unter den Arm und will sich davonmachen. Er lässt noch ein »Vor allem nicht *davon*, wovon Sie nichts verstehen« zurück.

Ich folge ihm. »Sie haben recht, deshalb komme ich ja zu Ihnen, um zu verstehen …«

»Sie sollten die Akten studieren und nicht nur Wikipedia querlesen.« Er sagt es im Gehen, ohne die Geschwindigkeit zu reduzieren.

»Aber es stimmt doch, dass bis heute die verschwundenen und ermordeten Juden von 1945 nicht gefunden wurden, oder?«

An der Tür zum Hörsaal bleibt er stehen. Er sieht mich herablassend an, als wäre *ich* der niederbayerische Kommunalpolitiker. »Was hat das mit Linda zu tun?«

»Ich dachte, *Sie* sagen mir das.«

Keine Chance. Aus Professor Dr. Stefan Gotthoff ist

nichts herauszubekommen. Der Professor scheint keineswegs kooperativ. Eigentlich verständlich. Wer hat schon gern einen Schnüffler im Haus. Außerdem macht er den Eindruck, als ob er mehr wüsste, als er bereit ist zu erzählen.

»In welchem Verhältnis standen *Sie* eigentlich zu Linda?«

Sein Gesichtsausdruck verändert sich. Das Arrogante ist verschwunden, Ärger macht sich breit. »Was soll das?« Er lässt mich ein weiteres Mal stehen.

»Was macht eigentlich Ihre Frau?«, rufe ich ihm hinterher.

»Meine Frau?« Er bleibt ein weiteres Mal stehen. »Fragen Sie sie doch selbst.«

»Das werde ich.«

»Und jetzt verschwinden Sie.«

Dann verschwindet er.

## NO

Es ist nur eine Frage der Zeit. Das Kokain tut das Übrige. Wir kichern, tanzen in der Küche zu technoider Radiomusik herum. Zuerst noch jeder für sich. Dann eng umschlungen.

Unsere Münder klatschen aufeinander. Wir küssen uns. Ich bin völlig aufgedreht. Er sieht aus, als würde er gleich abheben, zusammen mit mir der Decke, dem Himmel entgegen. Seine Augen sind rote Knöpfe. Gar nicht mehr schlitzförmig. Wir, zwei lovely Aliens. Ich zerre an seinem Hemd herum, sodass die Perlmuttknöpfe Grashüpfern gleich davonspringen. Lustig! Er zieht mir mein T-Shirt über den Kopf. Meine Titten stehen wie Pershing-Sprengköpfe. Im Gänsemarsch marschieren wir, die Münder aufeinander gepresst, von der Küche in Lindas Schlafzimmer. Ich streife meinen Rock herunter. Er versucht aus seiner Hose zu kommen, verliert das Gleichgewicht, kippt um und fällt aufs Bett. Wir lachen hysterisch. Ich werfe mich, als ginge es um Leben und Tod, auf ihn. Wir fummeln aneinander herum. Er streift meinen Slip herunter, meine Hand findet sich in seiner Unterhose wieder. Dann vögeln wir, eher halbherzig als leidenschaftlich. Ich habe das Gefühl, er ist nicht richtig bei der Sache. Sein bestes Stück auch nicht. Ich setze mich auf ihn, versuche mein komplettes Bewusstsein in mein Becken zu verlagern und es wie bei einem südamerikanischen Tanz um seine Lenden kreisen zu lassen. Was aber keine gute Idee ist. Sein Schwanz flutscht aus mir heraus. Sein Bewusstsein scheint auf Abwegen zu sein.

»Was ist?«

»Tut mir leid«, nuschelt er.

Der Engel ist abgestürzt, denke ich und lache dreckig mit hämischem Blick auf seinen halb erschlafften Stengel. »Oh Mann, bist du impotent? Oder turne ich dich nicht an?«

»Nein, nein, ich weiß nicht, was mit mir los ist, ich …«

»Schon gut«, gehe ich dazwischen. »Sex wird ohnehin überbewertet. Soll ich dir einen blasen?«

»Nein, ist schon gut.«

Verdammt, nichts ist gut! Der schlitzäugige Engel hat offenbar schwerwiegende hormonelle Probleme. Er liegt auf dem Bett und sieht in seiner Nacktheit so verletzlich aus wie eine Nacktschnecke kurz vor der Überquerung einer Autobahn. Apropos, sein jetzt völlig erschlaffter Pimmel blickt mich an, als müsste ich Mitleid mit ihm haben. Dann spricht er, also der Engel, nicht seine Nacktschnecke zwischen den Beinen, obgleich es sich so anhört wie von einer Nacktschnecke.

»Wie ist eigentlich dein Verhältnis zu deiner Schwester?«

Damit verschwindet auch bei mir die letzte Geilheit. Zwischen meinen Beinen regt sich nichts mehr. Gar nichts. Der Tümpel ist trockengelegt. Ich liege kapitulierend neben ihm, stecke mir eine Zigarette an und merke, dass ich überhaupt keine Lust habe, diesem schlaffen Zipfel und dem daran hängenden Mann davon zu erzählen. Ihnen davon zu erzählen, hieße, mir selbst klar darüber werden. Scheiße! Ich bin mir schon lange darüber klar. Und: Einmal ausgesprochen funktioniert die Verdrängung nicht mehr.

»Lach nicht so blöd!«

Sein Schwanz regt sich, ohne an Härte zu gewinnen. Er blickt zu mir auf, als hätte ich nicht mehr alle Tassen im Schrank.

Mann, ich habe nicht mehr alle Tassen im Schrank! Ich weiß, es ist nicht das Schlitzauge, das lacht, auch nicht sein Schwanz, sondern die mich zerstören wollenden Stimmen in mir.

Meine Schwester hasst mich. Sie hasst mich von Anfang an. Zugegeben hat sie es nie. Warum auch?! Sie ist schon immer hinterhältig und feige gewesen. Ich merke ihre Abneigung auch so.

*Du hasst sie doch auch!* Natürlich müssen die Stimmen im Kopf widersprechen. Sie müssen immer widersprechen. Nie können sie mal einer Meinung mit mir sein. Nie.

*Wie auch, wenn du ständig Blödsinn erzählst.*

Das könnt ihr doch gar nicht wissen. Damals gab es euch noch gar nicht. Ihr seid die Teenies, nicht ich, verstanden?

*Verstanden, verstanden, verstanden*, äffen sie mich nach.

»Schnauze!«

Er erschrickt. Sein Pimmel zieht sich völlig in seine dichte schwarze Schambehaarung zurück.

»Was ist denn?«, fragt er.

»Nichts.«

Die Stimmen lachen. Sie haben mich wieder so, wie sie mich am liebsten haben wollen. Ausfallend, unkontrolliert, überspannt. Beruhige dich. Oder lass dich von den Stimmen in deinem Kopf nicht in den Wahnsinn treiben, denke ich und dann wieder an Linda. Er richtet sich ein Stück vom Bett auf, beugt sich über mich hinweg, greift nach den Zigaretten und steckt sich ebenfalls eine an. Ich habe das Gefühl, dass sein Schwanz wieder größer wird.

Linda sieht in mir das, was sie nie war, nie werden wird, nie werden kann. Sie wird nie wegen ihrer Selbst willen geliebt. Deshalb muss sie sich immer so ins Zeug legen. Was total peinlich ist. Linda ist peinlich.

*Du bist peinlich! Mit einem fast doppelt so alten Mann im Bett zu liegen und nicht mal richtig zu vögeln ist peinlich!*

Er ist nicht doppelt so alt, er ist –

»Wie alt bist du eigentlich?«

»Und du?«

Linda glaubt, immer die Beste sein zu müssen. Sie spürt, dass es ihr keineswegs gelingt und dass es ihr, was viel schlimmer ist, auch nicht weiterhilft. Keinen verschissenen Zentimeter.

»Verstehst du?«

»Ne.«

Das war auch nicht anders zu erwarten. Das versteht niemand.

*Ach, aber du, klar, du verstehst das, du verstehst alles, was? Die kleine hochbegabte überaus sensible Teenienutte, was?*

Als Konstantin mich befingert, steht Linda in der Tür und schaut zu. Sie ist völlig paralysiert, glotzt mich an, als wäre nicht Konstantin das Schwein, sondern ich.

*Du!!!*, heulen die Stimmen auf, als wäre das ihr lang ersehntes Stichwort. *Er befingert dich doch nur, weil DU es willst. Gibt's doch zu, du hast ihn die ganze Zeit heiß gemacht und provoziert mit deinen Teenietitten.*

Ich glaube, es ist nicht Konstantins Grenzüberschreitung, die Linda entsetzt. Nein, es ist viel schlimmer. Viel schlimmer für sie. Sie denkt, Konstantin macht mit mir dasselbe wie mit ihr.

*Du!!! Du machst es!!! Du willst gleichziehen. Du bist scharf auf ihn! Und eifersüchtig auf sie. Mit zehn so scharf wie eine dreckige Nutte. Eine Teenienutte!*

»Haltet endlich die Fresse!«

Wieder erschrickt er. Die Asche fällt von seiner Zigarette auf das Bett. Er versucht, sie mit dem angefeuchteten Finger vom Bettlaken zu heben. Es misslingt. Er probiert sie wegzuschnipsen, was wiederum scheitert, bis sie schließlich zerfällt. Er wischt mit der Hand darüber und malt graue Streifen auf das Bettlaken. Ich sehe Zeichen und lese wie aus dem Kaffeesud einer Tasse: »Liebe ist Zeitvergessenheit.«

Er erschrickt und legt seine Hand auf meinen Bauch. »Beruhige dich.«

Es fühlt sich gut an. Die Stimmen sind irritiert, schweigen. Für Momente.

Von da an macht Konstantin seine Spielchen nur mit mir, seiner zehnjährigen Schwester. Linda rührt er seitdem nicht mehr an. Das ist das, was sie kränkt. Konstantin lässt sie links liegen. Sie interessiert ihn nicht mehr. Er missbraucht nicht mehr sie, sondern mich.

*Missbrauch?*, fragen die Stimmen scheinheilig.

Sei ruhig, antworte nicht darauf, denke ich.

Ja, es ist ein knallharter Missbrauch, was denn sonst? Dieses Schwein entzieht sich ihr, wendet sich von ihr ab. Worüber sie eigentlich froh sein sollte. Sie ist es nicht. Sie ist am Boden zerstört. Von dem Tag an versucht sie auch mich zu zerstören. Sie verpetzt mich, schwärzt mich an – natürlich alles hinter meinem Rücken. Zu mir ist sie scheißfreundlich, die gute, die verständnisvolle ältere Schwester. Die Freundin. Hintenrum macht sie mich fertig.

*Du* bist *fertig! Daran sind aber nicht die anderen schuld, sondern du, ganz allein du. Weil du eine kleine undankbare Teenienutte bist! Merkst du das denn nicht?*

Ich nehme seine Hand von meinem Bauch und lege sie mir auf meine Stirn. Die Stimmen zucken zusammen und verkriechen sich in den hintersten Winkel meines Gehirns. Feiglinge! Ich lächle und werde wieder geil.

»Was ist das?« Er streicht mit den Fingern seiner anderen Hand über die unzähligen Narben auf meinen Oberarmen.

»Frau mit Vergangenheit«, sage ich, während er die zehn Zentimeter langen vernarbten Striche mit seinen Fingerkuppen nachzeichnet.

Meine Geilheit schlittert durch den Vagusnerv hinunter über die Brust zum Bauch. Von da schweift sie ab in das randlastige, verruchte Zentrum meiner Lust. Der zeitweilig trockengelegte Tümpel sprudelt wieder.

»Hat das mit Linda zu tun?«

Tief aus dem verborgensten Zipfel meines Gehirns kichern die feigen Stimmen.

Nur den Missbrauch Konstantins behält Linda für sich. Vielleicht aus Angst, dass sie mit einem Geständnis ihren Bruder völlig verlieren könnte. Oder wegen der Hoffnung, dass er doch irgendwann wieder zu ihr zurückkommt. Er denkt nicht im Traum daran. Linda ist ihm zu alt. Ich, die vier Jahre jüngere Schwester macht ihn mehr an. Seit das perverse Schwein mich betatscht, befingert und nötigt, seinen kleinen, ekligen Pimmel zu reiben, will er von ihr nichts mehr wissen. Er steht auf kleine Mädchen, Linda, begreif das doch endlich! Kleine Mädchen wie ich eines bin. Mit Teenietitten und unten rum ganz glatt.

Das ist schön, haucht er, bis er mit einem dumpfen Seufzer auf mein Kleidchen spritzt. Danach ermahnt er mich jedes Mal, niemandem davon zu erzählen. Auch nicht Linda, verstehst du?! Linda, die es längst weiß. Sonst werden dich Mama und Papa nicht mehr lieb haben, weil sie *dir* die Schuld geben, dann kommst du in ein Kinderheim.

Was soll man als Zehnjährige darauf antworten? Dem sieben Jahre älteren Bruder.

Außerdem wird dir niemand glauben.

Er hat recht. Sie werden Linda fragen, und Linda wird sagen, Nora lügt.

Ich halte dicht. Linda hält dicht. Und Konstantin fingert weiter.

»Und wie ist dein Verhältnis zu deinem Bruder?« Er nimmt die Hand von meiner Stirn. Sein Schwanz hat wieder an stattlicher Größe gewonnen. Sein Vagusnerv scheint ebenfalls aktiv. Ich drücke die Zigarette im Aschenbecher aus und stehe auf.

»Vergiss es!«

## ICH

Sie schläft. Sie schläft unruhig, aber sie schläft. Ich kann nicht schlafen. Nicht nur wegen der Zahnschmerzen. Sie spielen mit mir Katz und Maus. Mal sind sie da, dann wieder nicht. Jetzt schon. Ich habe das Gefühl, die Zahnwurzel liegt offen und die Nerven wurden mit Wasabi eingerieben, was unheilvolle Erinnerungen an meinen letzten Fall auslöst.

Manchmal werde ich den Eindruck nicht los, die Göre verarscht mich, spielt die Verrückte. Dann kommt es mir wieder so vor, dass sie die Einzige ist, die die Wahrheit sagt. Oder das, was sie dafür hält. Sie redet im Traum, ohne dass ich etwas verstehen kann. Es sind wimmernde Geräusche, seltsame Laute, einzelne abgebrochene Vokale. Ich lege meine Hand auf ihre Stirn. Sie beruhigt sich. Verstummt. Schläft weiter.

Ich stehe auf und durchsuche Noras Umhängetasche. Es ist nur der übliche Schrott darin. Zigaretten, Handy, Pillen, Feuerzeug, Tampons. Und eine gebrauchte Spraydose. Schwarz.

Auch die Wohnung gibt nichts her. Alles ist penibel aufgeräumt, nichts Ungewöhnliches ist zu finden. Nichts, was auch nur im Entferntesten auf Lindas Verschwinden hinweist oder mir eine Spur auf ihr Verbleiben verrät. Ich sehe Nora noch eine Weile beim Schlafen zu und verlasse die Wohnung, als gerade der Tag anbricht und die Sonne hinter dem Westbahnhof hervorblinzelt. Vögel zwitschern. Es wird, wie schon die Tage davor, wieder ein ziemlich heißer werden.

# 5. KAPITEL

»Man versucht so viele Haltungen einzunehmen.
Sie erweisen sich alle als sinnlos.
Die Kräfte sind zu stark.
Die bösen Kräfte.«

*Das Schweigen, Ingmar Bergmann*

# ES

Es ist der 24. März 1945. Früher Abend.

Er hat sich fein gemacht, die Zähne sind geputzt, er ist frisch gebadet. Die Haare glänzen und sind mit Haarcreme fixiert. Er ist rasiert und duftet nach einem teuren Rasierwasser; ein Weihnachtsgeschenk der Gräfin. Die Uniform spannt um die Hüften, worüber er sich ärgert. Die Stiefel sind gewichst, die Hose gebügelt, die Uniformjacke gedämpft. Er ist bereit. Die Gräfin hat ins Schloss geladen. Zu einem Gefolgschaftsfest für die NSDAP und die SS. Nicht viele werden kommen, wird kolportiert, nur der engste Kreis, die Wichtigsten, die Getreuen. Er gehört dazu und ist mächtig stolz darauf. Es gibt etwas zu feiern. Leider nicht den Endsieg; die Rote Armee steht nach verlässlichen Berichten nicht weit von hier bereits an der Donau.

»Es wird spät«, sagt er, als er das Haus verlässt. Seine Frau ist wie immer, wenn er ins Schloss gerufen wird, eifersüchtig und nickt. Sie weiß, dass sie nicht auf ihn zu warten braucht.

Das Schloss ist hell erleuchtet. Seit Beginn des Zweiten Weltkriegs stellt die Gräfin den Familienbesitz auch als Erholungsort für die Waffen-SS zur Verfügung. Später beherbergt es die Büros der Bauabschnittsleitung für den Südostwall. In den Stallungen des Schlosses sind zudem Zwangsarbeiter untergebracht. Als er wegen der Kälte mit roten Wangen im Schloss eintrifft, sind alle schon da. Der Gutsverwalter, der Gestapoführer und Ortsgruppenleiter, die Führer der Hitlerjugend, Parteiprominenz und andere Festgäste. Einige Rechnitzer. Und die Schlossherrin natürlich, die Gräfin, Margit von Batthyány. Sie ist wunderschön, findet er. In ihrem langen schwarzen Trägerkleid und den hochgesteckten Haaren wirkt sie engelsgleich wie aus einer anderen, fremden, auch besseren Welt, der er nie angehören wird. Von der er aber immerhin für ein paar Momente einen Einblick erhascht. Als sie ihm die Hand reicht, errötet er. Er weiß, dass er in sie verknallt ist. Kein Wunder, alle sind in sie verliebt. Es wird gemunkelt, dass der Gutsverwalter ein heimliches Verhältnis mit ihr pflegt. Wenn der, warum nicht auch ich?, denkt er und legt sich mächtig ins Zeug. Wie alle anderen auch. Die Gräfin ist nicht nur schön, sie ist eloquent, amüsant und vor allem großzügig. Das Fest ist größer als erwartet. Die Stimmung ausgelassen. Es wird viel getrunken, immer wieder auf die Partei angestoßen, den Führer und natürlich auf die Gräfin selbst.

»Hoch lebe Margit!«

Es wird gesungen, getanzt und immer unbefangener gefeiert. So lange, bis alle betrunken sind. Er auch. Irgendwann merkt er, dass der Anlass der Feier ein Abschied ist. Der Krieg scheint verloren, die Gräfin ist auf dem Absprung, flieht höchstwahrscheinlich bald. Gegen 21 Uhr läutet das Telefon. Der Ortsgruppenleiter, der das Gespräch entgegennimmt, bittet nicht viel später zehn Getreue in einen Nebenraum des Festsaals. Er ist mit dabei. Der SS-Sturmscharführer Franz Podezin kündet mit lallender Stimme und rötlich erhitztem Gesicht an, dass gleich Juden am Bahnhof ankommen werden, die man der Endlösung zuführen müsse. »Die haben das Fleckfieber, diese Schweine!«

Gelächter bricht aus. Hierfür bräuchte man Freiwillige, sagt Podezin. »Hände hoch, wer dem Führer dient.«

Alle Hände gehen nach oben. Auch seine. Waffen werden ausgeteilt, Munition.

»Männer, folgt mir!«

Gegen 23 Uhr machen sie sich in dieser mondhellen Nacht auf den Weg. Als sie hinter dem Kreuzstadl ankommen, in der Nähe der Remise, einem kleinen Waldstück, das früher der Geflügelzucht diente, sind die Gruben bereits von den fast 200 ungarischen Juden ausgehoben worden. Die Juden müssen sich entkleiden. Die Kleider bilden neben der L-förmigen Grube übereinandergeworfen einen kleinen Haufen. Die Juden müssen sich nackt vor dem ausgehobenen Grab niederknien. Der Ortsgruppenleiter übernimmt das Kommando. Die Gewehre werden angelegt, durchgeladen.

»Feuer Marsch!«

Schüssen fallen. Schreie der Sterbenden. Tote plumpsen in die Löcher und werden hernach wie Sardinen in Dosen aufeinandergeschichtet.

»Ihr Schweine gehört ins Feuer! Ihr Vaterlandsverräter!«

Gelächter. Jubel. Durchladen und weiter. Dem Führer dienen.

Er feuert, was das Zeug hält, bis jeder Schrei verstummt und sich über die Nacht ein eisiges Schweigen legt.

Anschließend kehren sie ins Schloss zurück, während ein paar Juden, bevor sie selbst liquidiert werden, die Gräber zuschaufeln müssen.

Die Feier geht bis zum Morgengrauen weiter. Auch die Gräfin ist noch da, feiert, trinkt, tanzt und küsst alle Zurückkehrenden wie zum Dank auf die Wange. Auch ihn.

Als die Sonne aufgeht, wankt er nach Hause, legt sich ins Bett und versucht, alles zu vergessen. Am nächsten Morgen fragt ihn seine Frau, wie es war. »Was waren das denn für Schüsse in der Nacht?«

»Ach, nichts.« Er versucht, die nächtlichen Bilder und mit ihr die Vergangenheit aus seinem Kopf zu verbannen. Was aber nur unzureichend gelingt. Von dem Tag an hat er das

Gefühl, irgendwie beschmutzt zu sein. Wenn er allein ist, fühlt er sich dreckig. Er wäscht seine Hände jetzt mehrmals am Tag. Immer wieder. Mit Kernseife und Bürste. Von da an sein Leben lang. »Was ist denn?«, fragt seine Frau, wenn sie ihn, die sauberen Hände schrubbend, am Waschbecken sieht.

»Ach nichts.«

Vier Tage nach Ermordung der Juden passiert der 37. Garde-Schützenkorps der 9. sowjetischen Gardearmee bei Rechnitz die ungarische Grenze und nimmt den Ort nach mehrstündigen Gefechten gegen drei Volkssturmbataillone ein. Nach verlustreichen Kämpfen erobert das SS-Panzergrenadierbataillon 11 Rechnitz am 1. April zurück. Fünf Tage später muss sich die Waffen-SS wieder aus Rechnitz zurückziehen, um nicht eingeschlossen zu werden. Der Ort wird erneut von der Roten Armee besetzt. Während der Kämpfe wird das Schloss fast völlig zerstört und anschließend abgetragen.

Die Gräfin, der Ortsgruppenleiter und der Gutsverwalter sind mittlerweile über alle Berge.

## ICH

Ich habe fast alles in mich aufgesogen, was über den Fall Rechnitz im weltweiten Netz zu finden ist, vor allem was die Rezeptionsgeschichte angeht. Jetzt sitze ich hier im Wiener Stadt- und Landesarchiv und studiere die Akten von damals. Nach zwei Stunden weiß ich mehr. Fast alles. Alles, was darüber zu lesen ist. Auf Hunderten von Seiten. Manche überfliege ich nur, an anderen beiße ich mich fest. Am Ende sehe ich ein Stück weit klarer. So klar, wie man nach dem Sichten von Aktenmaterial eben sehen kann. Aktenmaterial, das zum Teil 70 Jahre alt ist, Akten der Volksgerichtsverfahren Rechnitz I, Rechnitz II und Rechnitz III, die auch Linda hier, womöglich sogar an demselben Platz, aufmerksam gelesen haben musste. Gleichzeitig scheint mir nach dem Aktenstudium der Fall Rechnitz noch verwirrender als zuvor. Er ist bis heute nicht aufgeklärt. Was feststeht, ist, dass in den letzten Tagen des Zweiten Weltkriegs in der Umgebung von Rechnitz mit der Bahn etwa 600 Zwangsarbeiter, vor allem ungarische Juden, von Köszeg nach Burg transportiert wurden, um bei der Errichtung des sogenannten Südostwalls der Nazis eingesetzt zu werden. Etwa 200 von ihnen wurden nach Rechnitz zurücktransportiert, da sie erschöpfungs- und krankheitsbedingt nicht mehr arbeiten konnten. In der Nacht vom 24. auf den 25. März 1945, dem Palmsonntag, wurden 180 von ihnen von Teilnehmern eines von Margit von Batthyány, Tochter Heinrich Thyssens, abgehaltenen Schlossfestes erschossen. Das Massaker ereignete sich nur zehn Tage, bevor die Rote Armee Rechnitz erreichte. Die Toten mussten von einer Gruppe von Zwangsarbeitern vergraben werden. Sie wurden am Folgetag ebenfalls erschossen. In der Anklageschrift der Staatsanwaltschaft Wien aus dem Jahre 1947, die hier vor mir liegt, heißt es: ›Die Opfer mussten zuerst ihre Überkleider ausziehen und sich an den Rand einer auf freiem Feld in der Nähe des Schlachthauses bereits ausgehobenen Grube setzen; dann wurden sie erschossen, ein Teil von ihnen vielleicht auch erschlagen.‹

Hauptverantwortlich für das Massaker soll der örtliche Gestapoführer Franz Podezin gewesen sein. Er entzog sich durch Flucht der Justiz. Zuletzt wurde er 1963 in Südafrika lebend gesehen. Der Gutsverwalter des Schlosses der Gräfin, ein Mann namens Hans Joachim Oldenburg, war ein weiterer Hauptverdächtiger. Insgesamt sollen zehn Personen an der Ermordung beteiligt gewesen sein. Das Massengrab konnte trotz Grabungen in den 60er- und 90er-Jahren, trotz Spürhunden und mithilfe von damals entstandenen Luftaufnahmen nicht gefunden werden. Auch nicht mit den neuesten technischen Mitteln und Methoden zu Beginn des 21. Jahrhunderts. Bis heute nicht. Wenn ich alle meine bisherigen Erkenntnisse darüber zusammenfassen müsste, und das muss ich zum eigenen Verständnis, dann kann ich sagen, dass die damals ermordeten und hernach verscharrten 200 Juden nur deshalb bis heute nicht gefunden wurden, weil sie nicht gefunden werden sollten. Oder besser, weil es bis heute ein großes Interesse gibt, sie da zu belassen, wo sie sind. Versteckt für alle Ewigkeit, unter der Erde vergraben. So wie das damalige Verbrechen, die Ermordung ungeklärt ist und zu Spekulationen Anlass geben, so ist der Verbleib der Toten ungeklärt und lädt zu Mutmaßungen ein. Dass es heute noch Menschen gibt, die wissen müssten, wo zu suchen wäre, scheint klar. Menschen aus Rechnitz, die damals gelebt haben und von diesem Verbrechen etwas mitbekommen haben mussten. Warum sie schweigen, scheint ebenso auf der Hand zu liegen. Aus Angst, Scham, Schuld, Feigheit. Es gibt sicher nicht nur einen Grund, es gibt unendlich viele. Gründe, die sich bis heute, 70 Jahre lang beharrlich aufrechterhalten haben. Womöglich gibt es auch welche, die genauso hartnäckig die Intention nach Aufklärung dieses Verbrechens verhindern. Die Meinung, alles so zu belassen, wie es ist, scheint auch in der Öffentlichkeit weit verbreitet zu sein. Linda war da offenbar anderer Ansicht. Sie und ihre Forschungen scheinen an diesem Vergessen gerüttelt zu haben. Sie hat Staub aufgewirbelt, 70 Jahre alten, längst vergessenen Staub. Anscheinend hat sie damit in ein Wespennest gestochen, wodurch die Viecher, die sich Jahrzehnte lang in ihrer Anonymität sicher wähnten, aufgescheut wurden und ausgeschwärmt sind, um ihrerseits zuzustechen.

In die Akten vertieft, bemerke ich zunächst nicht, dass ich mich nicht wie vermutet, allein im Raum des Stadt- und Landesarchivs mit den klobigen Tischen und der stickigen Luft befinde. Erst als ich einen für diese Örtlichkeit ungewöhnlichen Geruch wahrnehme, richte ich meine Aufmerksamkeit nicht mehr nur auf das vergilbte Papier vor mir. Meine Nase war schon immer ein verlässlicher olfaktorischer Seismograf. Ich rieche, inmitten der abgestandenen Luft aus Akten, Papier und Bürokratie, Nuancen eines blumigen leicht pudrigen Charakters mit holziger Struktur und einer fruchtigen Note aus Vanille. Yves Saint Laurent, Paris! Ein Parfüm, das nicht zu meinen bevorzugten Geruchserlebnissen zählt, das für mich dennoch leicht identifizierbar ist, da es von einer schmerzlich endenden Liaison geprägt wurde. Als ich von den Akten aufblicke und schräg hinter einer Regalwand, keine zwei Tische von mir entfernt, eine Frau entdecke, die ebenfalls in Aktenmaterial vertieft zu sein scheint, bin ich nicht nur überrascht, ich bin beeindruckt. Auch beunruhigt. Verdammt, das ist genau mein Beuteschema! Mein auf das andere Geschlecht fixierter Killerinstinkt macht sich sofort bemerkbar. Die junge, vielleicht 30-jährige Frau ist auffallend schön, schlank, hat eine schwarze burschikose Kurzhaarfrisur, eine lange Nase und orientalische Gesichtszüge. Sie scheint mich ebenfalls bemerkt zu haben, zumindest glaube ich in ihrem bemühten Aktenstudium eine Inszenierung zu erkennen, die mich glauben machen soll, dass sie mich keinesfalls registriert hätte. Ich beobachte sie auffällig offen an der Regalwand vorbei über mehrere Minuten hinweg, ohne dass sie auch nur ein einziges Mal von den Akten aufblickt und mir ihren Blick zuwendet. Ihr Bemühen, nicht aufzufliegen, rührt mich, gleichzeitig weiß ich, dass es ausgeschlossen ist! Unmöglich! Ich weiß aus meiner Erfahrung, dass jede Frau die halbwegs sensibel ist, und diese dort keine fünf Meter von mir entfernt ist es mit Sicherheit, irgendwann diese aufdringlichen Blicke bemerken muss, auch wenn sie sie nicht sieht. Ich bin sicher, dass diese in Saint-Laurent-Duft gehüllte Schöne ein Spiel spielt, scheinbar perfekt und gerade deswegen entlarvend.

Nach meiner nicht enden wollenden Blickattacke steht sie auf und verlässt, ohne mich anzuschauen, mit den Akten unter dem Arm den Raum, als wäre sie auf der Flucht. Auf der Flucht vor mir. Ich überlege, ob ich hinterhersoll.

Meine Konzentration auf die Aktenordner ist dahin. Nach weiteren zehn Minuten stehe auch ich auf und bringe die Ordner zurück. Der Archivar, ein unscheinbarer Mann mit ungesunder Gesichtsfarbe, nimmt sie völlig emotionslos entgegen und händigt mir einen Zettel aus.

»Das soll ich Ihnen geben.« Er hält mir das gefaltete Papier gleichgültig entgegen.

»Von wem ist das?«

Er zuckt mit den Schultern. Ich greife nach dem Zettel, falte ihn auf und lese:

*Sie haben recht. Akten sind interessant, aber weniger interessant als Menschen.*

*Menschen die sich hinter den Akteneinträgen verbergen.*

*Ich würde Sie gerne treffen.*

*Verzeihen Sie die Konspiration. Aber, glauben Sie mir, es hat Gründe.*

*Heute, 21 Uhr, The Ring Day Spa, Kärntner Ring 8.*

*Salome.*

Was soll das? Ein Scherz? Eine Avance? Eine Falle?

# DU

Es ist die Dunkelheit um dich herum, die Dunkelheit, die dir zusetzt, die dich völlig orientierungslos macht. Du siehst nichts. Gar nichts. Dann tauchen für Augenblicke Lichtblitze auf, Rautenmuster, ein Schachbrett und Figuren. Figuren auf dem Schachbrett, die aber nicht statisch an einer Stelle verweilen, sondern sich wie von selbst bewegen. Auf dich zukommen, dich umkreisen. Sie tragen orientalische Gewänder, spitze Hüte und glänzende mit Perlen besetzte Handschuhe.

Du greifst nach Ihnen, bekommst sie aber nicht zu fassen. Du weißt, dass es Einbildungen sind, Halluzinationen, Hirngespinste. Dein Gehirn spielt verrückt. Du kannst dich nicht dagegen wehren, bist ihnen ausgeliefert.

Sie reden nicht und dennoch hörst du sie sprechen. Alles ist wie in deinen Kopf eingraviert. Es ist Nora, deine Schwester. Sie tanzt um dich herum. Ihr Körper ist nackt, nur mit einer aus Gold bestickten Brokatdecke umhängt. Auf ihrer Haut sind lauter Narben. Sie tanzt wie ein Derwisch. Du willst sie in den Arm nehmen, sie entgleitet dir.

»Es tut mir leid«, sagst du, »Nora, das wollte ich alles nicht.«

Sie lacht schadenfroh und spricht in deinem Kopf. »Du wolltest noch viel mehr. Allein du hast dich nicht getraut. Du wolltest ihn für dich. Weil du aber so hässlich bist, hattest du keine Chance. Da du ihn nicht bekommen hast, sollte auch ich ihn nicht haben.«

»Nein, Nora, nein, das stimmt nicht. Ich wollte ihn nicht, ich wollte dich vor ihm beschützen. Er hat dich benutzt. Benutzt wie ein Papiertaschentuch.«

Sie lacht wieder und du weißt, dass das nicht stimmt.

»Ja, klar, es ist einfacher, das zu glauben, als der Wahrheit ins Gesicht zu sehen«, sagt sie. »Du bist eine einzige Lüge, Linda. Du bist falsch, verkehrt, und jetzt musst du dafür bezahlen. Dafür büßen. Und keiner hilft dir. Niemand. Du bist verloren, Linda. Es geschieht dir recht!«

»Nein!«, schreist du so lange und so laut, bis deine Schwester wieder verschwunden ist.

Du weinst.

Natürlich war das ein Husarenstück deiner Wahrnehmung, denkst du. Ein Streich deines überspannten Gehirns. Dennoch: Auch bei klarem Blick lassen dich die Worte der vernarbten Schwester nicht los. Längst verdrängt geglaubte Vergangenheitssplitter sind wieder zurück. Erinnerungsfetzen fressen sich in die Dunkelheit, drängen sich dir auf, wickeln dich ein. Du willst sie nicht hören, nicht wahrnehmen, willst ihnen aus dem Weg gehen; doch in diesem schwarzen Loch entkommst du ihnen nicht. Alles, dem du erfolgreich aus dem Weg gegangen bist, steht dir jetzt gegenüber und befiehlt mit geballter Faust: Na, mach schon, nimm es mit uns auf.

Verdammt! Ist es nicht so, dass das vergangene Leben noch einmal im Zeitraffer vor einem abläuft, bevor man stirbt? Dass längst Vergessenes ein letztes Mal um Aufmerksamkeit buhlt?

Wenn ja, dann bin ich gleich tot, denkst du, ehe dein Hirn dich an einen Frühlingstag vor zehn Jahren führt:

Du bist in der elterlichen Villa am Rand von Wien, gehst die Treppen nach unten in den Keller und suchst nach etwas. Was ist es? Ein Tennisschläger, ein Fahrradschloss – egal. Du gehst den dunklen Flur entlang, an der Waschküche vorbei. Die Tür zum Partyraum ist nur angelehnt. Du hörst Geräusche, denkst zuerst es wäre die Katze. Dann kommen leise Stimmen hinzu. Geflüster. Es ist die Stimme deines Bruders. Du bleibst stehen, schiebst die Tür einen Spalt weit auf und erstarrst. Du siehst ihn. Deinen Bruder, den Rücken deines Bruders. Er sitzt auf dem Boden. Vor ihm kniet Nora. Ihr Hemdchen ist hochgeschoben. Du siehst ihre kleinen Höcker, Walnussgroß. Konstantin streicht mit seinen Fingern über ihre Brust, über die kleinen Teenietitten. Du siehst die beiden und bist wie paralysiert. Du denkst, er macht mit Nora das, was er auch mit dir gemacht hat. Schlagartig ist dir klar, weswegen er dich seit Wochen nicht mehr anrührt. Du interessierst ihn nicht mehr. Er steht nicht mehr auf dich. Er steht jetzt auf Nora, deine, seine kleine Schwester.

Du weinst. Vor Wut. Vor Enttäuschung. Vor Eifersucht.

Der Türspalt mit dem Bildausschnitt brennt sich in dein Hirn ein, bleibt wie eine klaffende Wunde für immer offen stehen, eitert, suppt und lässt sich von da an nicht mehr schließen. Nie mehr schließen.

Du gehst und weißt, es ist nichts mehr so, wie es war.

## NO

Sie hat mich ans Messer geliefert. Sie hat mich ihm ausgeliefert. Linda war es, die Konstantin erst auf den Geschmack gebracht hat. Sie hat zuerst ihn mit ihren Teenietitten verführt und dann mich und meine Teenietitten ihm serviert.

*Du Arme! Versteifst du dich jetzt auf die Opferrolle?*

Schnauze!

Sie hat mich gehasst. Von Anfang an. Sie hat es nur immer raffiniert kaschiert. Und ich wollte es nicht wahrhaben. Eigentlich ist es auch gar nicht verwunderlich. Linda war immer die, die dazwischenhing. Die in der Mitte. Sie war eingeklemmt zwischen dem Großen und dem Küken. Zwischen Konstantin und mir. Von niemandem ernst genommen und beachtet. Weder von der Mutter noch vom Vater. Ihr Stand in der Familie war kein Stand. Es war die Arschkarte. Da muss man ja böse werden. Ein Scheusal. Sie war böse. Schon immer.

*So wie du, was?*

Ja! Exakt wie ich, wenn ihr es genau wissen wollt. Es wird von Schwachköpfen wie euch behauptet, dass es Menschen gibt, die von Grund auf gut sind. Ich glaube das nicht. Das ist Blödsinn von harmoniesüchtigen Berufsoptimisten. Ich glaube die Menschen sind von Grund auf böse. Manche mehr, manche weniger. Linda mehr.

*Und du auch!*

Sie führte immer etwas Böses im Schilde. Sie war berechnend und ständig auf ihren eigenen Vorteil aus. Dabei schreckte sie vor nichts zurück. Auch nicht vor Tabus und anderen Schandtaten. Sie wollte mich ertrinken!

*Das sagst* du*!*

Ja, das sage ich, weil es stimmt. Sie wollte mich ertrinken lassen! Damals im Urlaub in Kitzbühel am Schwarzsee. Sie hat mich allein am Ufer zurückgelassen, wohl wissend, dass ich nicht schwimmen kann. Sie wollte mich loswerden. Endgültig. Für immer.

# ICH

Allerbeste Gegend. Erster Bezirk. Das Treppenhaus ganz in Marmor. Türen wie Scheunentore. Hier lässt es sich aushalten. Ich klingle, die Tür springt auf. Nach ein paar Schritten werde ich vor einem protzigen Empfangstresen gestoppt. Mit ein paar lapidaren Worten, unfreundlich in die Luft gerülpst, versuche ich mir den Weg freizuräumen.

»Zu Herrn Wittlich!«

»Der Herr Doktor ist in einem wichtigen Gespräch.« Es kommt von einem vielleicht 30-jährigen Püppchen, ebenso unfreundlich wie schrill zurück. Sie erledigt offenbar nicht nur die Korrespondenz des Herrn Anwalts, sondern geht ihm auch bei allen anderen Dienstleistungen bereitwillig zur Hand. Vor allem bei denjenigen, die seinen Hormonhaushalt im Gleichgewicht halten. Da müsste ich mich schon gewaltig täuschen.

»Sie können da jetzt nicht rein.« Sie wirkt entschlossen.

»Das wollen *Sie* mir aber nicht verbieten, nicht wahr?«

»Ich habe die Anweisung, dass Herr Dr. Wittlich …«

Ich trete die Anweisung mit Füßen und stoße die Tür zum Anwaltsbüro auf. Ich höre die Sekretärin im Hintergrund quietschen, als würde sie im gleichen Augenblick wie ein Ferkel abgestochen. Auch Dr. Wittlich springt erschrocken von seinem Schreibtisch hoch. Noch ehe er etwas sagen kann, raunze ich ihn an: »Wollen Sie mich eigentlich verarschen?!«

Erst jetzt bemerke ich, dass er telefoniert.

»Ich rufe dich später an«, säuselt er in den Hörer. »Ja. Ich dich auch.« Er legt auf, blickt mich an. »Was führt Sie zu mir?« Sein erster Schreck ist überwunden. Er gibt sich jovial.

»Sie wollen mich verarschen!«

»Wie kommen Sie denn da ...«

»Sie haben mir nicht alles gesagt.«

»Wie meinen Sie das?«

»In Ihrem beschissenen Ordner sind weniger Informationen als Sie haben.«

Er lächelt gekünstelt.

»Hören Sie, entweder wir spielen hier ein faires Spiel, oder Sie können allein weitermachen.«

»Es tut mir leid, aber ...«

»Das glaube ich Ihnen nicht.«

Er setzt sich hinter seinen Schreibtisch, ich bleibe davor stehen.

»Wir wollten sehen, wie schnell Sie brauchen, um das herauszufinden«, sagt er.

»Verstehe. Sie wollten mich testen, was?«

»Na ja, ›testen‹ ist ein hässliches Wort. Aber meine Mandanten wollten natürlich sichergehen, dass Sie der richtige Mann für diesen Fall sind.«

»Es gibt keinen richtigen, für keinen Fall, verstehen Sie?«

»Wie meinen Sie das?«

»Warum beauftragen Sie keinen Schnüffler von hier, einen den Sie kennen? Den brauchen Sie nicht zu testen.«

»Wir glauben, dass es besser und effektiver ist, jemanden zu engagieren, der unvoreingenommen ist, einer der nichts mit diesem, wie soll ich sagen, diesem Wiener Sumpf hier zu tun hat, verstehen Sie?«

Nein, ich verstehe nicht.

»Einer der auch nichts mit der österreichischen Vergangenheit zu tun hat. Am besten auch gar nichts mit der österreichischen Gegenwart. Einer von außen sozusagen, der vorurteilsfrei an die Sache herangehen kann. Einer wie Sie.«

»Sie meinen, einen wie mich, den man auch mal im Wiener Sumpf untergehen lassen kann, was?«

»Hài, hören Sie zu, meine Mandanten stehen ziemlich allein mit ihrer Vermutung da, dass Linda was passiert sein könnte. Ich habe Ihnen ja schon gesagt, dass die Polizei nicht an ein Verbrechen glaubt.«

»Linda ist eine junge Frau, sagen Sie, deren Verhältnis zur Familie nicht das Beste ist. Stress in der Beziehung, im Beruf. Es wäre nicht das erste Mal, dass jemand freiwillig verschwindet.« Ich fixiere ihn.

»Das haben Sie jetzt nun schon öfters unterstrichen. Der Bruder von Linda ist, wie Sie ja wissen, derselben Auffassung. Die Mutter hingegen lässt sich nicht von ihrer Meinung abbringen. Sie macht sich große Sorgen. Deswegen wurden Sie engagiert. Und wenn ich ehrlich bin, kann ich Frau Prohaska verstehen.«

»Warum?«

»Wir wissen, dass Linda sich in der letzten Zeit intensiv mit einem Teil der unaufgeklärten österreichischen Vergangenheit beschäftigt hat.«

Es klingt, so wie es der Anwalt formuliert, geheimnisumwittert, als wolle er meine Neugierde anheizen.

»Linda sprach immer wieder davon, dass sie die Sache mit Rechnitz nicht in Ruhe ließe. Wir wissen mittlerweile, dass sie sich nicht nur privat damit auseinandergesetzt hat, sondern auch beruflich. Das wissen Sie ja mittlerweile auch.« Er lächelt hinterhältig.

»Mit Verlaub, das war nicht schwer herauszubekommen. Wenn das Ihr Test sein sollte, dann schlage ich vor, Sie suchen sich wirklich einen anderen Idioten.«

»Ich bitte Sie.«

Alles, was ich über das Massaker in Rechnitz weiß, sage ich auf. Es ist nicht viel, scheint Dr. Wittlich aber zu reichen.

»Linda hat sich als Politikwissenschaftlerin an der Uni

Wien für die Morde von Rechnitz interessiert. Man könnte auch sagen, sie hat darüber geforscht.«

»Und?«

»Wir vermuten, sie hat etwas herausgefunden, was bisher verborgen blieb – all die Jahrzehnte über.«

»Was?«

»Ich weiß nicht, aber womöglich hatte sie eine Spur, wo die Leichen vergraben sind.«

»Und Sie meinen, deshalb ist sie verschwunden.«

»Ich, beziehungsweise meine Mandanten meinen, deshalb wurde sie entführt. Wir gehen vom Schlimmsten aus.«

»Das wäre?«

»Tot.«

Kurzzeitig wird es still in Wittlichs Büro. Wir sehen uns schweigend an, während mir schleierhaft ist, was meine Mutter an diesem Typen fand. Ich gehe um seinen Schreibtisch herum, entdecke ein gerahmtes Foto darauf.

»Ihre Frau?«

»Ja.«

»Eher der mütterliche Typ, was?!«

»Was wollen Sie damit sagen?«

»Nichts.«

Ich hebe die Hand und will verschwinden. An der gepolsterten Tür bleibe ich noch einmal stehen. »Kennen Sie einen guten Zahnarzt?«

»Hier im Haus ist einer. Kann ich empfehlen.«

»Danke!«

Ich haue ab, während mir das Büromäuschen hinterhersieht, als hätte ich ihren Boss vermöbelt. Irgendetwas sagt mir, dass ich Dr. Wittlich nicht vertrauen kann.

# NO

Und dann fängt es an. Unscheinbar. Fast zufällig. Natürlich merke ich schon länger, dass etwas mit mir nicht ganz stimmt. Dass ich ein wenig anders bin als die anderen. Vor allem lassen mich das die anderen merken. Besonders im Gymnasium. Wenn andere lachen, ziehe ich mich zurück. Sind sie traurig, ist mir zum Lachen zumute. Das ist doch nicht normal! Ich bin eine Außenseiterin, habe nur wenige, okay, wenn ich ehrlich bin, gar keine Freunde. Ein Spinner. Ein Sonderling. Meine einzige Vertraute ist meine Schwester Linda. Linda hält zu mir. Obwohl auch sie komisch ist. Anders komisch. Sie will es immer allen recht machen. Den Eltern, den Lehrern, den Mitschülern, allen. Sie ist immer die Brave, die Anständige, die Vernünftige von uns beiden. Das ist doch ebenso wenig normal, oder? Immer wenn ich etwas ausgefressen habe, nimmt sie mich in Schutz. Versucht mich zu verteidigen, zu rechtfertigen. Das kotzt mich tierisch an. Natürlich frage ich mich irgendwann, warum sie das macht. Warum sie so ist, wie sie ist. Klar, sie ist meine Schwester. Trotzdem. Es ist komisch. Sie ist komisch. Wir sind beide seltsam.

So richtig ausgebrochen ist die ganze Scheiße dann, als ich in der zehnten Klasse war. Kurz vor den Ferien. Kurioserweise im Supermarkt am Konservendosenregal bei Billa. Draußen ist es heiß, ich bin gestresst, schwitze und soll irgendwelche bescheuerten Tomatendosen oder Brechbohnen oder was weiß ich für Mama holen. Vor dem Regal gibt es tausende Dosen! Ich bin völlig überfordert, genervt. Die Konservendosen sehen mich herablassend an. Ich habe das Gefühl, sie machen sich über mich lustig. Mehr noch: Sie lachen mich aus. Ja, ich höre sie. Die Brechbohnen verpissen sich vor Lachen. Scheiße. Ich höre das Gelächter. Verfluchte Scheiße, was soll das? Immer lauter werdendes Gelächter. Ich merke, wie sich in mir etwas verändert. Meine Haut kribbelt, jeder noch so kleine Luftzug hinterlässt Spuren auf meinem Körper, als würden mit Rasierklingen verwunschene Zeichen eingeritzt, die mir etwas sagen wollen, das ich nicht verstehe. Meine Augen brennen, ich starre auf die Banderolen der Konservendosen. Darauf: Gehackte Tomaten, sonnengereift. Rot. Und Brechbohnen. Überall Brechbohnen. Sie fangen an, sich zu bewegen, verformen sich vor meinen Augen und werden zu Mündern. Münder die sich öffnen und schließen. Dabei fallen Worte heraus und stürzen sich mir entgegen. Die Dosen sprechen mit mir. Die Brechbohnen schreien mich an.

*Zeig mir deine Teenietittchen!* Es ist überdeutlich zu verstehen. Für mich deutlich zu verstehen. Die anderen Dosen kichern abschätzig.

*Ja, zeig sie uns!*

Zuerst will ich es nicht glauben, nicht hören. Ich halte mir die Ohren zu, kneife die Augen zusammen, versuche zu entkommen. Kann mich aber nicht bewegen. Ich bin wie festgefroren. Ich stehe vor dem Dosenregal und lass mich beschimpfen, beleidigen, anschreien.

*Na los, komm schon, zeig uns deine Teenietitten!* Die anderen Dosen fallen mit ein.

*Los, du kleine Fotze, zeig uns alles!*

Es überschwemmt mich. Ich werde davongerissen, verliere den Halt. Sie attackieren mich weiter, so lange, bis es mir einfach zu viel wird.

»Scheiße, was soll das?!«, brülle ich und schlage um mich, räume die lästerlichen Dosen vom Regal, die *Teenietitten, Teenietitten* skandieren, als wären sie auf einem Fußballplatz.

Ich flippe total aus. Ich schmeiße die Regale um, randaliere, bis mich der herbeigeeilte Filialleiter und zwei kreischende Verkäuferinnen versuchen zu bändigen. Was ihnen nicht gelingt. Im Gegenteil. Eine der Verkäuferinnen fällt kopfüber in eine aufgestapelte Chipstüten-Pyramide und richtet ein Chipsblutbad an. Aufgeplatzte Tüten, herumwirbelnde Chips. Ein Schlachtfeld. Ein Kartoffel-Massaker.

Ich reiße mich immer wieder los und stürme das nächste Regal. Schlage auf die Grinsevisage der Kinderschokoloade ein. Bevor ich Käpt'n Iglo die Fresse polieren kann, treffen zwei Polizeibeamte ein und überwältigen mich. In Handschellen führen sie mich ab. Völlig außer mir schlage ich um mich, beschimpfe sie als Fascho-Wichser und trete nach ihnen.

Auf der Polizeiwache wird schnell klar, dass ich hier fehl am Platz bin. Ab ins Bezirkskrankenhaus, Abteilung Psychiatrie. Die Diagnose steht schnell fest: schizoide Persönlichkeitsstörung. Oder einfach: Gaga – ganz ohne Lady.

Seltsamerweise bin ich darüber sogar erleichtert. Endlich habe ich die Legitimation so sein zu können, wie ich mich fühle. Ohne mich ständig rechtfertigen zu müssen.

Ein neuer Abschnitt meines Lebens beginnt. Oder besser gleich ein neues Leben. Wiedergeburt. Auferstehung. Halleluja!

Seitdem sind die Stimmen da. Nicht immer, aber immer öfters.

Wie jetzt.

*Interessant, wie du dir das alles zurechtlegst.*

Mein Haltbarkeitsdatum war abgelaufen. Ich beginne mich in einen anderen Zustand, in eine andere Konstitution zu verwandeln. Dabei sehe ich mir selbst zu.

Schön! Und schaurig! Schön schaurig.

*Blödsinn! Hättest du wohl gern, was?*

# ICH

The Ring Day Spa ist die Wellnessoase, oder besser die urbane Stadtoase, wie sie sich selbst bezeichnet, des Fünfsternehotels The Ring im ersten Wiener Gemeindebezirk nur einen Steinwurf von der Staatsoper entfernt. *Das The Ring, Vienna's Casual Luxury Hotel, bietet Ihnen ein unbeschreibliches Wohlfühlambiente, das sich an der faszinierenden Kulisse orientiert. Vom integrierten The Ring Day Spa haben Sie einen atemberaubenden Blick über die Stadt und können gleichzeitig die Wärme der Inneneinrichtung und die Frische der Farbgebung genießen …* wie es vollmundig, auch ein wenig angeberisch auf der Homepage heißt.

Das Spa ist auch für Nicht-Hotelgäste mittels Mitgliedschaft benutzbar. Für den stattlichen Preis von 50 Euro kann jeder für zwei Stunden in die urbane Stadtoase eintauchen. Natürlich ist mir nicht wohl bei der ganzen Sache. Weniger wegen dieses luxuriösen Ambientes im Hochpreissegment als wegen der seltsamen Verabredung.

Warum gerade hier?, frage ich mich und vermute, mit einem hoteleigenen Handtuch um die Hüfte, hinter diesem Rendezvous zuerst einen üblen Scherz dieser ominösen Salome. Im Wellnessbereich des Hotels ist, neben einer handvoll alter Säcke, die im Whirlpool ihre fetten, haarigen Bäuche streicheln lassen, niemand zu sehen.

*Unsere einmalige Sauna mit Dampfbad offenbart Ihnen Einblicke in unsere Philosophie, die das Wasser als Grundlage der Gesundheit versteht. Dadurch reinigen Sie sich nicht nur von Hektik und Stress des Alltags, sondern gelangen so auch zu Ausgeglichenheit und Entspannung und entdecken dadurch Ihre eigene natürliche Schönheit und Balance.*

Meine Balance ist dahin. Ich schwanke, drohe zu stürzen. Als ich durch das Bullauge der finnischen Sauna blicke und Salome auf der obersten Etage ausgestreckt liegen sehe, weiß ich, dass es alles andere als ein Witz ist; sie meint es völlig ernst.

Hau ab, verschwinde, los scher dich zum Teufel, Mann!, schreit mich eine innere Stimme an, als wäre sie eine der vielen von Nora ausgeliehenen.

Ich öffne die Saunatür. Salome reagiert nicht, bleibt auf der obersten Fläche liegen. Es riecht nach Zirbelkiefer. Ich setze mich ihr schräg gegenüber, breite mein Handtuch über meinen Lenden aus und fange an, auch wenn ich versuche, mich erfolglos selbst daran zu hindern, sie zu betrachten. Meine Augen scannen ihren Körper wie ein Stück Schwarzwälder Schinken auf einem Förderband einer Supermarktkasse ab. Das orientalisch anmutende Gesicht mit den geschlossenen Augen und dem zu einem Strich geschwungenen Mund, die kleinen Orangenbrüste mit den zyklopischen Brustwarzen, der Bauch leicht gewölbt wie ein umgestülpter Kuchenteller und das stark behaarte Dreieck am Venushügel. Schmale Beine, an denen kein Gramm Fett zu sein scheint, die mit grazilen Zehen und angemalten Fußnägeln enden.

Ich beginne wie ein Schwein zu schwitzen; nicht nur wegen der Hitze. Mein Schwanz versteift sich unter dem Handtuch, das sich langsam hebt, während mein Blick immer wieder zwischen Scham, Brust und geschlossenen Augen hin und her pendelt. Mir wird ganz schummrig im Kopf.

*Erforschen Sie sich, lassen Sie sich auf Ihren Körper ein, die Gedanken durch sich hindurch, und beruhigen Sie sich und Ihre Seele …* – wie denn, verdammt noch mal?! Ich lege eine Hand auf mein Badetuch und versuche, die aufkommende Lust in ihre Schranken zu weisen.

»Salome?«

Sie richtet sich fast wie in Zeitlupe auf. Sie setzt sich auf die Planken, ohne sich ihr Handtuch schützend um den Körper zu schlingen.

»Was wollen Sie von mir?«, frage ich, während ich versuche, meine Faszination, oder besser Geilheit ihr gegenüber, mit übertriebener Abneigung in der Stimme zu kaschieren.

»Dasselbe, was Sie von mir wollen sollten.«

»Es macht, glaube ich, keinen Sinn in Chiffren zu sprechen.« Meine Stimme tastet sich klanglich in Randgebiete der Beleidigung vor. Was Salome aber nicht zu beeindrucken scheint. Entweder ist sie sich ihrer Sache sicher. Oder sie durchschaut meine Teenieattitude.

»Sie sind auf der Suche nach Linda, nicht wahr?«

Ich hebe die Schultern.

»Ich auch.«

Ich gebe mich noch immer wenig interessiert und starre vor mich hin.

»Ich habe mit Linda vor etwa zwei Wochen gesprochen.«

»Was?« Mein gespieltes Desinteresse ist dahin. Sie grinst, als wäre ich jetzt das Schwarzwälder Schinkenstück auf dem Förderband.

»Warum?«

»Wir hatten ähnliche Interessen.« Sie wischt sich mit beiden Händen den Schweiß vom Körper.

»Bitte!« Mein übellauniger Ton schlägt in Ärger um. »Was soll das? Entweder wir reden offen miteinander, oder ich gehe.«

Sie lächelt; Zähne, womöglich gebleicht, wie aus der Zahnpastawerbung.

»Ich bin Journalistin und beschäftige mich mit den ermordeten Juden von Rechnitz. Mein Urgroßvater gehörte zu den Toten. Ich fand es an der Zeit, mich damit auseinanderzusetzen. Dabei stieß ich auf Linda, die ähnliche Ziele verfolgt.«

»Bis sie verschwunden ist.«

»Genau.«

»Glauben Sie auch, dass sie einem Verbrechen zum Opfer gefallen ist?«

»Natürlich!«

»Sie glauben also nicht, dass Linda einfach so abgetaucht ist?« Sie lacht und zeigt wieder ihre großen Zähne wie kostbares Familienbesteck.

»Ihre Eltern …«

»Ich glaube zu wissen, was ihre Eltern denken.«

»Wer hat ein Interesse daran, dass Linda verschwindet?«

»Wer hat ein Interesse daran, dass die ermordeten Juden unter der Erde bleiben?«

»Die Täter«, sage ich.

»Und deren Sympathisanten.«

»Sie glauben, die stecken hinter Lindas Verschwinden.«

»Womöglich. Menschen, die die Geschichte ruhen lassen wollen, die Vergangenheit, die an keiner Aufarbeitung interessiert sind, verstehen Sie?«

Ich verstehe gar nichts, kann mich kaum auf ihre Worte konzentrieren. Ihr nackter vor Schweiß glänzender Köper nimmt mich ein, bannt mich, verdreht mir den Kopf. Ich wische mir durchs Gesicht und sehe zum Fenster der Sauna hinaus auf die Stadt hinunter. Ablenkung, etwas Ablenkung … Wien von oben bei Abenddämmerung. Schön! Die beleuchtete Staatsoper, der Ring, das Hotel Sacher – Schinken, glänzender Schinken …

»Haben Sie etwas gegen einen Aufguss?«

Noch ehe ich intervenieren kann, steht Salome auf, nimmt einen großen Holzlöffel und taucht ihn in einen Wasserbottich ein. Die Stadtimpressionen sind dahin. Ich betrachte sie von hinten. Der muskulöse Rücken, ihr kleiner Hintern – mein Handtuch bewegt sich wieder. Sie kippt den Inhalt mehrerer mit Wasser gefüllten Holzlöffel über die glühenden Steine. Es zischt, dampft und riecht nach Zirbelkiefer. Ich wähne mich in einem Wald. Ich fühle mich selbst wie ein Baum, morsch, krank, von einem tödlichen Käfer befallen, auf den eine Axt brutal einschlägt, der jeden Moment zu fallen droht. Mein Kreislauf spielt verrückt. Ich sehe nur noch alles verschwommen, in Schweiß aufgelöst, und lasse mich auf die unterste Holzliege niedersinken.

»Geht's?«

»Klar« – ich erwarte jeden Augenblick einen Kreislaufzusammenbruch.

Salome setzt sich auf die Liege über mir.

»Warum treffen wir uns eigentlich hier?« Ich quetsche es schwachatmig aus meinem Rachen.

»Wäre Ihnen eine zugige, von überall einsehbare Straßenecke in einem der Randbezirke der Stadt vielleicht lieber?« Nachdem ich nicht darauf antworte, fügt sie hinzu: »Na, sehen Sie. Außerdem wohne ich hier.«

Für Momente schließe ich die Augen.

»Wussten Sie eigentlich, dass Lindas Familie auch aus Rechnitz stammt?«

»Was?« Meine Augen gehen wieder auf.

Wieder lächelt sie, dabei kommen mir ihre Zähne jetzt wie Messerspitzen vor.

»Wer ist ihr Auftraggeber?«, will sie wissen.

»Dr. Wittlich.« Meine Stimme rutscht noch tiefer in den Rachen und ist nur noch leise, fast flüsternd zu hören. »Oder besser die Eltern von Linda.«

»Seltsam.«

»Warum?«

»Ich weiß, dass Linda ein sehr problematisches Verhältnis zu ihnen hat. Oder besser, in letzter Zeit hatte sie gar keins mehr. Es herrschte eisiges Schweigen zwischen ihnen.

Davor gab es immer nur Streit und eine offen ausgetragene Feindschaft. Vor allem mit ihrem Bruder.«

»Konstantin Prohaska.«

»Exakt. Linda wollte mit ihm schließlich nichts mehr zu tun haben. Kontaktsperre. Wie mit allen anderen Familienmitgliedern auch.«

»Warum?«

»Hm. Ich glaube, sie hat hinter die Fassade geblickt.«

Sie sieht mich in einer Mischung aus Mitleid und Schadenfreude an. Salome hat sicher längst bemerkt, dass ich aus dem letzten, verfluchten Loch pfeife.

»Die Familie fand es nicht so lustig, dass ihre älteste Tochter in der Vergangenheit herumstochert. Womöglich auch in ihrer Vergangenheit.«

»Sie meinen, das Verschwinden der Juden hat auch mit der Vergangenheit von Lindas Familie zu tun?«

»Ich weiß es nicht. Aber Rechnitz ist nicht so groß. Es herrscht schon seit Langem die Vermutung, dass viel mehr Menschen von dem Massaker etwas mitbekommen haben mussten. Womöglich waren auch mehr involviert, als heute bekannt ist. Wer zur damaligen Zeit dort wohnte, war natürlich allein geografisch betrachtet ganz nahe dran, verstehen Sie? Die Familie von Linda wohnte dort.«

Ich schließe erneut die Augen, sehe helle Punkte leuchten und konzentriere mich auf meinen Atem.

»Waren *Sie* eigentlich schon in Rechnitz?« Sie wischt erneut Schweiß von ihrem Körper, sodass einige Tropfen davon auf meinem landen. Ich kann nicht anders und lecke in einem unbeobachteten Moment ihre Schweißtropfen von meinem Arm. Sie schmecken nicht nach Schweiß. Sie schmecken nach meiner krankhaften Projektion! Nach Begehren, Lust und: Sex, Sex, Sex!

»Nein!«, keuche ich fast lautlos, weil sich meine Stimme

von der Hitze dermaßen beeindruckt fast völlig in meinen Rachenraum zurückgezogen hat. »Sie?«

»Wir könnten zusammen dorthin fahren«, schlägt sie vor.

»Gute Idee.«

Sie steht abrupt auf. »Jetzt muss ich aber raus, sonst löse ich mich gleich auf.«

Ich bleibe liegen und sehe ihr hinterher. Mit einem Blick streckt ihr Hintern mein limbisches System kaltblütig nieder. Auf der rechten Pobacke ist eine visitenkartengroße Tätowierung zu sehen. Noch ehe ich das Motiv entschlüsseln kann, dreht Salome sich an der Tür angekommen um und sieht mich an. Ich fühle mich ertappt.

»Sie sollten auch nicht mehr so lange machen, sonst muss man Sie noch von der Liege kratzen.« Sie lächelt, bleibt aber beharrlich an der Tür stehen und stiert mir auffällig offen zwischen die Beine. »Sie scheinen der einzige Mann in ganz Wien zu sein, der im Intimbereich nicht rasiert ist.«

Noch ehe sie meinen knallrot angelaufenen Kopf wahrnehmen kann, ist sie verschwunden.

Scheiße, ich bin dieser Frau jetzt schon verfallen. Ich komme mir wie eine hungrige Biene vor, die in ein Honigglas gestürzt ist. Dabei langsam genüsslich ersäuft.

*Im Ruhebereich unserer The Ring Day Spa empfängt Sie ein atmosphärisches Duft- und Klangpanorama, in dem Sie Ihre Erholung entspannt ausklingen lassen können und …*

# DU

Du kennst den Ort kaum, warst in deiner Kindheit nur wenige Male hier. Bei den Großeltern. In den Sommerferien. Mehr von deinen Eltern dazu überredet, als freiwillig. Du kannst dich nur noch vage daran erinnern. Was bleibt ist der Eindruck von Langeweile. Langeweile, tumbe Erwachsene und hässliche Dorfkinder, die nichts mit dir zu tun haben wollten. Die mit ihren ungewaschenen Fingern auf dich zeigten. Beide Großeltern sind mittlerweile gestorben. Die Beerdigung von deinem Opa ist dir noch gegenwärtig. Das war das letzte Mal, dass du hier warst. Vor zwei Jahren. Zusammen mit deinen Eltern und Konstantin. Nur Nora war nicht dabei.

Eine Tante, die Schwester deiner Großmutter, lebt noch. Sie freut sich, dich zu sehen, sagt, dass Konstantin in der letzten Zeit öfters hier gewesen wäre. Auch deine Eltern. Und jetzt du.

»Das ist schön.« Nur Nora käme nie.

Nora lebe ihr eigenes Leben, sagst du. Die Tante nickt und sieht dennoch aus, als verstünde sie es nicht. Als du mit der Tante über die unrühmliche Rechnitzer Geschichte sprechen willst, winkt sie nur ab.

»Wenn du deswegen gekommen bist, kannst du gleich wieder gehen.«

Du versuchst, ihr zu erklären, dass dich das eigentlich gar nicht interessiere, dass du nur darauf gekommen wärst, weil es im Studium an der Uni gerade behandelt würde und es da, wie du findest, sehr tendenziell und einseitig besprochen wurde.

»Das ist mal wieder typisch«, sagt die Tante. »Für die

waren und sind wir doch alle Verbrecher. Heute noch.« Sie unterstreicht es mit einer abfälligen Handbewegung.

»Sie sollen doch endlich mal diese Juden in Ruhe lassen. Vorbei ist vorbei. Vergangen ist vergangen. Immer wieder diesen alten Mist ausgraben. Das bringt doch nichts.«

Du gibst vor, dass du sie verstehst und das genauso siehst. Bist umso bestürzter darüber, dass sich die Meinung der Tante, die sich von der überwiegenden örtlichen Öffentlichkeit kaum zu unterscheiden vermag, offenbar nicht verändert hat. Du glaubst genau zu wissen, was die Tante mit ihren Worten eigentlich meint. Was sich hinter ihren revisionistischen Phrasen verbirgt, nämlich dass die Netzbeschmutzer sie, die Tante, die Rechnitzer, uns alle mit diesen Juden in Ruhe lassen sollen. Sie will daran nicht erinnert werden. Lieber schweigen, lieber Gras über die Sache wachsen lassen, scheint die Devise. Die Augen schließen und vergessen. Ja, das wäre ihnen am liebsten, denkst du. Alles vergessen, im Großen wie im Kleinen. Die Familiengeschichte und die Historische. Mit ihnen die Fehler, das Versagen, die Schuld. Ohne mich, denkst du, und die werden mich noch kennenlernen.

Als du am Abend von Rechnitz nach Wien zurückfahren willst, ist dein Wagen übel zerkratzt. Hässliche daumendicke Schrammen haben sich ins Blech gefressen. Motorhaube, Kotflügel, Dach. Überall sind die zerstörerischen Spuren zu sehen. An der Windschutzscheibe hängt ein Zettel, auf dem Ungelenkiges in Blockbuchstaben geschrieben steht: *Verschwinde von hier! Sonst endest du da, wonach du suchst.*

»Böse Kinderstreiche«, sagt die Tante und versucht, die kriminelle Dramatik wegzulachen.

»Ja.« Du weißt seltsamerweise von da an, dass du auf der richtigen, wenn auch gefährlichen Spur bist.

# ICH

Im Café Museum, gleich bei der Wiener Secession, treffe ich mich mit Charlotte, einer Kommilitonin von Linda. Ebenfalls Doktorandin. Es heißt, sie wäre die Einzige, mit der Linda etwas zu tun hatte. Ansonsten gibt es, soweit ich das bis jetzt herausfinden konnte, keine Freunde, Bekannte, Liebhaber, keine Bettgeschichten oder dergleichen. Zumindest ist niemandem davon etwas bekannt. Nora behauptet, Linda wäre eine totale Einzelgängerin, an menschlichen Kontakten nicht interessiert, zudem asexuell.

»Charlotte?«

Am Fenster sitzt eine unscheinbare Brünette, Mitte 20, mit großem Busen. Sie nickt. Ihr Händedruck ist weich und feucht.

»Ich bin Hài.«

»Ich kann Ihnen nichts sagen. Ich weiß nichts.« Sie wirkt aufgescheucht. »Ich habe Ihnen ja schon am Telefon …« Entweder hat sie Angst, denke ich, oder wirklich keine Ahnung. Ich setze mich ihr gegenüber und sehe sie eindringlich an. Sie wird noch nervöser. Ihre Augenlider flattern wie die Flügel eines Schmetterlings.

»Aber Sie kennen Linda, oder?« Sie gibt mir zu versehen, dass sie auch das nicht genau wüsste.

»Wir studieren zusammen, ja. Aber kennen …« Ihre Sprache ist schleppend, als ob die Worte den Gedanken nicht hinterherkommen würden. Ich versuche, sie zu beruhigen, und lege meine Hand auf ihre. Sie erschrickt. Erstarrt geradezu.

»Charlotte, Sie brauchen keine Angst zu haben.«

»Ich habe keine Angst, ich weiß nur nichts.« Jetzt wirkt sie ein wenig pampig.

Ich lasse ihre Hand wieder los. »Erzählen Sie mir einfach von ihr.«

»Ich weiß eigentlich gar nicht so viel über sie. Wir haben, wenn dann nur, über das Studium geredet.«

»Dennoch ist Ihnen aufgefallen, dass sie plötzlich verschwunden war.«

»Ja.«

»Warum?«

»Ich habe mir von ihr ein Buch geliehen. Ich wollte es ihr zurückgeben. Als wir uns verabredet haben, kam sie nicht. Das Telefon war tot.« Sie erschrickt erneut. »Ich habe mir Sorgen gemacht. Als ich sie nach drei Tagen noch immer nicht erreichen konnte, zu Hause die Tür nicht öffnete, habe ich ihre Eltern angerufen.«

»Wie war sie?«

»Wie meinen Sie das?«

»War sie beliebt, wurde sie gemocht oder konnte sie niemand leiden, wurde sie gar gehasst, so was, verstehen Sie?«

»Linda war anders. Ich glaube, die meisten haben sie gar nicht wahrgenommen.«

»Und Ihr Professor?«

Sie schweigt.

»Sie hatte was mit ihm, stimmt's?«

Sie nickt verschämt. Womöglich hätte Charlotte auch gerne etwas mit ihm, denke ich und will wissen, was das für ein Buch war.

»Was?«

»Das Buch, das Sie sich bei ihr ausgeliehen haben.«

»Verbrechen in der Endphase des Zweiten Weltkrieges, Überlegungen zu Abgrenzung, Methodik und Quellenkritik.« Das erste Mal hellt sich ihr Gesicht ein ganz klein wenig auf. Das scheint das Feld zu sein, in dem sie sich wohler fühlt.

»Hat sie etwas über Rechnitz erzählt?«

»Nein, ich wusste nur, dass sie sich damit im weiteren Studienverlauf beschäftigt hat. Wir Studenten haben uns ja während eines Forschungspraktikums alle damit beschäftigt. Sie war allerdings die Einzige, die sich danach noch weiter mit diesem Thema auseinandergesetzt hat.« Sie steht auf. »Ich muss jetzt gehen.«

»Danke.« Ich greife nach ihrem Arm und frage: »Haben Sie eigentlich einen Freund?« Wieder erschrickt sie und wird knallrot im Gesicht.

»Nein, warum?«

»Nur so.«

Als sie am Fenster vor dem Café vorbeigeht, sehe ich ihr hinterher. Mir kommt es vor, als hätte sie, indem sie über Linda sprach, sich selbst beschrieben.

Kaum ist Charlotte weg, bemerke ich, an einem Tisch am anderen Ende des Cafés, Mark mit zwei jungen Männern sitzen. Ich winke ihm zu. Er bemerkt mich ebenfalls, steht vom Stuhl auf und kommt gut gelaunt auf mich zu. Er umarmt mich. »He, das ist aber eine Überraschung.«

Er setzt sich zu mir und ich frage ihn, warum er so Hals über Kopf ausgezogen sei.

»Wegen dir. Der Alte von Paul hat Stress gemacht.«

»Das kann dir doch egal sein.«

Er schüttelt den Kopf. »Ihm gehört die Wohnung. Er meinte, ich soll mir was anderes suchen, solange du da bist.«

»Meinetwegen kannst du gerne …«

»Er hat gesagt, du hast ein Problem mit Schwulen.«

»Was? So ein Arsch.«

»Das habe ich mir schon gedacht.«

»Ich glaube eher, dass er selbst eins hat.«

»Ganz sicher sogar. Und vor allem eines mit Paul.«

»Also, wenn du willst, kannst du gerne wieder …«

Mit »Ist schon okay« geht er dazwischen. »Mir ist der

Alte ziemlich schnuppe. Ich kann ihn ohnehin nicht ausstehen. Ich will aber auch nicht, dass Paul Stress kriegt.«

»Verstehe.«

»Und bei dir? Wie geht es voran. Wo steckt die Kleine? Noch immer nicht gefunden?«

Ich schüttle den Kopf.

»Vielleicht will sie ja gar nicht gefunden werden.«

»Das glaubt ihr Bruder auch.«

Er verdreht die Augen.

»Was ist?«

»Ach nichts. Wenn du Lust hast, am Wochenende ist ’ne ziemlich exklusive Party. Kannst du mal ausspannen. Seele baumeln, du weißt schon … Gib mir mal deine Handynummer.«

»Warum?«

»Na, gib schon.« Er tippt meine Nummer in sein Smartphone. »Ich schicke dir ’ne SMS, wann und wo und wie das Codewort lautet.«

»Codewort?«

»Sonst kommst du nicht rein. Solltest du aber, es lohnt sich. Vielleicht gibt es da ja Neuigkeiten.«

»Was für Neuigkeiten?«

»Wien funktioniert anders«, sagt er geheimnisumwabernd und zwinkert mir zu.

»Wie?«

»Da läuft wenig über die offizielle Schiene, verstehst du?«

Ich verstehe nichts und irgendwie habe ich das Gefühl, dass auch Mark mehr weiß, als er rauslässt. Zum Abschied umarmt er mich wieder.

# NO

*Du Arschloch nimm deine Drecksfinger da weg! Hast du verstanden, du perverser Kinderschänder, du elender, verfickter Wichser!*

Ich knipse die Nachttischlampe an. Die keifende Stimme in meinem Kopf verstummt für einen Moment. Noch ehe ich durchatmen kann, schlägt sie erneut verbal um sich.

*Steck dir deine Finger selbst in den Arsch. Ich bin deine Schwester und keine Nutte, die du einfach für deine abartige Fantasie benutzen kannst. Du bist pervers, du Arschloch!*

Ist okay, sage ich, gähne und versuche mich und die Stimme in meinem Kopf zu beruhigen.

*Was heißt hier okay?! Dass du dich nicht dagegen wehrst, heißt, dass es nicht okay ist, was?!*

Dafür habe ich ja dich, sage ich an die Nachttischlampe gerichtet, als wäre sie mein nächtlicher Gesprächspartner. Mein Über-Ich.

*Klar, die Scheißarbeit soll ich übernehmen, was?*, kommt pampig retour. *Und das Schöne ist für dich, was?*

Was für *Schönes*?

*Du willst doch etwa nicht behaupten, dass dir das keinen Spaß gemacht hat.*

Spaß? Spinnst du?!, brülle ich, richte mich im Bett auf und starre direkt in den Lichtkegel der Lampe. Ich bin geblendet, vage aber nicht, die Augen zu schließen.

*Wenn da jemand spinnt, dann bist du das.*

Ja, klar, keife ich zurück. Aber du trägst auch einen Großteil dazu bei. Du und die anderen Stimmen. Glaubt bloß nicht, dass euer Gequatsche spurlos an mir vorübergeht.

*Ich glaube gar nichts, schon gar nicht –*

Dann halt die Fresse!

Ich schlage auf den Lampenschirm ein. Die Lampe erlischt. Die Birne ist kaputt. Ausgeknockt, denke ich, und mit ihr die Stimme. Tatsächlich: Kein Wort ist mehr zu hören. Ich atme erleichtert durch und stehe von Lindas Bett auf, gehe in die Küche und rufe Hài an. Er nimmt nicht ab.

Kacke!

Ich schalte den Fernseher an, um mich abzulenken. Um mich von mir selbst abzulenken. Die Welt ist voller Müll! Das riecht alles nach Hipster im Schritt. Der flimmernde Kasten an der Wand verdichtet diesen Humbug in ein Viereck aus Plasma. Die Welt ist nicht rund. Die Welt ist ein verschissenes Rechteck, in dem der eigene Blick permanent an Kanten stößt und sich auf Dauer tödliche Blessuren holt. Das Leben als Wunde. Da muss man ja verrückt werden! Wer da nicht verrückt wird, heißt Bernd das Brot oder ist schon von Geburt an nicht ganz knusprig.

Da scheint es kein Wunder zu sein, dass ich mich von mir selbst ein Stück weit abspalte, dass mein ramponiertes Ich in zu viele Stimmen zerbröselt, die sich gegenseitig widersprechen und dabei so tun, als wäre es das Normalste der Welt. Es ist kein Wunder, dass ich mit mir selbst im Krieg der zwischenmenschlichen Gefechte feststecke. Wenn es überall kracht und pufft, kann man unmöglich eine ruhige Kugel schieben. Außer man ist nicht von dieser, der normalsten aller Welten, der viereckigen aus Plasmaspritzer und Pixelgewichse.

Mir ist schlecht. Vom Sehen und Denken.

*Du Arme! Dann kotz doch!*

Natürlich, wie könnte es auch anders sein: Die Stimme ist wieder zurück. Mischt sich ein und glaubt, wichtig zu sein.

Ihr Arschlöcher!, zische ich. Das hättet ihr wohl gern, was?

*Und was hättest du gern?*

Nichtstun. Der Zeit die Chance geben, auf mich zuzukommen.

*Na, dann viel Spaß.*

Danke. Und ab jetzt ist Sendeschluss.

Ich verpasse der Flimmerkiste den Knock-out und will gerade die Wohnung verlassen, da ruft der schlitzäugige Engel an.

»Wo wohnst du?«, frage ich.

»Warum?«

»Frag nicht, sag schon.«

Nachdem er damit rausgerückt ist, lege ich auf und mache mich auf den Weg.

Nimm dich in Acht, Fidschi, ich komme!

## NO

»Wirkt es schon?«

Bei mir schon. Ich sehe den Engel leuchten. Die Aura um ihn herum schimmert. Auf Arabisch bedeutet Aura Intimzone. Ist nicht um seinen Kopf eine Korona?

»Und? Siehst du die Welt mit anderen Augen?«

Ich sehe ihn dicht vor mir und doch unerreichbar weit weg, zentrifugisch um mich und gleichzeitig sich selbst kreisend. Anfänglich wollte er nicht. Als ich ihm sagte, dass Ketamin in der Drogenszene auch Kitty genannt wird, zog er sich gleich die doppelte Menge rein. Rätselhaft.

»Siehst du mich mit anderen Augen?«

Er sieht mich an, als sähe er mich gar nicht. Als hätte er mich noch nie zuvor gesehen.

»Nein? Dann schließ sie. Na los, mach schon die Augen zu.«

Er macht wie ihm befohlen. Ich ziehe mein T-Shirt aus. Zwischen meinen Titten ist glänzender Schweiß, meine Brustwarzen stehen.

»Und aufmachen!«

Seine Augen sind wieder Schlitze. Die Korona schmuggelt sich durch ihn hindurch.

»Was wird das?« Er fragt es seltsam balsamiert. Das Ketamin scheint seine Zunge zu lähmen.

Ah, jetzt erkennt er mich. Ich nehme seine Hand und lege sie mir auf die nackte Brust.

»Und wie fühlt es sich an?«

»Fest.«

»Holla, ein Kenner.«

Ich nehme seine andere Hand und schiebe sie mir unter den Rock.

»Und das?«

»Feucht.«

Ich fahre mir mit der Zunge über meine spröden Lippen. »Das wird ja immer besser.« Ich versuche, es lüstern klingen zu lassen. Es misslingt. Das Ketamin scheint auch meine Zunge zu beeinträchtigen.

»Habe ich da etwas nicht mitbekommen?«, fragt er, oder besser leuchtet es aus ihm heraus, während seine Worte vor meinen Augen visualisiert werden. Tanzende Buchstaben. Mit Beinen, Armen und riesigen Schwänzen.

»So einer wie du bekommt alles mit. Auch das, was man ihm zu verheimlichen versucht, stimmt's?«

Er sagt etwas, das ich nicht lesen kann. Die Buchstaben

geraten durcheinander, formieren sich neu und ergeben erst rückwärts einen Sinn: »?trhüfnih lhow sad oW«

»Wo das wohl hinführt?«, wiederhole ich zur Selbstvergewisserung. »Willst du raten?«

Noch ehe er etwas sagen kann, drücke ich meine Lippen fest auf seine. Ich öffne mit meiner Zunge seinen Mund. Oho, nicht den Hauch von Widerstand! Im Gegenteil. Unsere Zungen begrüßen sich wie alte Bekannte nach jahrelanger Trennung. Seine Finger unter meinem Rock werden sehr beweglich. Geradezu spielerisch! Er spielt auf den Tasten eines Klaviers. Eine Melodie ist zu hören. Es rauscht ein Bach. Es sprudeln Quellen. Die Moldau, Smetana. Die Quellbäche entspringen im Schatten des Böhmerwalds. Und heißa! Schon geht die Wanderung im Sauseschritt durch Böhmen los. Durch tiefe Gebirgsschluchten, dunkle Kiefernwälder. Immer weiter. Ja, schneller!!! Liebliche Auen, sanfte Fluren. Stromschnellen, aufbäumende Fluten, Gischt. Scheiße, nicht so schnell, verdammt ich bin gleich in Prag! Ich drücke ihn aufs Bett, ziehe seine Hose mitsamt der Unterhose bis zu den Fesseln herunter und setze mich auf ihn. Er dringt mit seinem verhärteten Ding zwischen seinen Beinen in mich ein. Halleluja! Was für ein Gefühl! Ein Schwall heiß gestauter Luft bahnt sich durch meinen Körper. Ich fühle mich Gott nahe. Oder er mir. Ein Joystick in Richtung Unendlichkeit. Ein Wasserfall der Erregung. Er stößt hart zu. Ich stoße hart zurück. Ich merke, wie seine Bewegung immer wieder durch meinen ganzen Körper in warmen Wellen peitscht. Bis zu den Haarspitzen. Und wieder zurück. Dazu das Geräusch von patschenden Händen im Matsch. Meine Finger krallen sich in seine Brust, als wollten sie sich festhalten. Ist das die Moldau von hinten? Auf den Kopf gestellt. Kann es sein, dass mein Körper gerade fliegt? Dass ich gerade den Boden unter den Füßen verliere? Ihn unter mir? Ich schwebe über mich selbst hinweg in Richtung Besinnungslosigkeit. Ich schließe die Augen und sehe – Konstantin. Scheiße! Scheiße! Scheiße!

*Das hast du jetzt davon*, melden sich die verfickten Stimmen zu Wort. Ich versuche mir die Ohren zuzuhalten. Es misslingt.

Konstantin!

Er kniet über mir, drückt meine Beine auseinander und steckt seinen krüppligen Schwanz in mich.

Es macht dir doch auch Spaß oder?, sagt er. Los, sag, dass es dir Spaß macht.

Ja, kriecht es aus mir hervor, ohne dass ich es will.

Ich wusste es, sagt er. Ich wusste es doch.

Ich bin 13, er 20. Wir liegen aufeinander am Boden des Speichers der elterlichen Villa, während er leise stöhnt und mich immer wieder und zunehmend atemloser fragt: Du willst es doch auch, oder? Du willst es doch auch? Du willst es? Als ich nicht antworte, schlägt er mir mit der flachen Hand auf die Wange. Na, los, sag es.

Ja, ich will es.

Ich nehme Hàis Hände und lege sie mir um den Hals.

»Na, los mach schon.« Er versteht nicht gleich, sieht mich entgeistert an. »Drück!«

Er drückt zu. Zuerst noch schwach, dann stärker.

»Mach!«

Mein Blut staut sich zwischen den Schläfen. Die Stimmen in meinem Schädel werden wie eitrige Pickel ausgedrückt. Der ganze Kopf entleert sich. Mein Bewusstsein rutscht in meine Möse. Sie blubbert, rauscht, spritzt. Und spritzt. Ich bekomme keine Luft mehr. Gleichzeitig wird die Moldau zum Rhein, ist Donau, Seine, der Hudson River, der Niagara. Mit allen Wassern dieser Welt. Ich drohe gleich fortgeschwemmt zu werden, zu kollabieren. Ich reiße mich von ihm los und kippe zur Seite. Ich bleibe neben ihm, den Rücken ihm zugewandt, röchelnd auf dem Bett liegen.

»Was ist?«, fragt er.

Ja, was war das? Ein Orgasmus? Mehrere? Eine apokalyptische Himmelfahrt? Für Sekunden das Schnuppern an der Ewigkeit? Der Vergänglichkeit? Der Himmel? Die Hölle?

»Ich bin fertig«, sage ich, wie man sagt: Ich bin tot.

»Du lügst.«

Harte Worte nach einem starken Fick. Ich strafe ihn zunächst mit Schweigen. Dann mit hässlichen Worten: »Und du? Was ist mit dir? Kannst du mal wieder nicht?«

Jetzt schweigt er, als wolle er mich dafür bestrafen. Als ich beinahe eingeschlafen bin, streicht er mir über die Hüfte und sagt: »Was ist das?«

»Spuren der Vergangenheit.« Ich höre mich selbst sprechen, ohne genau zu wissen, was ich sagen soll. Es ist wie ein Déjà-vu-Erlebnis.

»Wer war das?« Seine Fingerkuppen streichen die Narben der handgroßen Verbrennung entlang. Es erregt mich.

»Willst du raten?«

»Linda.«

»Hundert Punkte.« Ich klatsche in die Hände, was sich anhört wie Peitschenhiebe.

»Was?« Sein Erstaunen wirkt echt.

»Ein Versehen. Ein Unfall«, sage ich.

»Sagt sie«, sagt er.

»Sagt sie«, sage ich.

»Und du?«, fragt er.

»Nichts.«

Ein Schlagabtausch unter Liebenden? Ich höre mir selbst beim Sprechen zu. Ich komme mir wie außerhalb meiner Selbst vor.

»Die Demütigungen von Linda, die kleinen Spitzen, die Denunziationen fallen mir natürlich irgendwann auf. Anstatt sie damit zu konfrontieren, räche ich mich. Zuerst mit Kleinigkeiten. Dann mit immer größeren Gemeinheiten. Zum Schluss spanne ich ihr den Freund aus. Lasse.«

*Das sieht dir ähnlich, Schlampe!*

Nein, bitte jetzt nicht.

»Linda ist 19 macht gerade Matura. Ich bin 15 und verführe Lasse. Ein triebgesteuerter Tollpatsch mit kleinem krummem Schwanz. Ich treibe es mit ihm kurz vor Lindas Maturafeier im elterlichen Gartenhaus. Natürlich hat es Linda erfahren. Sie hat Lasse sofort abgeschossen und mir gegenüber den Vorfall mit keiner Silbe erwähnt. Sie geht darüber hinweg, als wäre nichts geschehen. Von da an ist sie noch feindseliger und distanzierter, auch zurückgezogener. Ich habe das Gefühl, sie will nichts mehr mit mir zu tun haben. Mit Konstantin auch nicht. Auch den Eltern geht sie aus dem Weg.«

»Und das?« Wieder berührt er die Verbrennung. Es fühlt sich gut an.

»*Ihre* Rache. Ein Topf heißes Wasser, darin zwei Eier, weich gekocht. Sie nimmt den Topf vom Gasherd, rutscht aus, lässt den Topf los, der fällt und trifft mich am Rücken.«

»Das glaube ich nicht.«

»Das glaubt niemand. Ist ja auch nicht wahr.« Ich lache und drehe mich ihm zu. Er sieht mich ernst an. Ich weiß, was er denkt.

»Stimmt«, sage ich, »seit ich das Haldol abgesetzt habe, bin ich wieder ein Mensch. Manchmal sogar mehrere.«

Er tippt sich mit dem Finger an die Stirn.

»Und du bist ein Engel.«

Das tippen an seiner Stirn nimmt kein Ende.

»Und Linda?«

»Linda zieht aus und nimmt sich eine Zweizimmerwohnung in Wien, fängt an zu studieren und kommt nur noch zu den Feiertagen nach Hause. Erst als ich selbst einen Abflug aus der elterlichen Villa mache, treffe ich sie wieder öfters. Meist aus Zufall. Wien ist ein Dorf. Ein kleines beschissenes Kaff. Diese Treffen sind in der Regel gespielt freundlich. Die pure Fassade. Small Talk im Vorübergehen. Hallo, wie geht's? Gut und dir – und so'n Scheiß. Nur einmal fällt sie in alte Muster zurück und beleidigt meine Freundin Dagny.«

Er versucht, sich die Hose anzuziehen. Scheitert aber nach mehreren Versuchen.

»Wirkt jetzt doch, was?«

Er kippt wieder aufs Bett und schläft kurze Zeit später ein.

## DU

Nora ist total durchgedreht. Zeitweilig glaubst du, sie spielt nur. Es ist eine ihrer perfiden Inszenierungen. Darin war sie schon immer erstklassig. Aufmerksamkeit durch Lügen, Simulationen und Schauspiel zu erhaschen. Dafür war sie sich nie zu schade. Auch nicht den eingebildeten Kranken zu geben. Damit sie im Mittelpunkt steht, ist ihr jedes Mittel recht. Sie ist sogar bereit, nicht nur anderen, sondern auch sich selbst zu schaden. Das hat schon etwas Krankhaftes, Paranoides. Die Verbrennung zum Beispiel war der wohlkalkulierte Preis für ihre Egozentrik. Sie wollte verbrüht werden. Davon bist du fest überzeugt. Sonst hätte sie sich mir doch nicht in den Weg gestellt, denkst du. Mehr noch, dich sogar angerempelt. Sie hat es provoziert und bewusst in

Kauf genommen. Ihre Berechnung ging auf. Anschließend war sie unantastbar, wurde von allen noch mehr betüttelt, bemitleidet, hofiert. Die arme Nora hier, die arme Nora da. Du warst mal wieder der Arsch. Der tumbe, nichtsnutzige Idiot, der zu blöd ist, einen Topf Wasser zu bewegen, ohne ein Desaster anzurichten. Nicht sie war durch die Verbrennung stigmatisiert, sondern du. Du fühltest von nun an das Feuermal auf der Stirn. Und den Hass ihr gegenüber im Herzen. Hass, der mit der Zeit ebenfalls etwas Krankhaftes bekam. Etwas Paranoides. Du hast dich immer weiter in den Gedankengang verrannt, dass Nora nicht nur sich selbst, sondern auch dich in den Abgrund reißen möchte. Warum?, fragst du dich. Warum ist sie so böse? Du weißt es nicht, hast keine Erklärung. Was du mit Sicherheit weißt, ist, dass sie ihn verführt hat! Du bist davon überzeugt, dass sich Nora an Konstantin herangemacht hat, um dir eins auszuwischen. Sie wollte ihn dir wegnehmen.

## NO

Er schläft. Seine Augen sind geschlossen. Seine Lider zittern. Unter ihnen drehen sich die Pupillen im Kreis. Kitty hat ihm den Rest gegeben.

Ich rede mit ihm, leise, zärtlich, flüsternd. Er hört mich nicht, schwebt irgendwo zwischen da und dort im Ungefähren. Zwischen sich und sich.

»Warum bist du so verschlossen?«

Pause.

»Warum traust du niemandem?«

Pause.

»Nicht mal dir selbst?«

Er schlägt die Augen auf und sieht mich an, als wäre ich ein großer Spiegel und er darin nackt.

»Du bist ein Kind. Ein schönes Kind.«

Pause.

»Wir sind sehr ähnlich. Du und ich. Du schütteltest den Kopf, weil du weißt, dass es stimmt, stimmt's?«

Pause.

»Du gehst dir selbst aus dem Weg. Um dir nicht zu begegnen. Und jetzt: begegnest du mir.«

Pause.

»Und ich stell dir ein Bein und du stolperst.«

Pause.

»Und ich fange dich auf.«

*Wirst du jetzt rührselig?*

Die Stimmen in meinem Kopf schlagen sich vor Freude die Schenkel rot. Es ist für sie ein weiterer Beweis dafür, dass ich vollkommen übergeschnappt bin. Er hingegen wird ganz still. Als horche er in sich selbst hinein und höre nichts. Höchstens ein Summen. Ich summe.

»Warst du schon immer so?«, fragt er. Die Stimme kommt von weit weg.

»Lenk nicht ab«, sage ich und dann: »Ja, aber anfänglich wusste ich es nicht. Anfangs wollte ich immer anders sein. Bis ich merkte, dass es nicht ging. Es geht nur, wie es geht, verstehst du?«

Er schweigt und schließt erschöpft die Augen. Seine Lider zittern erneut.

»Du bist nicht kompatibel. Du kannst dich nicht druntermischen. Unter die anderen Arschlöcher. Aufgehen in der Masse wie alle, stimmt's? Ich kann es auch nicht.«

Pause.

»Hast du Frau, Freundin, Kinder?«

Pause.

»Was für eine Frage. Natürlich hast du nichts dergleichen. Du hältst es mit anderen doch gar nicht aus. Nur ganz schwer mit dir selbst. Wie ich.«

Pause.

»Ich habe meine Stimmen im Kopf. Und du?«

»Mein Tier«, sagt er mit noch immer geschlossenen Lidern.

»Ein Käfer stimmt's?«

Pause.

»Ich weiß, dass es stimmt.«

Pause.

»Eine Schutzschicht umgibt dich, damit alles an dir abprallt – Warum? Aus Angst, dass es dich verletzt, zerlegt.«

Pause.

»He, weißt du was? Du bist ein Sensibelchen und willst deshalb nach außen hin so hart, so gefestigt, so klar und kalkuliert erscheinen. Was?«

»Du spinnst!« Seine Augen weiter geschlossen.

»Klar, spinne ich. Deshalb durchschaue ich dich ja. Wie du mich durchschaust. Wir sind aus demselben Holz geschnitzt, Mann! Aus derselben Scheiße geformt. Die gleichen Splitter pieksen uns ins Herz. Derselbe Schrott füllt unseren Schädel.«

Pause.

»Ich mag dich. Weil ich mich selbst nicht lieb haben kann.« Ich lache affektiert. »Ist nicht von mir, habe ich irgendwo gelesen.«

*Du lügst! Es ist von dir! Du willst es nur nicht zugeben, weil es kitschig ist.*

Fresse!

»Schon mal über Liebe nachgedacht? Andauernd was? Und nie zu einem Resultat gelangt. Geht mir ähnlich. Deswegen hasse ich lieber. Auch mich selbst.«

Pause.

»Ich knabbere an deinem Schutzschild. Du an meinem, abgemacht?«

Pause.

»Sollen wir jetzt vögeln?«

*Lenk nicht ab.*

Ich lenk doch gar nicht ab, ich –

»Was redest du da eigentlich?«

»Das bin nicht ich. Das bist du in mir!«

Er lacht. Ich lache.

»Warum sind deine Finger eigentlich schwarz?«, fragt er. Ich halte beide Hände hoch und erkenne an Zeigefinger und Daumen schwarze Farbrückstände.

»Warum ist dein Herz nicht nur ein Muskel?«

## ICH

Versager!

Es ist mir schleierhaft, warum es mir nicht gelungen ist, zum Orgasmus zu kommen. Schon zum zweiten Mal nicht. Vielleicht hat es mit den Zahnschmerzen zu tun? Obgleich ich beim Vögeln schmerzfrei war. Das hässliche Wort Potenzschwäche geistert in meinem Kopf herum. Es lässt mich nicht zur Ruhe kommen. Erst kommt er nicht mehr, dann steht er nicht mehr. ›Nach tausend Schuss ist Schluss‹, hieß es immer früher zu uns Kindern, als Abschreckung gegen übermäßiges Masturbieren.

Nora schläft. Sie schläft unruhig, aber sie schläft. Manchmal habe ich das Gefühl, die Göre verarscht mich. Dann kommt es mir so vor, dass sie die Einzige ist, die die Wahrheit sagt. Oder das, was sie dafür hält. Ein Gedanke, der mir schon einmal kam. Sich auch jetzt nicht vertreiben lässt.

Ich kann nicht schlafen. Ich will weg von hier und kann mich nicht bewegen. Ich liege wie gelähmt neben ihr und starre Löcher in die Luft, während mein Hirn unentwegt rattert.

Noras verrückte Stimmen scheinen jetzt in *meinem* Kopf zu sein. Besser, eine Stimme. Eine Stimme, ein Wort. Versager! Immer wieder. Chorisch und voller Häme.

Das ist mir noch nie passiert. Bisher hat alles bestens funktioniert. Mein Erregungspotenzial war ausreichend. Ich konnte immer. Wollte immer. Es ist das zweite Mal, dass mich mein Körper im Stich lässt. Kopfsache! Apropos: Das Tier ist zurück. Das Tier in meinem Kopf ist zurück, aufgescheucht durch Noras Worte, der Käfer, der wie verrückt an meiner Schädeldecke kratzt. Zeichen sendet, die ich nicht verstehe. Noras Worte geben mir zu denken: Schutzschild, Sensibelchen, du gehst dir selbst aus dem Weg, verschlossen, drunter mischen – sie hat mich, wie es scheint, ganz gut durchschaut.

Ich sie auch. Wenn ich mich nicht täusche, stammen die Hitlerbärtchen und die strengen Scheitel, die abgeänderten Parolen auf den Plakaten der AFÖ von Nora. Die Spraydose und die schwarzen Finger sind eindeutige Indizien.

Ich stehe auf, ziehe mir Pauls Jogginghose an und versuche zu meditieren. Was mir im Kloster half, kann auch hier nicht schaden, denke ich. Ich setze mich in den Lotussitz auf den

Boden, lege die Hände im Schoß übereinander und starre an die Wand. Ich konzentriere mich auf meinen Atem. Ein, aus, ein, aus. Zähle dabei. Eins, zwei, drei – ich werde ruhiger. Die Zeit dehnt sich, weitet sich, eine Minute erscheint wie zehn, zehn wie 20, 20 wie immer. Ich sitze und atme, atme und sitze und höre ganz weit weg das Schnaufen von Nora. Ein, aus, ein, aus. Im Rhythmus ihrer Atmung entstehen Gedanken, die kommen und gehen und durch mich hindurchrauschen. Die Zeit schrumpft, verdichtet sich, zehn Minuten sind eine, eine nichts. Zuerst sind es Gedanken die meine Potenzschwäche betreffen. Dazu Bilder von Schönheiten, mit denen ich bisher im Bett war. Und solche, mit denen ich unbedingt ins Bett möchte: Salome! Ihr nackter Körper steckt eingekeilt zwischen meinen Hemisphären fest und wird langsam und genüsslich von meinem Käfer verspeist. Es erregt mich kolossal. Scheiße! In der Jogginghose richtet sich etwas auf. Ich versuche mich gedanklich abzulenken und verbanne Salome aus meinem Kopf. Ich konzentriere mich auf weniger Erfreuliches. Das hilft bisweilen. Meine Mutter, Dr. Wittlich, Konstantin Prohaska. Es gelingt. Die erotisierenden Gedanken kapitulieren, werden in den Hintergrund gedrängt. Andere entstehen und schieben sich in den Fokus. Gedanken an Nora, Linda. Die verschwundenen ungarischen Juden. Ich werde wieder ruhiger. Mein Puls fährt herunter, das Herz schlägt regelmäßig. Die Gedanken verschwinden ganz, Wörter tauchen auf. Sie hängen bedeutungslos wie Girlanden zwischen den Ohren und baumeln:

Spiritual
I hang my head
Hurt –

sind das nicht Songs von Johnny Cash? Klar sind die von Cash! Wo kommen die denn jetzt her? Schon wandern Melodien in dieselbigen.

Ich stehe auf, stöpsle die Kopfhörer des iPods in die Ohren und verlasse, angetrieben von der Country-Legende, die Wohnung. Ich gehe mit dem bestmöglichen Soundtrack für diese nächtliche Stadt joggen.

## ICH

Wien ist bei Nacht erträglicher als am Tag. Jede Stadt ist nachts angenehmer als tagsüber. Das mag daran liegen, dass die meisten Menschen schlafen. Dass sie in ihren vier Wänden verborgen sind.

Ich jogge. Ich jogge, weil ich nicht schlafen kann. Weil ich nicht schlafen will. Wegen der Träume, der Albträume. Eingelullt von Cashs fragiler Stimme, bei der Gebrochenheit, Krankheit und Tod mitschwingen, entfliehe ich dem eigenen Ego und schwebe dahin.

»I hurt myself today / To see if I still feel / I focus on the pain …«

Die Glocken an der Votivkirche lärmen in der Nacht. Es ist halb drei. Ein warmer Wind weht durch die Straßen. Ich laufe mechanisch einen Fuß vor den anderen setzend vor mich hin. Häuser und geparkte Autos fliegen an mir vorüber. Es entspannt. Es macht leicht. Ich drohe gleich davonzufliegen. Die Musik tut das Übrige. Johnny Cash ist ein Verbündeter im Vergessen. Ich vergesse mich, Wien, den Fall und lasse mich auf dem Asphalt dahintreiben.

Außer ein paar Betrunkenen ist um diese Zeit niemand unterwegs. Die Nutten am Gürtel halten vereinzelt die Stellung. Ich biege in eine Seitenstraße ab und sehe sie von Weitem. Sie steht auf dem Bürgersteig zwischen zwei Männern, die gestenreich auf sie einreden.

»He, was soll das?« Ich brülle es schon aus einiger Entfernung, viel zu laut, weil noch immer Cash in meinen Ohren haust. Ich muss an die unaufgeklärten Prostituiertenmorde denken, von denen Hauptkommissar Schweiger erzählt. Die beiden lassen von der Frau ab, wirken überrascht. Sie sehen mich feindselig an. Finstere Typen. Fleisch gewordenes Klischee. Kleinkriminelle. Zuhälter.

»Lasst die Frau in Ruhe!«

Sie lassen tatsächlich von ihr ab. Dafür greift einer der beiden nach meinem Arm und zischt: »Leck mich!« Der andere versucht mir einen Schlag gegen die Brust zu verpassen. Ich weiche dem einen aus. Den anderen halte ich durch einen Aufwärtsblock in Schach und verpasse ihm einen geraden Fauststoß wie aus dem Lehrbuch: Gua Tong Chui und Gua Tong Choy. Während der eine zu Boden geht, trete ich dem anderen in einem gesprungenen Spanntritt zwischen die Beine. Tang Na. Ich verpasse beiden noch ein paar gezielte Faustrückenschläge und Handballenstöße, die sie völlig außer Gefecht setzen. Bang Da und Diu Tsun. Das war's! Auf meine chinesische Kampfkunst ist Verlass. Gesanglich unterstützt vom göttlichen Johnny Cash, ist sie ein Garant für Erfolg.

»Na, los!«

Ich nehme die Nutte, die noch immer wie gelähmt am Hauseingang steht, bei der Hand, und beide rennen wir los.

Ein paar Straßenecken weiter verstecken wir uns in einem dunklen Hauseingang und warten ab, bis die Luft rein ist.

»Was war das jetzt?« Ich spiele auf die zwei Typen an.

»Zuhälter«, kommt nüchtern zurück. »Sie wollen, dass ich für sie arbeite.«

»Warum?«

Sie reibt Daumen und Zeigefinger aneinander. »Sie sagen, wenn nicht, wäre ich sonst in Gefahr.«

»Die Prostituiertenmorde?«

»Alle toten Frauen waren ohne Schutz, sagen sie, alle haben keinen Zuhälter.«

»Und?«

»Vergiss es.«

Ich stecke mir eine Zigarette an und rauche, ohne sie aus den Augen zu lassen.

»Hast du das gelernt oder ist das angeboren?« Sie fuchtelt mit den Händen ansatzweise in der Luft herum. Es ist mehr eine Karikatur, als ernst zu nehmen.

»Bruce Lee.«

»Ich bin kein Chinese!«

»Ich mein ja nur. Sah auf jeden Fall professionell aus.«

»Kung Fu.«

»Danke«, sagt sie.

»Es war mir ein Vergnügen.«

»Es ist mir ein Vergnügen.«

Sie geht vor mir auf die Knie. Sie schiebt meine Jogginghose herunter, greift nach meinem Schwanz, masturbiert und bläst ihn. Es dauert nicht lange, bis ich komme.

»Das wäre jetzt aber nicht notwendig gewesen.« Ich bin erleichtert, da dies ein eindeutiges Argument gegen meine befürchtete Impotenz ist. Ich ziehe mir die Hose hoch.

Sie reibt erneut die Finger aneinander, sagt: »20«, und lächelt.

Besser als ein Almosen, denke ich, öffne den Reisverschluss der Hosentasche meiner Jogginghose und will nach dem Geld greifen.

»Scheiße!« – die Scheine fehlen. Nora! Dieses Miststück.

»If I could start again / A million miles away / I would keep myself / I would find a way …«

# ICH

Seit dem Morgen klebe ich an den Fersen von Dr. Konstantin Prohaska. Ich weiß nicht genau, was ich mir davon verspreche. Entweder ist es die naive Hoffnung, dass ich durch ihn mehr über die Familienkonstellation und Linda erfahre. Oder die pure Verzweiflung, weil ich in diesem Fall, trotz vieler aufschlussreicher Informationen in kürzester Zeit doch irgendwie feststecke. Ich habe das Gefühl, die Zeit rennt mir davon.

Die ersten Stunden verbringt er zusammen mit seinem Vater in ihrem Immobilienbüro im schnieken 1. Bezirk. Zur Mittagszeit verlässt er das Büro am Stephansplatz. Er geht zu Fuß die Weihburggasse entlang, bis zum Palais Coburg. Ich folge ihm in sicherem Abstand.

Er setzt sich in das Basteigarten-Restaurant des Palais mit seinen hohen Bäumen und dem gärtnerisch attraktiv gestalteten Ambiente. Die Schickeria speist hier nur vom Feinsten. Ich platziere mich an das andere Ende des weitläufigen, gut besuchten Gartens und verberge mich klassisch hinter einer aufgeschlagenen Zeitung. Der Kellner bringt die Speisekarte. Wolfsbarsch, Perlhuhn, Rinderfilet, Carpaccio. Gesalzene Preise.

Ich tippe an meine Wange, sage gequält »Zahnschmerzen« und beschränke mich auf ein Getränk – stilles Wasser –, was der Kellner ausdruckslos akzeptiert. Hernach nimmt er mir die Speisekarte wieder weg. Konstantin bestellt ebenfalls nur ein Getränk. Auf seinem Tisch bleiben zwei Speisekarten zurück. Er scheint auf jemanden zu warten, während er unentwegt mit seinem Handy spielt. Ich schaue ihm diagonal durch den Garten hindurch auf den Rücken, konzentriere mich auf das weiße Hemd und lasse meine Gedanken schweifen. Ich komme mir wieder vor wie bei den Bullen. Damals, als ich zunächst bei der Drogenfahndung, dann bei der Mordkommission in Berlin tätig war. Lästige Observationsarbeit. Stundenlang starrt man wie bekloppt auf die observierte Person, schweift irgendwann gedanklich ab und ist schließlich ganz woanders. Nicht selten ist einem der Typ dann entwischt. Ich denke ans Kloster. An Pater Aurelius. An seine zuerst versteckte, dann immer offenere Anzüglichkeit. Sein Begehren, sein Verlangen nach mir nahm immer deutlichere Züge an. Während ich mit seiner Begierde spielte, brachte ich ihn ganz schön durcheinander. Eines Abends ließ ich es, was sich bereits lange andeutete, schließlich geschehen. Ich lag bereits bei ausgeschaltetem Licht auf der Pritsche, als er ohne zu klopfen in meine Zelle kam und mich wortlos mit der Hand befriedigte. Anschließend verließ er schweigend die Zelle, als wäre nichts gewesen. Der Vorfall wurde auch danach nicht, weder von ihm noch von mir, thematisiert. Alles war in beredtes Schweigen gehüllt. Von da an kam er regelmäßig. Alle paar Wochen. Alles stumm, ohne einen einzigen Ton, als wäre es nicht wirklich. Vielmehr Fiktion. Tagtraum. Einbildung. Utopie.

»Noch einen Wunsch?« Ich erschrecke, bin wieder zurück im Basteigarten. Der Kellner steht neben mir und greift nach meinem leeren Glas.

Ich starre auf das weiße Hemd von Konstantin Prohaska, der nicht mehr allein an seinem Tisch sitzt. Neben ihm ist eine Frau aufgetaucht. Nicht irgendeine. Scheiße! Das ist Salome! Was will die denn hier?

»Nein, danke, zahlen.«

# ICH

Ich bin gerade auf dem Klo, als das Handy piept. Es ist eine SMS von Mark, darin die Adresse, die Uhrzeit und das Losungswort: *Fidelio*. Dann noch die Worte, *Dresscode* und *Gruß Mark*.

*Was für ein Dresscode?*, schreibe ich ihm zurück.

*SM, such dir in Pauls Kleiderschrank was aus. Bis heute Nacht.*

Um kurz vor Mitternacht lass ich mich von einem Taxi in den Gemeindebezirk Währing fahren. Es ist auch ein Cottageviertel. Eine der teuersten und vornehmsten Wohngegenden Wiens. Das Haus, vor dem wir anhalten, eine prächtige Gründerzeitvilla, ist völlig dunkel. Kein einziges Licht außer einer Gartenlampe brennt. Entweder ist die Adresse falsch, ich bin zu früh, zu spät oder Mark hat mich ganz einfach verarscht. Ich steige aus und gehe durch das gusseiserne Gartentor zur Eingangstür. An der Tür hängt ein Schild, auf dem ein Pfeil nach links zeigt. Ich folge ihm. An der Hinterseite der Villa neben einer Terrasse und einem fußballfeldgroßem Garten führt eine steinerne Treppe nach unten zu einer unscheinbaren Stahltür, über der ein rotes Lämpchen leuchtet. Ich klopfe an die Tür, woraufhin ein Guckloch geöffnet wird. Eine Stimme verlangt von mir die Losung.

»Fidelio.« Die Tür wird geöffnet. Ich trete in einen schummrigen Vorraum, in dem mich zwei Personen, eine Frau und ein Mann mit weißen Masken vor den Gesichtern empfangen.

»500«, sagt der Mann. Die Frau zeigt zu einem Spind an der Wand und kommentiert die Geste mit den Worten: »Da kannst du dich aus- oder umziehen.«

»500«, wiederholt der Mann.

Fünfhundert Euro? Offenbar die Höhe des Eintritts, denke ich, und der hat doch nicht mehr alle Tassen im Schrank. Ich kann mir nicht vorstellen, dass Mark 500 Euro für was auch immer lockermacht. Ich gebe ihm meine Kreditkarte, die er flink durch ein Gerät zieht.

»Danke.«

Das werde ich Dr. Wittlich auf jeden Fall als Recherche in Rechnung stellen, so viel ist sicher. Ich lege meine Kleider ab, bis auf ein Netz-T-Shirt und eine fast transparente dazu passende Unterhose von Paul, erhalte ebenfalls eine weiße Maske und werde weiter in den unterirdischen Keller geschleust. Es ist kein Keller, wie man sich das gemeinhin vielleicht vorstellt. Party- oder Hobbykeller oder dergleichen. Es ist ein gigantischer unterirdischer Bunker mit Räumen, die mehrere Meter hoch sind. Womöglich noch aus Kriegszeiten, jetzt völlig umgebaut und durchgestylt. Ich nehme an, dass sich der Bunker nicht nur unter dem Haus, sondern auch unter dem riesigen Garten der Villa erstreckt. Alles ist in diffuses Licht getaucht. Überall sind leicht bekleidete Menschen in schwarzem Fummel oder fast nackt zu sehen. Allesamt mit weißen Masken. Schnitzler fällt mir ein, Traumnovelle.

Was haben die zu verbergen?, frage ich mich. Ihre Vorstandsvorsitzendenbiografie? Ihre Politprominenz? Ihre etablierte Anwaltsvisage? Ihr langweiliges Gynäkologendasein? Wollen sie in der Anonymität endlich das ausleben, was die bürgerliche Existenz nicht zulässt? Der Wunsch nach Grenzüberschreitung, nach Lustverwirklichung? Einmal so richtig die Sau rauszulassen geht nur, wenn man sicher sein kann, danach nicht das Gesicht zu verlieren. Also verbirgt man es während der Schweinerei hinter weißen Masken. Insgesamt dürften hier weit über 100, vielleicht sogar

200 Personen diesem Hobby nachgehen, zumindest sind so viele in der weitläufigen Anlage versammelt. Das macht bei 500 pro Nase und 200 Teilnehmern 100.000 Euro. Das lohnt sich. Bestimmt am Fiskus vorbei. Eine Marktlücke! Eine Goldgrube!

In einem der Räume ist ein riesiges Büffet aufgebaut. Leckereien aus aller Herren Länder: Hummer, Lachs, Kaviar, Artischocken, Rambutans, Kumquats, Karambolas, Durians, Salaks – alles, was das Herz begehrt und kaum einer kennt. Überall stehen Kellerinnen und Kellner herum, die außer Schuhen nichts anhaben. Als Einzige tragen sie keine weißen Masken, sondern Tiermasken aus Latex. Rehe, Giraffen, Zebras, Pferde, Esel. Sie reichen auf durchsichtigen Tabletts Getränke und diverse Häppchen. In einem weiteren Raum spielt eine Combo. Easy listening, Jazzlastiges mit ein wenig Elektro. Nicht mein Geschmack. Alle Musiker – zwei Männer, drei Frauen – spielen nackt, nur mit Masken vor dem Gesicht. Auf der kleinen Bühne rekeln sich ebenfalls nackte, angekettete Frauen und Männer, die von anderen nackten Frauen und Männer befriedigt werden. Sodom und Gomorrha fällt mir ein. Oder Pasolinis 120 Tage. Nein, scheiße, jetzt hab ich's! Das erinnert alles an Eyes Wide Shut! Das ganze Szenario orientiert sich offensichtlich an Stanley Kubricks Film, der sich wiederum an der Traumnovelle von Schnitzler anlehnt. Der überwiegende Teil der Festgesellschaft besteht aus älteren beleibten Männern. Ungefähr drei Dutzend ältere Frauen sind auch darunter. Dazwischen blutjunge Dinger mit kleinen Brüsten. Fast noch Kinder. Vermutlich Nutten.

»Na, zu viel versprochen?«

Es ist Mark, der seinen Arm um mich legt und den ich auch mit Maske erkenne.

»Was ist das hier?«, frage ich. »Eine Gelddruckmaschine? Der geheime schlüpfrige Traum von Spießern? Ein Treff von

Familienvätern, die ihre dreckige Fantasie ausleben? Oder ein Swingerclub für Superreiche?«

»Von jedem etwas. Genieß es einfach.«

Er winkt einen nackten Kellner mit Giraffenmaske heran, auf dessen Tablett weißes Pulver akkurat in fünf Zentimeter lange Lines aufgefächert ist. Daneben liegen Plastikröhrchen. Mark greift dem Giraffen-Kellner zwischen die Beine und fummelt an seinem Schwanz herum. Die Giraffe scheint unbeeindruckt zu sein. Mark füllt seine Nase ab und fordert mich auf, dasselbige zu tun. Ich gehorche.

Während Mark der Giraffe einen bläst, schlendere ich weiter durch das nicht enden wollende unterirdische Areal. Jeder Raum sieht anders aus. Allein das schummrige, meist rötliche Licht ist allen gleich. Ich sehe nackte und leicht bekleidete Frauen und Männer mit Masken, die sich zärtlich lieben, hart vögeln, schlagen, vor Lust demütigen oder einfach nur entspannt in Sesseln sitzen, Champagner schlürfen und die anderen beobachten.

In einem Raum – mit Eisenstangen zwischen Decke und Boden sowie großen Spiegeln an den Wänden – taucht hinter mir eine Frau ebenfalls mit einer weißen Maske vor dem Gesicht auf. Sie scheint, soweit ich das durch Maske und diffusem Licht erkennen kann, nicht eines dieser jungen Dinger zu sein. Ihr Körper ist von einem durchsichtigen schwarzen Chiffonumhang verhüllt. Die Beine stecken in hauchdünnen schwarzen Seidenstrümpfen, die bis über die Knie reichen. Noch ehe ich mich umdrehen kann, umarmt sie mich von hinten. Ihre Hände sind von Lackhandschuhen bis zu den Ellebogen umhüllt. Ihr Geruch! Verdammt! Ihr Geruch nach verschwitzen Messgewändern und Myrre kommt mir bekannt vor. Ich habe diesen Duft schon einmal gerochen, dieses Parfüm. Ich kann mich nicht mehr erinnern, wo das gewesen war. Sie hat einen Strap-on um die Hüfte vor ihren

Unterleib geschnallt. Ich spüre ihn an meinen Arschbacken. Ich will mich umdrehen, merke aber wie ihr Körper mich nach vorn drückt. Dabei dringt ihr schwarzer Umschnalldildo langsam an meiner Unterhose vorbei in meinen Arsch. Ich kann mich nicht wehren. Will mich womöglich auch nicht wehren. Es fühlt sich schmerzhaft, aber auch geil an. Die Frau hängt wie ein Sack über mir und flüstert in mein Ohr: »Schön, dass du gekommen bist.«

Ich kann uns, mit der Maske vor dem Gesicht, nur undeutlich im Spiegel vor mir erkennen.

»Das gefällt dir, was?« Die Stimme ist mir vertraut, obgleich sie durch die Maske unwirklich und dumpf klingt.

»Du suchst Linda Prohaska, nicht wahr?«

Während sie mich von hinten vögelt, flüstert sie weiter in mein Ohr und masturbiert gleichzeitig mit ihren Lackfingern meinen Schwanz.

»Du bist auf der falschen Fährte. Du musst hinter die Masken blicken. Das Augenscheinliche ist verkehrt, ist Oberfläche, verstehst du? Du musst graben, tief graben, wenn du etwas finden willst.«

Meine Knie zittern, mein Arsch brennt. Ich bekomme unter der Maske keine Luft mehr. Ich beginne zu hyperventilieren. Kurz bevor ich drohe, in Ohnmacht zu fallen, ejakuliere ich.

Noch ehe ich mich aufrichten kann, ist die Frau verschwunden.

Erst in den Morgenstunden wanke ich, nachdem ich noch mehrere Stunden Drogen, Alkohol und Sex im Übermaß zu mir genommen und davon das Wenigste um mich herum noch realisiert habe, aus dem Keller. Ich mache mich torkelnd auf den Heimweg, während mir die Worte der Frau durch den Kopf geistern: »Du musst graben, tief graben, wenn du etwas finden willst.«

# 6. KAPITEL

»Was habe ich dir getan?«
»Was hast du mir wohl getan?«
»Weißt du was? Weißt du, was die Wahrheit ist?«

*Das Schweigen, Ingmar Bergmann*

# ES

Es ist Sommer 1946. Es ist schwülheiß.

Die ersten Grabungen beginnen nach einer Handskizze von zwei Rechnitzer Dorfbewohnern, die sich sicher sind, die Stelle des Massengrabes zu kennen. Ganz in der Nähe eines Waldstücks, der Remise, sollen die Juden verbuddelt worden sein.

Gerüchte gibt es genügend. Von Anfang an. Bis heute. Sie seien in einen nahen Stausee geworfen worden, heißt es. Oder verbrannt. Oder sie lägen zubetoniert unter dem Fußballplatz der Schule. Wünschelrutengänger gehen regelmäßig im Zickzack über die Felder und glauben, eigenartige Schwingungen wahrzunehmen. Die toten Juden finden sie allerdings nicht.

Auch die Grabungen werden nach kurzer Zeit ergebnislos eingestellt.

Es gibt Menschen, auch aus Rechnitz, die bezweifeln das Massaker. Andere sprechen von wesentlich weniger Juden, die umgebracht worden sein sollen. Solange die Toten nicht gefunden sind, werden die Gerüchte nicht verschwinden, meinen die einen. Solange die Toten nicht gefunden sind, gibt es für viele keinen finalen Beweis für das Verbrechen, befürchten die anderen. Die meisten würden am liebsten die Toten vergessen. Die Vergangenheit ruhen lassen.

Nur noch Schweigen.

# ICH

Sie brauche noch zehn Minuten, sagt sie als ich mit dem Mietwagen, den ich bei Sixt am Westbahnhof ausgeliehen habe, vorfahre und sie anrufe. Ich warte, an den Peugeot 208 gelehnt, vor dem The Ring Hotel. Aus den zehn Minuten werden 25. Mein kurzzeitiger Ärger wird durch einen Anblick entlohnt, der mir beinahe den Atem raubt.

Salome sieht bezaubernd aus. Ihr mintfarbenes Sommerkleid, bei dem der Rücken durch ein raffiniertes Neckholder frei bleibt, unterstreicht ihre mädchenhafte Figur. Mein erster Eindruck in der Sauna von vor zwei Tagen wird nicht nur bestätigt, er wird sogar getoppt. Angezogen mit diesem Kleid wirkt sie noch begehrenswerter.

»Tut mir leid. Aber, ich musste ein wichtiges Telefonat führen.«

»Macht nichts«, lüge ich und halte ihr die Tür auf.

»Wie können Sie sich eigentlich leisten, in diesem sauteuren Schuppen abzusteigen?«

»Hier fühle ich mich sicherer.«

»Haben Sie das Gefühl, woanders nicht sicher zu sein?«

Ihre Stirn kräuselt sich.

»Glauben Sie beobachtet zu werden?«

»Ich habe nicht nur das Gefühl, ich bin mir sogar ziemlich sicher.«

»Und was tun Sie dagegen?«

»Möglichst keine Angst zu haben.«

»Und gelingt es?«

»Nein.«

Wir fahren los. Ich fahre. Salome kurbelt ihre Lehne zurück, ignoriert den Sicherheitsgurt, zieht ihre Schuhe aus und legt ihre Füße auf der Armatur ab. Ihre Fußnägel leuchten aubergine. Es fällt mir schwer, mich auf den Verkehr zu konzentrieren. In Wien ist um diese Zeit auf den Straßen der Innenstadt der Teufel los.

»Wie lange fahren wir?«

»Fast zwei Stunden.«

Als wir nach einer Viertelstunde auf die B 227 abbiegen, wird es besser. Der Verkehr lichtet sich. Meine Nervosität legt sich ein wenig. Ich fange an, die Fahrt zu genießen. Salome öffnet ihr Seitenfenster, ich kurble das Schiebedach auf. Es mutet an, als führen zwei frisch Verliebte zu ihrem ersten Ausflug aufs Land. Ich beobachte aus den Augenwinkeln ihre gebräunten Beine und ihr im Schoß zusammengerafftes Kleid, unter dem ihre ebenfalls mintgrüne Unterhose frech an den Rändern hervorblinzelt. Wieder kämpfe ich mit meiner Konzentration und höre dabei Salomes Schweigen zu, so lange, bis ich es nicht mehr aushalte und frage: »Woran denken Sie?«

»An Linda.« Sie steckt sich eine Zigarette an und bläst den Rauch aus dem offenen Seitenfenster. »Sie geht mir nicht aus dem Kopf. Seit ich sie getroffen habe, beschäftigt sie mich. Mehr als die verschwundenen Juden.« Während sie raucht und redet, sieht sie mich immer wieder an, als wolle sie überprüfen, ob ich ihr aufmerksam zuhöre. »Sie wirkte seltsam auf mich. So verbissen. So angestrengt. So ganz und gar humorlos. Ich habe noch niemanden erlebt, der mir so ehrgeizig wie sie vorkam.«

»Und Sie?«

»Was ich?«

»Was treibt Sie an?«

Sie drückt die Zigarette im Aschenbecher aus. Als ich schon nicht mehr damit rechne, dass sie auf meine sehr persönliche Frage antwortet, sagt sie, während sie durchs geöffnete Schiebedach zum Himmel hochblickt: »Das Schicksal meines Urgroßvaters.«

Natürlich, denke ich, wie kann es auch anders sein, das Grundübel des Einzelnen liegt tief verwurzelt im Scheiterhaufen der Familie. Mutter, Vater, Kind und die ganze Scheiße! Um sich davon zu befreien, scheint nicht einmal ein ganzes Leben auszureichen.

»Es war reiner Zufall. Oder vielleicht auch nicht. Vielleicht gibt es keine Zufälle und ich musste einfach so lange warten, um zur richtigen Zeit an den richtigen Ort zu gelangen, verstehen Sie?«

Ich nicke überdeutlich, obgleich mich ihre Beine mehr als ihre Worte beschäftigen.

»Obschon mein Urgroßvater seit über 60 Jahren tot ist, war er in unserer Familie immer gegenwärtig. Das permanente Erinnern an ihn hat das langsame Vergessen verhindert.

Als meine Großmutter starb und ich ihre Wohnung in Tel Aviv entrümpelte, fand ich die Vergangenheit verpackt in unzähligen Schuhkartons. Bilder, Briefe, Zeitungsausschnitte, Aufzeichnungen. Auch eine Menge über Rechnitz und das Massaker an den ungarischen Zwangsarbeitern. Das erste Mal tauchte der Hinweis auf, dass sich unter den umgebrachten Juden in Rechnitz auch mein Urgroßvater befunden haben könnte. Plötzlich war meine Neugierde geweckt. Ich wollte mehr wissen, als das, was ich vorfand. Zurück in Berlin fing ich an zu recherchieren. Je mehr ich herumstocherte, umso mehr trat zutage. Bis ich schließlich Gewissheit hatte, dass mein Urgroßvater tatsächlich zu den Opfern gehörte. Schnell war klar, dass ich unbedingt nach Wien musste, um noch mehr herauszufinden. Über den Chefredakteur der Zeitung, für die ich arbeite, kam der Kontakt zu Professor Gotthoff von der Uni Wien zustande. Über ihn dann der zu Linda. Durch sie bekam ich noch tiefere Einblicke in die Materie. Sie war es auch, die mir die Geschichte für die Gegenwart erschloss. Ich merkte, dass der Fall Rechnitz noch lange nicht abgeschlossen ist, sondern ins Heute hineinwabert.«

Ungefähr zehn Kilometer vor Rechnitz taucht vor uns eine Straßensperre und ein Umleitungsschild auf.

»Was ist?«, fragt Salome.

»Wir kommen hier nicht weiter. Wir müssen rechts abbiegen.« Ich setze den Blinker, biege ab, verlasse die Hauptstraße und folge der als Umleitung ausgewiesenen asphaltierten Straße ohne Mittelstreifen.

»Hat Linda von ihrem Bruder erzählt?«, will ich wissen.

»Konstantin Prohaska, ja.«

»Haben Sie ihn deswegen im Palais Coburg getroffen?«

Sie scheint überrascht. Sie hebt ihren Zeigefinger, bewegt ihn hin und her und lächelt. »Sie haben mir nachgeschnüffelt?«

»Ne, ihm.«

»Ja, ich habe ihn unter Vorwand getroffen. Ich sagte, ich wolle ein Porträt für eine deutsche Tageszeitung über ihn und die Alternative für Österreich machen. Linda hat erzählt, dass die AFÖ Verbindungen zur ungarischen Jobbik Partei unterhält. Ich war mir nicht sicher, ob sie sich da etwas zusammenfantasierte oder ob mehr dran war, als ich glauben wollte.«

»Was?«

»Ich weiß nicht, aber Linda war davon überzeugt, dass ihr Bruder Dreck am Stecken hätte, wie sie sagte.«

»Und hat er?«

»Keine Ahnung. Er ist sehr charmant, eloquent, gut erzogen. Der ideale Schwiegersohn, Traum aller Schwiegermütter. Aus seinem Mund klingen radikale Thesen ganz harmlos, verstehen Sie? Ich kann mir ehrlich gesagt nicht vorstellen, dass er mit Lindas Verschwinden etwas zu tun hat. Sie?«

»Weiß nicht.«

»Linda war davon überzeugt, dass sie der Lösung des Rätsels ganz nahe wäre. Sie sagte, sie hätte jemanden gefunden, der das Geheimnis der verschwundenen Juden aufdecken könnte. Wollte aber nicht sagen, wer das war.«

»Frau Faschinger.«

»Scheint so.«

»Was machen wir jetzt eigentlich genau in Rechnitz?«

»Spurensuche. Wir sehen uns den Kreuzstadl an, wo die Juden angeblich verbuddelt wurden. Wir treffen den Leiter der Gedenkstätte. Und wir hoffen, dass wir irgendetwas finden, was auf den Verbleib von Linda hinweist.«

»Sie glauben aber nicht wirklich, dass wir die verschwundenen Juden plötzlich finden werden?«

»Wenn ich ganz ehrlich bin, glaube ich nicht, dass sie jemals gefunden werden.«

»Warum?«

»Weil sie niemand wirklich finden will.«

»Aber Sie sagten doch, dass Linda …«

»Ja, Linda war womöglich tatsächlich ganz nahe dran«, geht sie dazwischen. »So nahe wie vielleicht noch niemand zuvor.«

»Na, also.«

»Was heißt hier *na also*. Sie wissen ja, wo das in ihrem Fall hingeführt hat.« Schweigen macht sich breit. Ich starre aus dem Fenster. Sie starrt aus dem Fenster. Beide denken wir womöglich dasselbe, bis mich Salome anschaut. »Ich weiß, dass Linda kurz vor ihrem Verschwinden nach Rechnitz gefahren ist.«

»Wie gefahren?«

»Mit ihrem Auto.«

»Und wo ist das jetzt?«

»Keine Ahnung.«

Die Straße wird, je länger wir darauf unterwegs sind, immer enger, auch unbefestigter. Zumindest kommt es mir so vor. Schlaglöcher, wohin das Auge reicht. Die Straße verkommt immer mehr zu einem Feldweg, denke ich – und komisch, seitdem wir auf der Umleitungsstraße sind, kommt uns kein Wagen mehr entgegen. Plötzlich habe ich das Gefühl, dass hier irgendetwas nicht stimmt. Ich sehe, wie Salome ihren Kopf mehrmals nach hinten dreht und zum Heckfenster hinausschaut.

»Was ist?«

»Ich weiß nicht, aber … ich glaube wir werden verfolgt.«

Ich schaue in den Rückspiegel. Tatsächlich, ein dunkler Pick-up-Jeep fährt keine 20 Meter hinter uns her. Er scheint immer näher zu kommen.

»Scheiße!«

»Gib Gas!«

Der Pick-up ist so nahe, dass seine Stoßstange unseren rechten hinteren Kotflügel berührt. Der Peugeot macht einen Satz nach links.

»Verdammt, was hat der vor!«

Der Pick-up drängt sich rechts an uns vorbei und schiebt den Peugeot immer weiter auf die linke Fahrbahn. Mehr noch, immer weiter zum linken Straßenrand. Ich versuche gegenzusteuern. Unser Wagen wird noch weiter abgedrängt, bis ich ihn nicht mehr auf der Straße halten kann. Wir werden in den Straßengraben geschoben. Scheiße, ich kann das Lenkrad nicht mehr festhalten! Wir rauschen mit voller Geschwindigkeit den Abhang hinunter. Sofort überschlägt sich der Peugeot. Die Windschutzscheibe zerbirst. Salome schreit. Ich sehe ihr mintgrünes Kleid flattern, abheben, fliegen. Alles dreht sich. Ich drehe mich. Die Welt steht Kopf und ist mintgrün. Grau. Hell, dunkel. Dann Schwarz.

Schwarz.

## DU

Anfänglich lehnt er dein Promotionsthema ab. Er sagt, dass dazu schon alles gesagt wäre und wenig zu holen sei. Er schlägt dir andere Themen vor, bessere, wie er beteuert. Du sagst, du würdest es dir überlegen, und weißt, dass du andere Töne anschlagen musst, welche, deren Melodie ihm den Kopf verdrehen. Deine Attraktivität reicht allemal aus. Zur nächsten Sprechstunde in seinem Büro der Uni trägst du ein luftiges Sommerkleid mit tiefem Ausschnitt und hochhackige Schuhe. Du bemerkst sofort die Wirkung. Obgleich er noch reserviert, auch ablehnend ist. Vielleicht weil er nicht wahrhaben will, dass die junge Studentin ein aufrichtiges Interesse an dem alten Professoren-Sack hat. Du merkst von Anfang an, seit er an der Uni ist, dass er auf dich steht. An seinen Blicken, den Anspielungen, den versteckten Berührungen. Zuerst lässt du ihn noch zappeln, dann schlägst du zu. Bei einer weiteren Sprechstunde knöpfst du deine Bluse auf, setzt dich auf seinen Schoß und sagst: »Na los!« Er schaut wie paralysiert. Du fasst ihm zwischen die Beine und legst seine schwitzige Hand auf deine Brust. Von da an ist er dir ausgeliefert.

Während seine Abhängigkeit immer größer wird, fängst du an, ihn immer schamloser zu benutzen. Er akzeptiert schließlich nicht nur dein Promotionsthema. Er beteuert, dich in allen Belangen unterstützen zu wollen. Dafür lässt du dich einmal die Woche von ihm vögeln und liest ihm seine perversen Fantasien von den Augen ab, die du Stück für Stück in deiner Zweizimmerwohnung im sechsten Gemeindebezirk in Realität verwandelst. Jetzt ist er nicht nur abhängig; er scheint dir völlig verfallen zu sein.

# NO

Halleluja! Wie eine Opfergabe! Almosen überspannter Götter. Anmutig. Schön! Wie er da auf diesem weißen Laken unter diesem weißen Plumeau in diesem weißen Zimmer liegt; ein abgestürzter schlitzäugiger Engel, schlafend, fast wie tot und doch voll Leben. Sinnlich, begehrenswert, erotisierend. Seine Augen sind geschlossen, ein Fest für meine. Jubel der Sinne. Ich merke, wie es in den Regionen meines Körpers, an die ich nur Wasser und gelegentlich meine Finger lasse, anfängt zu kribbeln.

*Übertreib mal nicht. Das ist ja peinlich und hört sich an wie von einem pubertierenden Teenie, der im Freibad einen Blick durch den Schlitz im Holz der Umkleidekabine wirft. Iih!!!*

Haltet euch da raus. Davon versteht ihr nichts.

*Ach, ja, aber du, was?!*

Schnauze!

Während die Stimmen in meinem Kopf kichern, schläft er. Träumt womöglich. Ramponiert und zugerichtet wie auf der Schlachtbank. Dieses Desolate, mit Kratzern und Hautabschürfungen, mit blauen Flecken und blumigen Blutergüssen, macht den schönen Körper nur noch anziehender. Ein Engel mit Schrammen. Ich werde geil.

Die Ärzte sagen, alles halb so schlimm. In drei, vier Tagen ist er wieder auf den Beinen.

Ich bin mir nicht sicher, aber wer ihn jetzt nicht ins Herz schließt, hat keines. Spätestens jetzt ist er für jedwede Liebe zum Abschuss freigegeben.

*Bla, bla, bla! Du manövrierst dich langsam, aber stetig in gefühlsduselige Zonen, die dir vielleicht noch mal leidtun werden.*

Und wenn schon! Lieber Leid, als gar keine Freude.

*Packst du jetzt die ganz billigen Kalauer aus? Oder erhebst du Anspruch auf die bierselige Stammtischhoheit?*

Ihr seid einfach humorlos.

*Und du bist verknallt! Auch noch in einen schlitzäugigen Fidschi!*

Jetzt reicht es dann, ja!

*Und nur weil du den Verlust deines Bruders noch immer nicht verdaut hast.*

Mein Bruder hat damit überhaupt nichts zu tun, verstanden?!

*Das sagst DU!*

Ja, das sage *ICH*. Und ihr solltet endlich die Fresse halten.

*Du glaubst also, dass deine Beziehungsunfähigkeit …*

Was für eine Beziehungsunfähigkeit denn?

*Wie viele Beziehungen hattest du denn, nach der mit deinem Bruder, hä?*

Ich hatte keine Beziehung mit meinem Bruder!

*Ach, so, wie würdest du das denn dann nennen wollen?*

Missbrauch! Ihr Klugscheißer!

*Missbrauch ist einseitig, liebe Nora …*

Stopp!!! Verdammte Scheiße, ich habe euch schon tausend Mal gesagt, dass ihr mich nicht Nora nennen sollt!

*Also gut,* NO*! Was zwischen euch lief, war etwas anderes als Missbrauch. NO! Zu dem, was da gespielt wurde, gehören immer zwei, verstehst du, NO! Dein Bruder und du. NO! Ich würde sagen, dass das …*

Ihr spinnt doch!

*Ach, schon wieder. Wenn hier jemand spinnt, bist du das. Das gibt es im Übrigen schwarz auf weiß.*

Ja, von beknackten Psychologen, die die Welt in gut und böse einteilen, in krank und gesund.

*Genau, in Töchter, die durchgeknallt sind wie du, NO! Und Töchter, die nicht durchgeknallt sind wie …*

LINDA!!!

*Schrei doch nicht so, sonst wacht der Fidschi noch auf.*

SCHNAUZE!!!

## DU

Deine letzte Chance ist die Alte. Du stößt durch Zufall auf sie. Aber was ist schon Zufall, wenn man ständig nach einem Fitzelchen sucht, an dem man sich festhalten kann. Es ist eine kleine Notiz in den Akten des Landesarchivs, die dich aufhorchen lässt. Ein achtjähriges Mädchen wird nach dem Krieg in Rechnitz von der Polizei verhört. Du wunderst dich, warum ein Kind verhört wird. Was kann ein Kind schon wissen, von Vorgängen, die sich mitten in der Nacht unter Erwachsenen abgespielt haben sollen? Von einem Verbrechen, das Erwachsene zu verantworten haben. Laut den Akten weiß das Mädchen nichts. Dennoch wurde es verhört. Warum? Das Mädchen ist die Tochter eines führenden Nazis in Rechnitz, denkst du, zumindest ist der Name identisch mit einem der Hauptverdächtigen. Wird sie verhört, weil man vermutet, dass sie etwas gehört hat, was ihren Vater belasten, gar überführen könnte? Hat sie was gesehen, was sie nicht hätte sehen sollen? Egal, denkst du, auf jeden Fall ist dieses Mädchen, diese Erna, wichtig genug gewesen, um als Zeugin vernommen zu werden. Offenbar weiß sie etwas. Zumindest vermutet man, dass sie etwas weiß. Wenn diese Erna noch lebt, weiß sie es noch immer, denkst du.

Du musst sie finden.

Das ist genau jenes Fitzelchen, das dir Hoffnung gibt.

Du suchst nach ihr, nach Erna Reiter aus Rechnitz, geboren 1937, heute 77 Jahre alt, und findest sie zunächst nicht. Wie auch? Du kannst sie nicht finden, weil sie Rechnitz schon lange verlassen hat und in Wien unter einem anderen Namen lebt. Sie ist verheiratet, mittlerweile verwitwet und hat den Namen ihres Mannes angenommen. Faschinger. Erna Faschinger, geborene Reiter. Erst ihre frühere Nachbarin in Rechnitz bringt dich auf die Spur, auf den geänderten Namen und den Umzug nach Wien. Von da an ist es ganz einfach. Erna Faschinger steht im Telefonbuch. Du rufst an, tischst ihr eine Legende auf, bringst die frühere Nachbarin ins Spiel und richtest ganz herzliche Grüße von ihr aus. Du schlägst ein Treffen vor. Als sie nicht ablehnt, sagst du, du kämest vorbei.

Das erste Mal, als du ihr gegenübersitzt, in ihrer vollgestellten, nach Rheumasalbe und Bratkartoffeln riechenden Gemeindebauwohnung im neunten Bezirk – sie im Rollstuhl, du auf dem durchgesessenen Sofa –, weißt du bereits, dass sie der Schlüssel zur Lösung ist. Sie ist die viel beschworene Nadel im Heuhaufen. Du bist schlagartig überzeugt davon, dass nur sie dich zu den toten Juden führen kann. Du siehst ihr an, dass sie weiß, wo sie versteckt sind. Gleichzeitig bemerkst du, dass sie keineswegs gewillt ist, es dir einfach so zu sagen.

Du weißt, dass du behutsam mit ihr umgehen musst. Du musst ihr Vertrauen gewinnen, du darfst nicht gleich mit der Tür ins Haus fallen. Du darfst sie nicht überrumpeln, nicht tölpelhaft sein. Sie will umgarnt werden. Du erzählst von dir, deiner Familie, deiner Kindheit. Du lügst und schwindelst ihr Gemeinsamkeiten vor. Sie merkt es nicht und fängt langsam an, ihre anfängliche Scheu abzulegen. Beim zweiten Besuch schlägst du ihr vor, zusammen im angrenzenden Liechtensteinpark spazieren zu gehen.

Es ist Sommer, die Sonne scheint und die Vögel zwitschern wie verrückt. Sie willigt ein. Du schiebst ihren Rollstuhl auf den asphaltierten Wegen durch den Park, durch die pralle blühende Natur. Lange ist sie nicht mehr draußen gewesen. Du merkst ihr an, dass sie es genießt, dass sie sich öffnet, durchlässiger wird und fast einen freundschaftlichen Ton anschlägt.

»Schön«, sagt sie. »Das ist sehr schön.«

Du merkst, ganz berechnend, dass du auf dem richtigen Weg bist.

Als ihr zurück in ihrer Wohnung seid, fragst du unter Vorspielung aufrichtiger Anteilnahme nach ihrem Leben. Nach dem, was ihr wichtig ist. Sie – noch ganz berauscht von der Natur – fängt an von sich zu erzählen. Von ihrer Ehe mit Alois Faschinger, die, wie sich herausstellt, alles andere als glücklich war. Er trank, schlug und hurte herum, wie sie unter Tränen beteuert. Du fragst nach, simulierst Interesse, heuchelst Mitleid. Nimmst sie in den Arm. Sie wird immer redseliger, so als ob ihr schon lange nicht mehr zugehört worden wäre. Sie erzählt, dass ihr Gatte aus Wien stammte und sie, als sie noch keine 20 war, von Rechnitz weggeholt hätte. Damals Ende der 50er.

»Sonst wäre ich heute noch da.«

Du kannst nicht erkennen, ob sie darüber froh oder traurig ist.

»Wo?«, fragst du, als hättest du es nicht verstanden.

»In Rechnitz.«

Jetzt weiterfragen, denkst du, nachfragen, nicht lockerlassen und fügst ganz nebenbei hinzu: »Wie war es denn da?«

# ICH

»Ausziehen!«

»Aber warum denn, ich bin doch, ich bin …« – ein Schlag trifft mich am Kopf. Der anschließende stechende Schmerz umspannt meine Kopfhaut wie eine Badehaube und kulminiert am Präfrontalen Kortex. Stresshormone überschwemmen mich. Ich taumle.

»Ausziehen!«

Ich lege meine Jacke ab, die Schuhe, ziehe den Pullover aus, die Hose.

»Weiter! Schneller!«

Ich reiße mir das Unterhemd vom Leib, die Unterhose und werfe die Kleider auf einen Haufen, auf dem schon viele andere Kleidungsstücke liegen.

»Socken!«

Ich streife die Socken von den Füßen. Neben mir machen es andere Männer gleich. Ich bin völlig nackt. Stehe nackt unter einer Vielzahl von Nackten auf einem Feld mitten in der Nacht. Es ist kalt, es windet. Ich friere. Ich zittere am ganzen Körper. Meine Zähne klappern. Die Situation scheint absurd und gleichzeitig so bedrohlich, dass jeder Gedanke noch mehr Angst zur Folge hat. Vor mir stehen Männer in Uniformen, mit Gewehren im Anschlag. Sie grinsen und sehen dennoch finster drein. Diabolische Fratzen, verzerrte Masken, österreichische Horrorkarikaturen. Ich blicke in den Lauf eines Gewehres. Ich sehe einen kleinen, schwarzen Punkt, der mich anstarrt, der mich verhöhnt. Ich versuche mein Geschlecht mit den Händen zu verbergen. Die anderen machen es mir nach. Hunderte von nackten Männern stehen zusammengekauert und fröstelnd mit zitternden Händen vor dem Geschlecht auf einem holprigen Acker in einer feindseligen Nacht. Plötzlich ertönt ein Schuss. Noch einer. Ganz viele. Die Nackten neben mir fallen um, stürzen nach hinten und sind verschwunden. Auch dem schwarzen Punkt vor meinem Gesicht entweicht ein Schuss. Es knallt. Ich sehe eine Kugel, die sich in meine Richtung bewegt. Ganz langsam fliegt sie durch die kalte Luft, direkt auf mich zu. Ich reiße die Hände nach oben, will sie auffangen, abwehren. Sie ist ganz dicht vor mir, ich versuche sie aufzuhalten, greife in die Luft, greife daneben, sie trifft. Sie trifft mich. Sie sprengt meine Hautoberfläche, zerreist Gewebe und dringt in mich ein. Wie ein heißes Messer in Butter. Ich spüre ein Stechen an der Stirn. Ein Brennen, das sich zum Schmerz ausweitet. Ich bin getroffen, denke ich, verliere den Boden unter den Füßen, falle, kippe nach hinten und stürze nach unten. Ich lande in einer Grube, mindestens zwei Meter tief inmitten der anderen nackten Leichen. Die nackten Männer neben mir und um mich herum liegen leblos im Dreck. Sie sind tot. Ich aber lebe! Verdammt noch mal, ich lebe! Ich atme. Ich denke. Ich denke, ich bin in einem Massengrab gelandet. Ein Grab, das jetzt zugeschaufelt wird. Eine Schippe Dreck nach der anderen wird von oben auf uns heruntergeworfen. Das Loch füllt sich. Ich kann mich nicht bewegen und sehe fast nichts mehr. Kann kaum mehr etwas erkennen und bekomme nur noch schlecht Luft. Ich darf nicht schreien, denke ich. Wenn ich schreie entdecken sie mich. Wenn ich nicht schreie und sie weiter Dreck ins Grab werfen, ersticke ich. Es regnet Dreckklumpen. Es prasselt unendlich viel Erde auf mich nieder. Alles ist jetzt schwarz. Alles ist dunkel. Ich bin unter dicken Dreckschichten begraben. Bei lebendigem Leibe. Hilfe, denke ich, warum hilft mir denn niemand.

Ich schreie. Und kann mich selbst nicht hören.

»Hilfe!«

Die Dunkelheit weicht. Es hellt auf. Immer mehr. Alles wird weiß. Verschwommenes, schmutzig trübes Deckweiß. Bin ich im Himmel? Oder ist die Hölle anders als gedacht? Ist der Tod weiß? Eine verschüttete Kanne Milch? Wo bin ich, denke ich. Mein Gedächtnis ist ein krepierender Hund. Auf meine Augen scheint kein Verlass zu sein. In mein Blickfeld schiebt sich ein dunkler Kreis. Ein Ball. Ein Kopf. Ich sehe verschwommen über mir ein Gesicht.

»Salome?«

»Du kannst mich auch Salome nennen, wenn es dir damit besser geht« – eine Stimme, die ich schon einmal gehört habe. Eine Stimme, in der die abgrundtiefe Verachtung dem Leben gegenüber eingeschrieben ist und deutlich hörbar wird. Eine weibliche Stimme, die mich an etwas erinnert. An etwas Schönes. Ich komme nicht drauf. Verdammt! Der Hund ist tot. Wer ist das, der mit mir spricht?

»Aber eigentlich bin ich No«, sagt die Stimme, als könne sie meine Gedanken erraten.

»No?« Klar, das ist Nora, denke ich, Nora, die kleine Schwester von Linda, die mit dem knackigen Hintern und den kleinen atemberaubenden Brüsten. »Was machst *du* denn hier?«

»Eigentlich müsste ich *dich* fragen, was *du* hier machst. Hier im Spital.«

»Spital?«

Die Verschwommenheit löst sich langsam auf. Das Scheinbare wird konkret. Es ist tatsächlich Nora, die an meinem Bett sitzt. An dem Bett eines Krankenzimmers.

»He, Mann, du bist hier im AKH, im Wiener Allgemeinen Krankenhaus, im neunten.«

»Aber, was mache ich denn hier im …«

Nora lacht und unterbricht mich dadurch. »Oh Mann,

da ist nichts mehr, was?« Sie tippt mir an die Stirn. Ihr Finger hinterlässt kühle Abdrücke. Wie kleine aufgepickelte Pfützen in einem zugefrorenen See. Kalte Einschusslöcher.

»Du hattest einen Unfall«, sagt Nora, wie man sagt, du hattest Kinderlähmung. »Mit dem Auto. Auf dem Weg nach Rechnitz.«

»Woher weißt du das?«

»Du weißt doch, ich bin ein kluges Mädchen. Und kluge Mädchen wissen alles. Von Dagny.«

»Wer ist Da...«

»Sie ist die Schwester vom Büromäuschen von Dr. Wittlich.« Sie klopft sich mehrmals mit der flachen Hand auf die Faust.

Ich kapiere gar nichts, sehe sie an, als wäre ich nicht im Allgemeinen Krankenhaus in Wien, sondern in der Neurologischen Abteilung für die abgeschriebenen unheilbaren Fälle im schwäbischen Winnenden.

»Na ja, die Bullen gehen davon aus, dass beim Unfall nachgeholfen wurde.«

»Nachgeholfen?«

»Mensch Hài, das war ein Anschlag.« Nora beugt sich näher zu mir. Sie liegt fast mit ihrem Oberkörper auf dem Bett. Ich kann in ihren Ausschnitt blicken. Ein Dekolleté als Prophezeiung. Angeschnittene Brüste wie warmes Brot. Halbgötter für jedwede erotische Projektion. »Irgendjemand will dir an den Arsch!«

»Wie Linda«, sage ich und entreiße meinen Blick der nackten Haut.

»Irgendwer will dich kaltmachen, verstehst du?!«

»Scheiße.«

»Das kannst du wohl laut sagen.«

Nora zieht ihren Oberkörper wieder zurück, mit ihr die Aussicht auf ein weiteres visuelles erotisches Erlebnis, und sagt: »Du hattest Glück.« Sie greift unter das Plumeau und schiebt ihre Hand unter mein Krankenhemdchen. »Ich glaube, es ist noch alles dran.« Sie legt ihre Hand auf meinen Schwanz. »Deine Mitfahrerin hatte weniger Glück.« Sie beginnt langsam mein eingeschüchtertes Geschlecht zu streicheln.

»Mitfahrerin?« Zuerst bin ich überrascht über den zupackenden Griff. Dann zu zögerlich, mich ihm zu entziehen. Schließlich ist es zu spät, ihre Hand aus meinem Schritt zu entfernen.

»Ja, du warst mit einer Frau unterwegs.«

Es dämmert wieder, während mein Schwanz langsam seine Zurückhaltung aufgibt, anschwillt und der Situation völlig unangemessen, an Größe gewinnt. Nur zur Selbstvergewisserung: Ich befinde mich in einem der größten Krankenhäuser Europas.

»Wer ist Salome?« Ich merke, wie aus dem anfänglichen Streicheln unter der Bettdecke ein Reiben wird. Zuerst noch sanft, dann immer fester.

»Salome?«

»Ja, als du aufgewacht bist, hast du nach Salome gerufen.«

Sie sieht mich an, als wolle sie die Reaktion auf meinem Gesicht ablesen. Ich weiß nicht, ob sie die Masturbation meint oder den Frauennamen.

»Es klang wie eine Mutter, die nach ihrer Tochter schreit. Oder der Heiland nach der Erlösung.«

Ich merke, wie mein Schwanz von unten gegen das Plumeau hämmert.

»Salome.«

Scheiße. Langsam kehrt meine Erinnerung zurück. Der krepierte Hund wird lebendig.

»Was ist mit ihr?«, frage ich.

»Sie liegt im Koma. Die Ärzte wissen nicht, ob sie durchkommt.« Nora sieht mich an, als wäre ihre Frage noch nicht beantwortet.

»Sie war auch auf der Suche nach Linda. Sie hat noch vor ein paar Tagen mit ihr gesprochen und …«

Ich werde von der sich öffnenden Krankenzimmertür unterbrochen. Mit dem Eintritt von Dr. Wittlich ins Zimmer zieht Nora gleichzeitig ihre Hand unter dem Plumeau hervor. Vor mir ist ein kleines langsam zusammenbrechendes Zelt aus Baumwollstoff zu sehen.

Dr. Wittlich postiert sich neben das Bett. Er sieht zunächst erstaunt, dann verächtlich auf Nora herunter, als wäre er über ihre Anwesenheit nicht nur verwundert, sondern auch wenig erfreut. Es scheint, als möchte er fragen, was sie hier wolle. Das Gleiche könnte ich ihn fragen.

Was ich auch sogleich tue. »Woher wissen Sie, dass ich hier bin?«

»Schweiger.«

Dr. Wittlich fixiert mich und in einem Ton, der nichts Gutes erahne lässt, ergänzt er: »Sie haben verdammt Schwein gehabt, Hài.«

Nora steht, ohne Dr. Wittlich eines Blickes zu würdigen, abrupt vom Bett auf und stellt sich ans Fenster. Sie kehrt uns den Rücken zu, öffnet den Fensterflügel einen Spalt breit, zündet sich eine Zigarette an und pustet den Rauch nach draußen. Dr. Wittlich will protestieren. Ich halte ihn mit einer Handbewegung davon ab.

»Ich glaube, wir sollten den Auftrag beenden«, sagt er, noch immer mit besorgnisbelegter Stimme. »Ich habe mit Ihrer Mutter telefoniert. Ich soll Ihnen ausrichten, dass Sie zurückkommen mögen.«

Er greift in seine Umhängetasche aus Rindsleder und überreicht mir ein Kuvert.

»Ihr Honorar«, sagt er. »Es tut mir leid. Meine Auftraggeber …«

»Die Prohaskas«, gehe ich dazwischen.

Er nickt verunsichert, während Nora am Fenster kurz und hämisch auflacht.

»Warum haben Sie mir eigentlich nicht gesagt, dass Konstantin Prohaska der Spitzenkandidat der AFÖ ist?«, sage ich eine Spur zu vorwurfsvoll an Dr. Wittlich gerichtet. Nora zuckt fast unmerklich zusammen und schüttelt umso auffälliger den Kopf, ohne sich uns zuzuwenden.

»Was wollen Sie damit sagen?«, kommt es weniger belegt, vielmehr angriffslustig zurück. »Mein lieber Hài, die ganze Stadt ist mit seinem Konterfei voll.«

»Ich bin ja nicht blind!«

»Warum sollte das eine Rolle spielen?«

»Dr. Wittlich, das ist eine rechtsextreme Partei.«

»Hài, bitte«, geht er dazwischen. »Wir wollen uns doch nicht über parteipolitische Klassifizierung streiten, oder?«

»Sie sind auch Mitglied in der AFÖ, nicht wahr?« Ich fixiere ihn. Er scheint getroffen, weicht meinem Blick aus. Ich wusste es!

»Worauf wollen Sie hinaus?«

»Die AFÖ ist mit den Ungarischen Neofaschisten der Jobbik verbandelt. Die machen gemeinsame Sache. Jobbik ist extrem antisemitisch. Die haben sich immer wohlwollend gegenüber jeglicher Art der Judenverfolgung ausgesprochen. Nicht nur früher, Herr Dr. Wittlich. Auch heute noch würden sie die Juden am liebsten aus ihrem Land jagen.«

»Und?« Er scheint nicht zu merken, worauf ich hinauswill. Oder er will es mir nicht zeigen.

»Die Haltung der Jobbik dem Massaker in Rechnitz gegenüber ist eindeutig und unterscheidet sich vehement vom demokratischen Standard, um es etwas euphemistisch auszudrücken. Jobbik bejubelt das Massaker von 1945 und freut sich, dass die Täter bis heute nicht überführt und die Leichen nicht gefunden sind.«

»Worauf wollen Sie hinaus?« Entweder ist er so blöd oder er tut nur so.

»Linda war auf ihrer Spur, Herr Dr. Wittlich. Ich weiß, dass sie ganz nahe dran war, herauszufinden, wo die 200 jüdischen Leichen versteckt sind.«

Na, dämmert's?, denke ich.

»Sie arbeiten mit Unterstellungen, vagen Andeutungen und haltlosen Spekulationen. Ich dachte Sie arbeiten seriös.«

»Und ich dachte, Sie spielen ein faires Spiel, Dr. Wittlich. Aber irgendetwas läuft hier falsch.«

Es scheint ihm die Sprache verschlagen zu haben.

»Und Sie leisten dabei einen nicht unwesentlichen Beitrag.«

Er schweigt noch immer.

»Was für einen Beitrag?« – Dr. Wittlich ist zurück im Spiel. »Ist das eine Drohung?«

»Ne, das ist Ihr Ende!«

Er grinst. »Ich habe Ihrer Mutter versprochen, dass ich Sie zurückschicke. Ich habe es versucht. Und appelliere an Ihre Vernunft. Hài, verschwinden Sie von hier und nehmen Sie den nächsten Zug zurück in Ihr Kloster.«

»Erst wenn Sie zur Hölle fahren, Dr. Wittlich.« Jetzt grinse ich.

Er wendet sich von mir ab und geht zur Tür.

»Dr. Wittlich!«, rufe ich ihm hinterher und stoppe ihn damit. Er dreht sich an der bereits geöffneten Tür um. »Ich finde sie!«

Kopfschüttelnd verlässt er das Krankenzimmer.

»Was war das jetzt?« Nora wendet sich mir zu.

»Nach was sieht es denn aus?«

Mir fallen wieder ihre Finger mit den schwarzen Farbrückständen auf.

»Nach einem falschen Spiel.«

»Exakt«, entgegne ich. »Und einem tödlichen.«

»Und was machen wir jetzt?«

»*Wir* machen gar nichts. Du gehst nach Hause. Und ich versuche, mich hier nicht umbringen zu lassen, indem ich mich am besten so schnell als möglich von hier abseile.«

»Um Linda zu finden?«

»Exakt.«

»Und wann bringe ich das hier da zu Ende?« Sie zeigt auf das mittlerweile völlig platte Zelt aus Baumwollstoff.

»Wenn du alle Hitlerbärtchen angebracht hast«, sage ich.

Sie zwinkert mir zu. »Man sollte dich nicht unterschätzen, was?«

»Man sollte niemanden unterschätzen.«

Wieder deutet sie mit dem geschwärzten Zeigefinger auf das platte Zelt. »Versprochen?«

»Versprochen.«

## ICH

Es ist nicht einfach, unerkannt zu entkommen. Auch in der Nacht nicht. Im AKH Wien am Währinger Gürtel gibt es sicherlich über tausend Betten und ein Vielfaches an Mitarbeitern. Bestimmt unzählige Ärzte und noch mehr Pflegekräfte. Davon sind auch in der Nacht eine Menge zugegen. Dennoch weiß ich, dass ich hier rausmuss. So schnell als möglich.

Es ist kurz vor zehn. Ich warte angezogen am geöffneten Türspalt meines Zimmers, bis der Flur ganz leer zu sein scheint. Niemand ist beim Blick durch den Spalt zu sehen. Ich höre nichts, außer dem Klappern von Geschirr in der Ferne, sehr wahrscheinlich aus dem Schwesternzimmer der Station. Als ich gerade die Tür ganz öffnen will, um dem Zimmer der Krankenstation und meinem mittlerweile zweitägigen Aufenthalt, davon einen halben Tag in der Intensivstation, hier zu entkommen, steht eine Krankenschwester, wie aus dem Nichts aufgetaucht, vor mir im Türrahmen. Pia. Schwester Pia sieht mich an, als wäre jedes meiner Worte überflüssig. Sie schiebt mich kommentarlos zurück ins Zimmer und schließt die Tür von innen hinter uns.

»Sie wollen doch nicht etwa abhauen.« Es klingt mit einem ironischen Unterton, wie die mahnenden Worte eines Bewährungshelfers an seinen unverbesserlichen Klienten gerichtet.

»Sieht es so aus?«

»Hài, wenn Sie hier nicht mehr bleiben wollen, dann können Sie sich auch ganz ordentlich entlassen lassen. Unseretwegen müssen Sie nicht im Krankenhaus bleiben.«

Ich komme mir jetzt richtig schlecht und armselig vor.

»Und bitte, Sie müssen schon gar nicht, wie ein herrenloser Hund bei Nacht und Nebel türmen.«

Ich fühle mich nicht nur ertappt, ich fühle mich wie ein Welpe, der gerade zum zweiten Mal den neuen Perserteppich seines Herrchens bewässerte, und flüchte mich in eine scherzhafte Bemerkung.

»Ich glaube nicht, dass es heute Nacht Nebel hat, oder?«

Der Kommentar kommt an. Sie lächelt. Es ist das erste Mal, dass ich Schwester Pia während meiner zwei Tage hier lächeln sehe. Es steht ihr gut.

»Sie wissen, dass Sie noch nicht ganz hergestellt sind?«

Natürlich weiß ich es. Die Schmerzen an meinem Körper verhöhnen jede andere Einschätzung.

»Neben der Quetschung der Nieren und den Blutergüssen sind ihre Rippenbrüche noch nicht verheilt.«

Was soll das Herumgeplänkel, denke ich und beschließe, in die Offensive zu gehen.

»Ich bin hier nicht sicher.«

Sie erschrickt. Ihr Gesichtsausdruck verändert sich von nahezu entspannt zu besorgt. »Was soll das heißen?«

»Wenn ich hierbleibe, könnten zu den Rippenbrüchen noch andere Brüche hinzukommen.«

»Was für …«

Mit einer Handbewegung fahre ich mir an der Gurgel entlang und gebe ein ganz hässliches Geräusch von mir. Damit keinerlei Missverständlichkeit aufkommt, füge ich »Genick« hinzu.

»Sie machen Scherze.«

»Für Scherze ist es zu ernst, Schwester Pia.«

Sie scheint es endlich kapiert zu haben. Der besorgte Ausdruck weicht von nun an nicht mehr aus ihrem Gesicht.

»Und wo wollen Sie hin?«

»Weiß nicht. Auf keinen Fall kann ich länger hierbleiben.«

Sie scheint zu überlegen. Dabei wirkt sie genauso unscheinbar, wie sie tatsächlich auch ist. Eine Frau Anfang 30, ein wenig mollig, aber völlig unauffällig. Eine, die man kaum beachtet und nachdem man sie gesehen hat, sofort wieder vergisst. Eine, nach der man sich nicht umdreht. Durchschnittlich groß, durchschnittlich gebaut, durchschnittlich attraktiv. Einfach durchschnittlich. Ideal um unterzutauchen, denke ich, während sie »Warten Sie noch ein wenig« sagt. »Gleich habe ich Dienstschluss. Ich bringe Sie in Sicherheit.« Als wäre es beschlossene Sache, macht sie kehrt.

»Warum?« Ich feuere es in ihren Rücken, leicht zweifelnd, ob ich ihr vertrauen kann.

»Wie warum?« Sie bleibt stehen und dreht sich zu mir um. »Warum machen Sie das?«

Sie tippt auf ihre Brust, an der an ihrem Dekolleté ein kleines, silbernes Kreuz zappelt.

Ich lächle und denke, es gibt sie doch noch, die guten Menschen. Sie lächelt und denkt womöglich, es gibt sie doch noch die hilfsbedürftigen, armen Irren.

## DU

Zum dritten Besuch bei Frau Faschinger, vier Tage später bringst du gedeckten Apfelkuchen, ihren Lieblingskuchen mit. Du machst Kaffe, während sie in der Küche im Rollstuhl hinter dir sitzt und voller Bewunderung dabei zusieht. Du spürst, dass jetzt der Zeitpunkt gekommen ist, mehr zu wagen. Du gießt den Kaffee in die Tassen und fängst an, von früher zu erzählen. Nicht nur von deiner Familie in Wien, von Vater, Mutter, deiner kleinen Schwester und dem älteren Bruder. Du kommst schnell auf deine Großeltern mütterlicherseits zu sprechen. Sie stammen aus Rechnitz, sagst du und merkst, wie sich Frau Faschingers Gesichtszüge verhärten. Du erzählst, während sie im gedeckten Apfelkuchen herumstochert, von deinen Kindheitserinnerungen in Rechnitz, die alle ausgedacht und konstruiert sind. Deine Kindheit spielte sich einzig und allein in Wien ab. Abgesehen von ein paar Ferienbesuchen bei den Großeltern in Rechnitz ist dir der Ort im Burgenland aus persönlichen Erlebnissen fast völlig unbekannt.

Du erzählst von deinem Großvater und von seinen Erzählungen über früher. Du kommst auf den Krieg zu sprechen, auf das, was damals Ende des Krieges 1945 in Rechnitz passiert sein soll, und merkst, wie sich auf ihrer Stirn tiefe Gräben abzeichnen. Sie schiebt den Teller mit dem halb aufgegessenen Lieblingskuchen zur Seite. Anscheinend ist ihr der Appetit vergangen. Das hält dich nicht davon ab, sie gespielt naiv zu fragen, ob sie deine Familie gekannt habe, deine Großmutter, deinen Großvater. Sie wirkt verschlossen, gibt sich einsilbig, starrt vor sich hin und scheint wenig gewillt zu sein, ein Gespräch mit dir zu führen. Du weißt, du kannst nicht mehr zurück, und setzt alles auf eine Karte. Jetzt oder nie, denkst du und fragst sie einfach auf den Kopf zu, wo sie wohl wären.

»Wo liegen sie?«

Sie zuckt zusammen, starrt nicht mehr auf den Kuchenteller vor sich, sondern sieht dich mit einem bestürzten Blick an.

»Wer?« Du merkst allein an dem, wie sie fragt, dass sie es weiß.

»Frau Faschinger, Sie wissen es, habe ich recht?!«

Sie schweigt, weicht deinem Blick aus.

»Sie wissen, wo sie vergraben sind. Sie wissen auch, wer sie vergraben hat, stimmt's?!«

Sie starrt vor sich hin. Du legst deine Hand auf ihre. Sie zuckt erneut zusammen, dann weint sie lautlos. Nicht lockerlassen, nachhaken, denkst du, dann ist sie so weit, dir alles zu verraten, und du bist am Ziel.

»Wo?« Als sie nicht antwortet, setzt du nach: »Wo liegen sie, Frau Faschinger?«

Sie braucht lange, bis ihre Worte aus dem Mund kommen, dünn, brüchig und kaum zu verstehen.

»Sie wurden umgebettet.« Sie sagt es so, als fiele es ihr selbst schwer, das zu begreifen. »Umgebettet?«

Sie nickt. »Da, wo sie zuerst waren, waren sie nicht sicher.«

»Nicht sicher?«

Du kommst dir wie ein alberner Papagei vor.

»Sie sind also nicht mehr da, wo sie zuerst nach dem Massaker vergraben wurden?«

Bei dem Wort Massaker zuckt sie erneut zusammen, dann schüttelt sie den Kopf.

»Umgebettet.«

»Umgebettet«, wiederholst du.

Wieder nickt sie.

»Und Sie haben das alles beobachtet, als Kind, damals, nicht wahr?«

Ihr Kopf scheint mit dem Nicken nicht mehr aufhören zu wollen.

»Aber wie, es war doch mitten in der Nacht?«

Sie streckt beide Arme aus und schließt die Augen.

Du verstehst nicht. »Was bedeutet das?«

Sie öffnet ihre Augen wieder. »Ich bin eine Schlafwandlerin. Jede Nacht bin ich umhergelaufen, damals als Kind. Meine Eltern haben sich darüber lustig gemacht. Du läufst uns in der Nacht noch mal weg, haben sie gesagt und gelacht.«

»Und in dieser Nacht, vom 24. auf den 25. März 1945, da sind Sie auch …« – auch du streckst die Arme nach vorn aus.

»Durch den Garten, über das Feld.«

Eure Fingerspitzen berühren sich.

»Als die Schüsse fielen, bin ich aufgewacht.« Sie stiert vor sich hin, ihre Arme sinken. »Und habe es gesehen.«

»Was? Was haben Sie gesehen?« Du lässt deine Arme ebenfalls sinken.

»Alles.«

»Die Juden, die nackten Juden, die sie erschossen haben. Dann eingebuddelt. Unweit vom Kreuzstadl.« Sie weint wieder lautlos vor sich hin. Du kniest dich vor ihren Rollstuhl, legst deine beiden Hände auf ihre.

»Ich habe die Bilder nicht mehr losbekommen.« Sie zieht ihre Hände unter deinen hervor und schlägt sich mit der Handfläche an die Stirn. »Jede Nacht habe ich davon geträumt.«

»Und wann wurden sie umgebettet?«

»Später. Nach dem Krieg.«

»Und wer? Wer hat sie umgebettet?«

Sie starrt wieder vor sich hin und sagt nichts. Als du nicht lockerlässt, sagt sie: »Rechnitzer.«

»Wer?«

»Einige.«

»Genauer.« Nicht lockerlassen, denkst du. »Frau Faschinger!«

»Mein Vater«, sagt sie kaum hörbar.

»Und, wer noch? Frau Faschinger, bitte«, sagst du, leise, behutsam, bis aus ihrem Mund Worte fallen, ebenso leise, kaum zu verstehen.

»Dein Großvater.«

»Was?« Du bist perplex, registriert dabei nicht einmal, dass sie dich von jetzt an duzt.

»Dein Großvater.« Sie sagt es, ohne dich anzuschauen.

»Was ist mit meinem Großvater?«

»War auch dabei.«

Sie schließt die Augen. Jetzt ist es raus, denkst du. Du hast es geahnt und bist davon nicht einmal überrascht. Überrascht nicht, aber schockiert. Es haut dich um. Du weißt nicht, sollst du weinen oder vor Wut in ihren Rollstuhl beißen.

Du kannst es nicht glauben, du willst es nicht glauben. Natürlich hast du daran gedacht, dass deine Familie – wie viele anderen Familien in Rechnitz damals auch – mit den Nazis sympathisiert haben konnten.

»Was?« Du stehst auf, setzt dich ihr gegenüber an den Tisch.

»Dein Großvater gehörte auch dazu. Sie wollten, dass die Leichen, die toten Juden, für alle Zeit verschwunden bleiben. Also haben sie sie da, wo sie begraben waren und vielleicht doch noch irgendwann entdeckt werden konnten, einfach herausgeholt und sie da versteckt, wo sie keiner vermutet.«

Du besinnst dich. Für deine persönliche Betroffenheit ist jetzt keine Zeit. Es geht nicht um dich und die Geschichte deiner Familie. Es geht um mehr. Um viel mehr. Du musst mehr wissen. Vor allem, wo die 200 Juden heute versteckt sind.

»Wo?«

Sie schweigt wieder.

»Frau Faschinger, ich bitte Sie, sagen Sie es mir«, flehst du sie an. »Als Enkelin meines Großvaters habe ich ein Recht darauf, es zu wissen. Bitte, Frau Faschinger. Wenn Sie es mir nicht sagen, kommt es nie heraus. Bleibt es für immer verborgen. Das können Sie nicht wollen. Das dürfen Sie nicht wollen. Die Welt, die Hinterbliebenen, ja, die Opfer und deren Nachfahren, auch die der Täter haben ein Anrecht darauf. Frau Faschinger, bitte.«

Du gehst wieder auf die Knie und hältst ihre Hände so fest, bis ihr gar nichts anderes mehr übrig bleibt, als dir unter Tränen den Ort zu verraten.

»Bitte!«

Beide Orte. Den einen, wo die ermordeten Juden verbuddelt waren, und den, an dem sie danach versteckt wurden. Von da an wähnst du dich am Ziel. Innerlich jubilierst du.

Allein die Genugtuung steht dir im Weg. Die Eitelkeit. Der Rachegedanke. Du glaubst, dass du es deiner Familie endlich heimzahlen kannst. Vor allem Konstantin, deinem Bruder. Du kannst endlich dem Grauen-Maus-Dasein entfliehen. Du kannst dich aus der unscheinbaren, staubigen Ecke der Verlierer in das Rampenlicht der Gewinner schieben.

Was für ein Irrtum! Was für eine Fehleinschätzung!

Du hast die Rechung ohne den Wirt gemacht. Du hast deine Widersacher unterschätzt. Oder besser, dich überschätzt. Hier geht es um mehr als um eine Familienfehde, liebe Linda.

Jetzt bist du, und das ist die Ironie der Geschichte, da angekommen, wo du hinwolltest. Natürlich völlig anders, als du gedacht hast.

»Danke!« Du stehst auf und lässt Frau Faschinger zusammengesunken in ihrem Rollstuhl zurück.

Kurz nachdem die Heimhilfe von der Volkshilfe kommt, verlässt du sie, ohne dich von ihr zu verabschieden.

# 7. KAPITEL

»Was rede ich da.
Was beklagt man sich über die Einsamkeit.
Es ist verlorene Mühe.«

*Das Schweigen, Ingmar Bergmann*

# ES

Es ist der 18. August 1946. Es ist früher Abend. Die Sonne scheint. Es ist auch um diese Uhrzeit noch ungewöhnlich warm. Obgleich im Osten die ersten Wolken aufziehen. Für die Nacht sind schwere Gewitter und Regen vorhergesagt.

Sie hockt zusammengekauert hinter den Strohballen in der dunklen Scheune. Sie spielen, ›Versteck dich‹. Sie versteckt sich so gut, dass sie niemand findet. Die Schwestern nicht, die um das Haus und die Scheune herumstromern und »Erna! Erna, wo bist du?« rufen. Zuerst noch aufgewühlt, dann immer frustrierter. Auch der Bruder und die Nachbarskinder aus dem Dorf haben keinen blassen Schimmer, wo sie sein könnte. Sie ärgern sich bestimmt, denkt sie und freut sich. Wenn ich nicht will, dass sie mich finden, finden sie mich nicht. So gute Verstecke wie sie hat niemand. Die Sommerferien sind langweilig in Rechnitz. Das Versteckspiel schafft für kurze Zeit ein wenig Abwechslung.

Die Rufe sind längst verklungen und sie kann sicher sein, das Spiel gewonnen zu haben. Sie will gerade hinter den Strohballen hervorkriechen, als sie Stimmen in der Scheune hört. Es ist die des Vaters, die sie sofort erkennt, und die von zwei weiteren Männern, von denen sie nicht weiß, wem sie gehören. Sie reden so leise, als ob sie nicht gehört werden wollen. Sie rutscht auf den Knien ein Stück weit hinter den Strohballen hervor, sodass sie die Schuhe der Männer sehen kann. In dieser Position versteht sie die drei sogar. Sie reden über ein Grab und dass dieses nicht mehr sicher wäre. Sofort weiß sie, was gemeint ist. Die Bilder der mondhellen Nacht vor einem Jahr tauchen wie Blitzlichter vor ihren Augen auf. Sie sind zurück und nicht nur im Traum: Die Schüsse, die Schreie, die Leichen.

Die Stimmen in der Scheune behaupten, dass die vergrabenen Juden erneut gesucht werden, wie man sie schon einmal vor ein paar Monaten gesucht habe. Dass es nur noch eine Frage der Zeit sei, bis sie gefunden würden. Deshalb müssten sie weg, verschwinden, dorthin, wo man sie nicht vermutet und folglich auch nicht findet. Nie findet.

»Aber wohin?« Einer der Männer fragt es, woraufhin sich ein ratloses Schweigen in der Scheune ausbreitet. Sie hält, noch immer hinter den Strohballen, die Luft an, weil sie Angst hat, dass ihr Atem in der Stille zu hören sei. In die endlos wirkende Pause hinein, sagt der Vater schließlich: »Ich hab's.«

Sie atmet auf.

»Der alte Weinkeller.«

Gemurmel ist von den anderen zu vernehmen.

»Na, außerhalb des Dorfes ist unser alter Weinkeller«, sagt der Vater. »Halb verfallen und längst nicht mehr benutzt. Da sind sie sicher. Da entdeckt sie niemand.«

Und dann beschließen die Männer in den darauffolgenden Nächten die Überreste der Leichen aus den Gräbern zu holen, um sie im verlassenen Weinkeller für immer einzumauern.

Und sie, die zehnjährige Erna hört alles mit. Hinter den Strohballen. Und kann es nicht vergessen. Bis heute nicht.

# ES

Es ist der 28. Juni 1948. Der Himmel ist wolkenverhangen, die Luft grau und diesig. Ab und zu blinzelt die Sonne durch die fast geschlossene Wolkendecke hindurch.

Der Prozess gegen die Täter des Massakers von Rechnitz beginnt. Die Atmosphäre ist angespannt, die Stimmung aufgeheizt. Ganz Österreich blickt nach Wien, zum Landesgericht, wo der Prozess, um die Taten in der Nacht zum Palmsonntag 1945, verhandelt wird.

Sieben Angeklagte werden wegen vielfach vollbrachten Mordes und des Verbrechens gegen die Menschlichkeit beschuldigt. Zwei der Hauptverdächtigen sind flüchtig. Dabei handelt es sich um den Ortsgruppenleiter und SS-Hauptscharführer Franz Podezin und den Gutsverwalter des Schlosses Hans Joachim Oldenburg. Beide, so vermutet man, sind bei der Gräfin Batthyány-Thyssen in der Schweiz untergekommen und halten sich dort in einer Wohnung oberhalb von Lugano versteckt. Als die Schweizer Behörden mit den Verhaftungsbefehlen anrücken, sind jedoch beide nicht anzutreffen. Man vermutet sie in Südamerika.

Als im Wald einer der Hauptzeugen mit einer Kugel im Kopf tot aufgefunden wird, wird die Beweislage brüchig. Es ist der ehemalige Waffenmeister des Schlosses, der in der Mordnacht den Tätern die Gewehre aushändigte und der sich besser an die Täter hätte erinnern können als so manch ein anderer. Selbst der Hund des Waffenmeisters wird erschossen aufgefunden. Die von der Polizei am Tatort sichergestellte Patronenhülse verschwindet spurlos. Nachdem auch noch der zweite Hauptzeuge, ein Überlebender des Massakers, der den Gewehren entkommen ist und flüchten konnte, auf dem Weg zum Prozess in seinem Auto beschossen wird, sodass der Wagen ins Schleudern gerät und der Mann tödlich verunglückt, macht sich Panik in der Bevölkerung breit. Die Morde an den Zeugen verbreiten Angst und Schrecken in Rechnitz. Die drohende Vergeltung aufgrund einer Zeugenaussage hat zur Folge, dass niemand mehr spricht. Der Ort verstummt. Schweigen legt sich über die Gemeinde, als ruhte in allen Dornröschens Fluch. Beredte Stille.

Beim Prozess selbst interessiert man sich nur am Rande für die Opfer. Der Aufenthaltsort der fast 200 verscharrten jüdischen Zwangsarbeiter aus Ungarn, die lediglich durch Zeugenaussagen über die Gräberöffnungen kurz nach Kriegsende durch die Rote Armee dokumentiert sind, spielt keine Rolle.

Zwei der Angeklagten werden freigesprochen. Einer wird zu acht, einer zu fünf und ein weiterer zu drei Jahren Kerker verurteilt. In einem Schlusswort beteuert der österreichische Staatsanwalt, dass die wahren Mörder noch nicht gefunden wären.

Auch die Toten bleiben nach wie vor unauffindbar.

## ICH

Das ist keine Wohnung. Das ist eine Sakristei, eine Betstube. Die geheime Schaltstelle des österreichischen Katholizismus. Halleluja! Überall Kreuze, Rosenkränze, Marienstatuen, Weihwasserkesselchen. Hier bekommt der Glaube ein adäquates Abbild. Sogar mehrere. Ach was, unzählig viele. Dabei heißt es doch in den Zehn Geboten: Du sollst dir kein Gottesbildnis machen. Es ist schlimmer als im Kloster. Muss die liebe Schwester Pia vielleicht irgendetwas kompensieren? Ich komme mir vor wie in einem Ulrich-Seidl-Film. Paradies: Glaube.

»Hier können Sie schlafen.« Sie zieht in ihrem Wohnzimmer die Couch aus, bezieht sie mit einem frischen Laken, reicht mir ein Plumeau und kramt ein Kopfkissen aus der Schublade. »Ist zwar nicht unbedingt bequem, aber vorübergehend müsste es gehen.«

Es sieht nicht nur unbequem aus, es ist mörderisch. Eine Couch wie ein Brett, ideal für indische Fakire, aber völlig ungeeignet für verweichlichte Fidschis.

»Bestimmt.«

Ich sehe mich im Wohnzimmer um und bemerke neben dem Fenster ein 50 Liter großes Aquarium mit Fischen darin.

»Sind das Ihre?«

»Ja, die zwölf Apostel.«

Ich zähle durch. Es sind tatsächlich zwölf Goldfische.

»Und wo ist Jesus?«

Sie zeigt mit dem Finger zur Decke. »Überall.« Sie sagt es ohne einen Hauch von Ironie, greift nach der Futterdose neben dem Aquarium und lässt Flocken in das Wasser rieseln. Sofort machen sich die ausgehungerten Fische über das Futter her.

»Abendmahl«, sage ich, was Pia aber geflissentlich ignoriert.

»Wollen Sie noch etwas essen oder gleich schlafen?«

»Ich lege mich lieber hin.«

Sie sieht mich besorgt an, nickt und geht zur Tür. Ich öffne das Fenster, um die abgestandene, stickige Luft wenigstens ein bisschen mit der frischen von draußen zu durchmischen.

»Fühlen Sie sich wie zu Hause.«

Ja, denke ich, wenn ich nur wüsste, wo ein solches wäre. »Danke.«

»Schlafen Sie gut.« Sie löscht das Licht und zieht die Wohnzimmertür hinter sich zu. Vom Hinterhof fällt ein Lichtschimmer durchs offene Fenster ins Zimmer. Das vorwurfsvolle Krächzen einer Krähe ist zu hören.

»Sie auch«, sage ich und weiß, dass es verdammt schwer sein wird, überhaupt ein Augen in diesem muffigen Heiligenschrein zuzukriegen.

Ich kneife die Augen zusammen und lausche dem Schweigen der Nacht, während mein Backenzahn vor sich hin hämmert.

## ICH

Durch meinen Kopf hallt dezent Madonnas ›Die Another Day‹ wie die Musik in einem Supermarkt. Ich wache auf. Das Einschlafen war eine Qual. Die Schmerzen, die Gedanken, das Grübeln. Der Anschlag, Salome. Der Kopf ein Betonmixer. Ich habe alles versucht, um mich zu entspannen. Zuerst Meditation. Dann Masturbation. Auf dem Laken sind Spermaspuren; einsame Zeugnisse eines verzweifelt Ruhelosen. Im zerknüllten Papiertaschentuch unter der Couch befindet sich der getrocknete Rest. Ich werfe aus den verklebten Augen einen Blick auf mein Handy. Es ist 7.52 Uhr. Scheiße, mein Rücken schmerzt schon wieder.

Die Couch ist hart wie Beton. Meine Rippen scheinen in die Lunge zu stechen. Es piekst bei jedem Atemzug. Ich huste. Eitriger Auswurf.

Madonna! ›Die Another Day‹. Stirb an einem anderen Tag. James Bond. Ich huste erneut, ringe nach Luft.

»007.« Ich flüstere es wie zur Selbstvergewisserung vor mich hin. Und plötzlich: Verdammt, da ist etwas. Zahlen, Buchstaben. Wie aus dem Nichts. Oder aus dem hintersten Winkel meines Gehirns. Wo Unangenehmes, Belastendes fern des Bewusstseins abgelegt ist. Womöglich zum Schutz. Ziffern: 188. Buchstaben: M, A, G.

»Sind Sie wach?« Es ist Pia, die ebenfalls schon wach zu sein scheint und von der Küche aus nach mir ruft.

»›MAG 188‹!«, rufe ich zurück.

Schritte sind zu hören, dann ein Klopfen an der Tür. Pia schiebt ihren Kopf durch den Spalt. »Das hört sich nicht gut an.« Sie meint den Husten.

»›MAG 188‹«, entgegne ich erneut.

»Was?«

»›MAG 188‹, ich weiß nicht, aber diese Buchstaben, diese Ziffern, irgendwie … sie fallen mir jetzt ein, als hätte ich sie schon einmal gesehen …«

»Was soll das sein?«

»Keine Ahnung.« Ich weiß es wirklich nicht. »Aber, jetzt … es ist, ich sehe sie deutlich vor mir. ›MAG 188‹. Wie in Stein gemeißelt.«

Pia steht neben der Couch, weiße Bluse, weißer Rock, hochgesteckte Haare, dezent geschminkt, ausgehfertig. Von draußen brüllt noch immer Madonna. Ich schlage das Plumeau zur Seite und stehe auf. Unter dem Stoff meiner Unterhose verborgen bildet sich eine mittelprächtige Erektion ab. Pia scheint sie nicht zu bemerken. Zumindest nicht beachten zu wollen.

»Hört sich wie ein Autokennzeichen an«, sagt sie. »Ja, vielleicht, das könnte sein, oder?«

Und dann, als würden sich meine abgelagerten Gedächtnisfetzen nach vorn stülpen, nach außen kehren, sichtbar werden, fällt es mir wie Schuppen von den Augen.

»Ein Auto!«, sage ich, lauter als der Situation angemessen. »Pia, das ist es!«

»Was ist?«

»Der Pick-up!«

»Welcher Pick-up?«

»Der, der uns gerammt hat.« Meine Aufregung nimmt zu, während meine Morgenlatte kapituliert. Ich gehe in Pias Wohnzimmer herum, wie ein sibirischer Tiger im Tiergarten Schönbrunn. »Der hatte dieses Nummernschild. Ja. Ich habe es im Rückspiegel gesehen. ›MAG 188‹.«

»Das scheint aber kein österreichisches gewesen zu sein.« Pias Skepsis ist noch nicht völlig zerstreut.

»Vermutlich nicht, nein.«

»In Ungarn haben wir drei Buchstaben und dann drei Ziffern.«

»In Ungarn?«

»Ja, ich komme aus Ungarn. Bin aber schon seit meiner Kindheit hier.«

Deswegen vielleicht der Hang zum Katholizismus, denke ich. Oder trifft das eher auf Polen zu? Ich falle ihr vor Freude um den Hals. »Pia!« Ich küsse sie auf die Wange. Es wirkt alles übermotiviert. Auch peinlich. Sie errötet und wird steif wie ein Fisch. Ein Stockfisch. Ich lasse von ihr ab. Versuche, mich wieder herunterzufahren.

»Sie haben recht«, sage ich sachlicher. »Das war ein ungarisches Auto! Der Jeep kam aus Ungarn.« Meine Nüchternheit hat ungeahnte Auswirkungen. Plötzlich wird Pia ganz bleich im Gesicht, ihr Blick starr.

»Was ist?«

»›MAG‹ – Magyar Gárda.«

Ich zucke hilflos mit den Achseln.

»Die Magyar Gárda, die *Ungarische Garde* ist eine paramilitärische Vereinigung in Ungarn, die von der rechtsextremistischen Partei Jobbik gegründet und vor ein paar Jahren verboten wurde. Jetzt aber, nachdem in Ungarn der politische Wind schärfer von rechts weht und Jobbik selbst als drittstärkste Kraft im Parlament sitzt, sind sie trotz des Verbots allgegenwärtig. Erst kürzlich erlaubte das Stadtgericht der ungarischen Hauptstadt der Ungarischen Garde ganz offiziell auf dem Budapester Heldenplatz ihr fünfjähriges Bestehen mit einer Demonstration zu feiern.«

»›MAG 188‹«, wiederhole ich. »Sie glauben tatsächlich, dass …«

»Gegen eine Gebühr kann man in Ungarn sogenannte Wunschkennzeichen beantragen.« Ihr Blick ist eindeutig. »Wenn nicht, wäre es doch ein großer Zufall, oder?«

Ich schüttle den Kopf und krame in meinem Wissen, was die Symbolik von Zahlen betrifft.

»›188‹, erster Buchstabe im Alphabet ist das A, achter Buchstabe das H. ›AH‹, Adolf Hitler. ›88‹ ist ein Zahlensymbol, das die Neonazis gerne benutzen und was als Doppel H für ›Heil Hitler‹ steht.«

»Was?«

»Ja.«

Ihre Gesichtsfarbe erinnert an die der Raufasertapete im Wohnzimmer. Madonna ist fertig. Die Acht-Uhr-Nachrichten sind zu hören. Abrupt reißt Pia sich aus ihrer Erstarrung los. »Ich muss los, zum Dienst.«

Auch ich habe es eilig und greife nach Hose und Hemd.

»Wo wollen Sie hin?« Sie fragt es mit mahnender Stimme.

»Es wäre besser, Sie würden noch ein paar Tage liegen bleiben.«

Natürlich wäre das besser, denke ich. »Wer soll dann Linda finden?«

Sie scheint zu kapieren. »Der Schlüssel liegt auf dem Küchentisch.«

»Danke.«

»Nicht dafür.« Bevor Pia die Wohnung verlässt, sagt sie noch: »Ich glaube, es ist gut, dass sie nicht mehr im AKH sind.«

»Glaube ich auch.« Ich weiß aber nicht, ob es so ratsam war, hier bei Pia abzusteigen.

## NO

Wiens kapitalistische Schande ist die zwei Kilometer lange Mariahilfer Straße. Hier reihen sich Kaufhäuser wie Hundekackhaufen aneinander. City-Center, Modeboutiquen, Schuhgeschäfte, Fresstempel, Konsumoasen. Hier schlägt das kapitalistische Herz von Wien im Dreivierteltakt. Hier scheint die Welt noch in Ordnung. Der Kommerz regiert und der Geldbeutel sitzt locker in der Hosentasche.

Es ist der bevorzugte Ort für meine Streifzüge. In einem der Einkaufspaläste mit modernem Design und postkoitaler Architektur erwischt zu werden, ist gar nicht so unwahrscheinlich. Hier ist die Kameraüberwachung und Detektivdichte höher als woanders. Ausspähphobie für Fortgeschrittene. Das ist es ja, was mich daran reizt. Ich brauche den

Kick. Das Herzrasen. Die feuchten Handflächen. Und das feuchte Höschen. Es macht mich an. Es macht mich geil. Es ist besser, als selbst Hand an sich zu legen. Ich klaue alles. Am liebsten das, was aussichtslos oder besonders schwierig scheint. Samsonite-Koffer, Sonnenbrillen, Uhren, Parfums und Elektronik. Bei Saturn. Ich hole den MP3-Player aus der Packung, kratze den Sicherheitsstreifen ab, stopfe mir den Player mitsamt den Kopfhörern in die Unterhose und lasse die Sicherheitsleute am Ausgang alt aussehen. Ich erfreue mich an ihrem Anblick, wie sie auf das Piepsen warten, es herbeisehnen und diese instrumentalisierten Idioten griffbereit in Vorfreude die Hacken zusammenschlagen, wenn ich mich an der Kasse an der Sicherheitsschranke vorbeischiebe und – nichts! Es ist nichts zu hören. Kein Geräusch, kein Piep, rein gar nichts. Ich sehe ihnen ihre Enttäuschung an. Sie weinen fast, diese Zombies! Sie blasen den Zugriff ab und verfluchen womöglich die mangelhafte Technik. Ich grinse ihnen frech ins Gesicht, sage »Bis zum nächsten Mal, Spackos« und mache mich aus dem Staub, bevor sie den Braten auch ohne akustisches Signal wittern.

Und weiter geht's in die Dessousabteilung. Ich ziehe mir in der Umkleide mehrere Slips, Hipsters, Strings und Strumpfbänder übereinander an und streife anschließend desinteressiert aber hochkarätig erregt durch die Flure, argwöhnisch beäugt vom unterbesetzten, schlecht bezahlten und folglich unmotivierten Verkaufspersonal. Tja, Personalabbau und Niedriglohn ist die unausgesprochene Einladung für Menschen wie mich. Ich sage »Danke« und will verschwinden – bleibe stehen, traue meinen Augen nicht, aber – spinn ich, oder ist das der schlitzäugige Engel! Was macht der denn hier? Er kommt gerade aus der Damenumkleide. Womöglich ist er nicht nur impotent, sondern auch noch ein Unterwäschenfetischist. Spitzen-BH-Träger und

Slip-Schnüffler? Habe ich ihn total verkannt oder hat der Besuch der Damenabteilung einen ganz anderen Grund? Er wirkt gehetzt, blickt sich auffällig um – Scheiße! Ich tauche unter den Wäscheständern weg; womöglich hat er mich gesehen. Ich blicke an den Negligés vorbei, kann ihn aber nicht mehr sehen. Er ist verschwunden. Dafür tauchen zwei weitere Männer auf. Seit wann geistern Typen zwischen Dessous-Träumen herum, die eigentlich Frauen vorbehalten sein sollten? Oder gibt es da einen Zusammenhang? Alles Spanner, Fetischisten und Perverse? Die beiden sehen eher aus wie Kriminelle. Nur anderes Metier als Ladendiebstahl. Sie schlagen dieselbe Richtung ein wie der Engel.

Kaum habe ich mich hinter den Wäscheständern in die Vertikale gestemmt, spüre ich eine Hand an meinem Arm. An die Hand schließt sich ein weiterer Mann an. Und was für einer! Fuck! Warum müssen Detektive immer so prollig sein.

»Pfoten weg!«

Er nimmt die Pfoten natürlich nicht weg. Im Gegenteil, er erhöht den Druck.

»Verpiss dich, du Arsch!«

»Sie kommen jetzt besser mit.«

Ich trete ihm mit Wucht auf den Fuß, reiße mich los und renne davon. Der Knilch rennt schreiend hinter mir her. Quer durch die Dessousabteilung, dann raus und über die Rollstreppe, mehrere Stufen auf einmal überspringend, im Affenzahn hinunter und von da, einen weiteren Sicherheitstypen umkurvend zum Ausgang hinaus. Das Adrenalin überschwemmt mich. Ich bin im Rausch. Ich fliege. Ich fliege davon. Auf der Mariahilfer Straße tauche ich im Gewimmel der Konsumjunkies erschöpft, aber glücklich unter.

# ICH

Irgendetwas liegt in der Luft, ein Flimmern. Ein Flirren. Ein eigenartiger Geruch, kaum wahrnehmbar. Entweder ich bin mittlerweile aufgrund der vorangegangenen Ereignisse viel zu sensibilisiert. Oder dieser Fall schlägt mir ganz einfach aufs Gemüt. Der Fall frisst mich von innen her auf. Womöglich fange ich an, etwas zu sehen, wo gar nichts ist.

Schon als ich das The Ring Hotel betrete, habe ich eine Ahnung. Der Portier, ein blonder Schönling im schwarzen Anzug, will natürlich den Schlüssel von Salomes Zimmer nicht rausrücken. Ich sage, dass ich ein Freund von ihr wäre, dass sie einen Unfall gehabt hätte, im AKH liegen würde und ich ihr ein paar Sachen aus ihrem Zimmer besorgen solle.

»Es tut mir wirklich leid«, sagt er, um maskenhafte Freundlichkeit bemüht, was so viel bedeutet wie: Da könnte ja jeder kommen. Ja, natürlich könnte da jeder kommen. Aber nun bin *ich* mal da. Ich greife in meine Jackentasche, hole einen ansehnlichen Geldschein heraus, lege ihn unter die Prospekte auf den Tresen und lasse den jungen Mann nicht aus den Augen. Ich merke, wie der Portier anfängt zu wanken. Er stiert mit flatterndem Blick auf die Prospekte. Jetzt weiß auch er, dass ich nicht jeder bin. Offenbar reicht die Summe nicht aus, damit für ihn klar wird, mit wem er es zu tun hat. Ich erhöhe wortlos den Betrag so lange, bis der Portier nicht mehr nur wankt, sondern fällt. Er blickt sich um und lässt die Prospekte mitsamt dem Bestechungsgeld unauffällig in seiner Jackentasche verschwinden. Anschließend greift er routiniert nach dem Zimmerschlüssel hinter sich und händigt ihn mir aus. Ich bedanke mich und denke, dass im Niedriglohnsektor mittlerweile jeder käuflich ist. Wer kann es ihm übel nehmen. Wer mit einem läppischen Stundenlohn abgespeist wird, verrät bei einem Gegenwert eines Wochenlohns sogar sein Vaterland. Was wäre erst bei höheren Beträgen möglich?

Das Zimmer ist durchwühlt. Die Kleider im Schrank liegen auf dem Boden. Die Computertasche ist da, Salomes Laptop hingegen fehlt. Auch jede Art von schriftlichen Aufzeichnungen ist nicht zu sehen. Kein Notizbuch, keine Kopien, nichts. Es war vor mir schon jemand hier, der etwas gesucht und es offenbar auch gefunden hat. Verdammt!

Ich packe das, was übrig ist, in eine Umhängetasche und verlasse das Hotelzimmer. In der Hotellobby lege ich dem Portier den Schlüssel auf den Tresen und frage, ob er jemandem vor mir bereits den Schlüssel ausgehändigt habe.

»Gegen ein kleines Entgelt, versteht sich?«

Der Portier erschrickt, zuckt zusammen und schüttelt den Kopf. Als ich das Hotel verlasse, sieht er mir hinterher.

Während ich auf den Straßen im ersten Gemeindebezirk unterwegs bin, schaue ich mich immer wieder um. Wenn Salomes Zimmer durchsucht wurde, ist es nahe liegend, dass auch ich überwacht werde. Ich versuche, die unsichtbaren Verfolger abzuschütteln. Ich fahre mit der U 6, dann mit der U 3 bis zur Haltestelle Zieglergasse. Ich betrete ein großes Kaufhaus in der Mariahilfer Straße zum Haupteingang, stromere durch mehrere Etagen, verstecke mich länger als üblich in der Umkleidekabine der Damenkonfektionsabteilung, bevor ich das Kaufhaus über das Parkhaus wieder verlasse. Kaum auf der Straße springe ich in ein Taxi und lasse mich kreuz und quer durch Wien fahren, bis ich völlig überraschend mitten im fließenden Verkehr am Gürtel aussteige. Ich gehe zu Fuß weiter. Spätestens jetzt müsste ich die

Verfolger los sein, denke ich. Dabei sind sie womöglich gar nicht hinter mir, sondern vielmehr in mir. Ich bin gehetzt, nervös. Auch meine körperlichen Beschwerden setzen mir zu. Ein Ziehen im Bauch, Stechen in der Brust. Atemlosigkeit. Der Kopf in Flammen.

Das Flirren ist zurück. Das Flimmern. Ich schließe Pias Wohnungstür auf und merke sofort, dass auch hier etwas nicht stimmt. Oder geschieht das alles vielleicht nur, weil ich es erwarte? Wird meine Befürchtung zum dramaturgischen Vorturner? Der Konjunktiv die Realität?

Die Wohnung scheint unverändert. Meine wenigen Habseligkeiten liegen neben der Couch im Wohnzimmer und sind anscheinend unangetastet. Dennoch bin ich überzeugt davon, dass jemand, außer Pia, in meiner Abwesenheit in der Wohnung war. Wie zur Bestätigung fällt mir das Aquarium in den Blick.

»Scheiße! Die Fische!« Die Fische sind tot! Alle zwölf liegen regungslos auf dem Rücken am Grund des Bassins. Wenn das kein Zufall ist, dann ist es eine Warnung. In diesem Metier sind Zufälle so wahrscheinlich wie Wunder. Ich stelle Salomes Tasche auf den Küchentisch, lege einen Zettel dazu, auf dem steht, dass ich dringend wegmüsse und die Tasche für Salome wäre. Ich packe alles, was mir gehört, zusammen und verschwinde.

Es ist besser so. Für mich. Und vor allem für Pia. Nicht dass aus Fischen Menschen werden.

# DU

Dem Verdursten nahe ertastest du in einer Ecke der schwarzen Höhle mehrere Weinflaschen. Verstaubte, volle Weinflaschen. Du jubilierst für Sekunden. Dann holt dich die Ernüchterung wieder ein. Plötzlich ist dir klar, wo du bist. Dein Gefängnis muss ein alter, verlassener Weinkeller sein. Ein Gewölbe aus Stein, tief eingelassen in einem Berg. Ein dreckiges Loch in der Erde. Ohne Aussicht auf Rettung. Ohne Hoffnung auf Hilfe.

Du zerschlägst den Hals einer der Flaschen. Trinkst fast den gesamten Inhalt auf einmal aus. Der Alkohol schießt dir ins Blut, in den Kopf. Du bist sofort betrunken. Du drehst dich im Kreis. Als wüsstest du nicht mehr, wo oben oder unten ist. Oder tanzt du etwa? Du tanzt! Und summst dabei. Ein Kinderlied. Ein Schlaflied.

»La Le Lu, nur der Mann im Mond schaut zu / Wenn die kleinen Babys schlafen / Drum schlaf auch du.«

Du kannst nicht schlafen, du willst nicht schlafen, du darfst nicht schlafen. Wenn du schläfst, wachst du nicht mehr auf. Bist du tot.

»La Le Lu vor dem Bettchen stehn zwei Schuh / Und die sind genau so müde / Gehn jetzt zur Ruh.«

Die Dunkelheit um dich herum scheint zu lachen, zu kreischen.

Wirst du jetzt verrückt?

Du bist verrückt! Dir schwindelt, du taumelst, stürzt zu Boden. Bleibst wie ein Käfer auf dem Rücken liegen. Kafka, die Verwandlung fällt dir ein. Du fühlst dich wie ein Käfer, ein Taumelkäfer; Arme, Beine, Fühler, du bist ein stinkender Käfer! Siehst helle Punkte über dir, wie Stiche, Blitze, die von weit weg näher kommen. Zu hässlichen Gesichtern werden. Ausgemergelte Antlitze mit langen Nasen, großen Augen und offenen Mündern. In denen dir, wie unter einem Brennglas, vertraute Personen erscheinen. Nora. Konstantin. Stefan. Lasse.

Konstantin. Nora.

Nora. Nora. Lasse.

Lasse. Nora.

Körper, behangen mit Gewändern, auf denen fremdes Leben in aufwendigen mehrfarbigen Applikationen eingestickt ist wie die Szene aus einem antiken Schauspiel. Oder einer Märchenerzählung. Das hässliche Entlein. Hänsel und Gretel. Rotkäppchen und der böse Wolf. Du bist der Wald. Zwei nackte Körper liegen auf der Erde, inmitten von Moos, Farnen, Laub, abgestorbenen Organismen, die Schnittstelle zahlreicher Stoffkreisläufe, ein Umschlagsplatz für Wasser, Nähr- und Schadstoffe. Und Intrigen. Kabale. Milben, Bakterien, Fadenwürmer. Durch die Baumkronen blinzeln Sonnenstrahlen.

Gegenlicht.

Überblendungen.

Blendwerk. Darin Nora und Lasse. Sie ist 15, er 18. Du hast sie zusammengebracht. Ihn auf sie angesetzt, ohne dass der triebgesteuerte Tölpel es durchschaut hätte. Du hast ihn benutzt, um ihn loszuwerden und um dich an ihr zu rächen. Vor allem, um sie hernach endgültig zu demütigen.

Du zwinkerst. Sie betasten sich, als wäre der andere nicht der andere, sondern du. Sie streicheln mit ihren unerfahrenen Händen über Schultern, Brust, Arme, Bauch. Sie stecken die Finger in alles, was nachgibt, keinen Widerstand leistet. Mund, Arsch, Möse. Sie schlafen miteinander.

Lasse. Nora.

Im Wald, in dir.

Es erregt dich. Dein ganzer Körper kribbelt, zittert, zuckt. Deine Möse kitzelt und juckt. Du ziehst dir deine Hose bis zu den Knien herunter. Schiebst deine Hand in die Unterhose. Deine Finger, angetrieben von Geilheit, auf der Suche nach Befriedigung tasten nach der Lust, finden warmes, weiches. Immer feuchter werdendes. Du bist klitschnass, nicht nur zwischen den Beinen. Über dir sind noch immer die Baumkronen mit dem blinzelnden Sonnenlicht. Darin eine weiße Wolke, der Form nach ein Körper. Ein menschlicher Leib. Es ist der splitterfasernackte deines Bruders, der seine Finger wie Zinken einer Gabel zu deinen schmuggelt. Und reibt und sticht. Und damit Wörter in dich kratzt. Liebe, liest du. Hass. Geilheit. Sex. Ficken. Und: Ist das nicht schön? Sag, dass das schön ist!

Ja, brüllst du in die dunklen Mundhöhlen über dir. Es ist schön! Und geil! Schön geil!

Du stöhnst, schreist, spürst nicht nur seine Finger, siehst auch seinen Schwanz in der Wolke zwischen den Baumkronen, der sich aufrichtet, sich über alles erhebt und immer größer wird, so groß ist wie er selbst, wie die ganze Wolke, die sich über dich legt und in dich eindringt. Einem Messer in warme Butter gleich. Mit voller Wucht in dir ist. Er vögelt dich. Beteuert mit jedem Stoß: Du gehörst mir!

Ja, schreist du. Ja, fick mich! Fick mich, du Sau!, und: Los, mach schon, spritz mich endlich voll.

So lange, bis er kommt. Und du kommst. Eine Welle aus Erregung überschwemmt dich. Ihr werdet fortgetragen, irgendwohin, wo nichts mehr ist, nur schwarz, dunkel. Eine Hölle aus dreckiger Lust.

Du drehst dich, noch immer mit dem Rücken am Boden, um dich selbst, immer wieder, wie ein Wurm, ein besoffener Taumelkäfer unter einem stinkenden Stiefel. Dein Köper zuckt, verkrampft sich. Dir ist schlecht, du kotzt. Du kotzt den Wein aus dir heraus. Dann Galle. Die Erinnerung. Die Seele. Die ganze Scheiße.

Und bleibst völlig erschöpft liegen. Mit dem Kopf in der Kotze dämmerst du ein, während der Mann im Mond, ein blasses Arschloch mit fauligen Zähnen zuschaut.

»Dann kommt auch der Sandmann / Leis tritt er ins Haus / Sucht aus seinen Träumen / Dir den schönsten aus.«

## ICH

In die Wohnung von Wittlichs Sohn zurückzukehren, scheint unmöglich. Wenn es tatsächlich so ist, wie ich vermute, dann lassen die – wer immer das auch sein mag – mich nicht aus den Augen. Dann beobachten sie mich. Unentwegt. Was wiederum ein Zeichen dafür ist, dass ich dem Ziel näher gekommen sein muss. Rechnitz näher gekommen sein muss. Einem der völlig im Dunkeln tappt, muss man kein Bein stellen. Ich weiß zwar nicht, wo Linda sich befindet, wahrscheinlich versteckt gehalten wird, aber ich bin auf dem besten Weg dorthin. Ich könnte die Verfolger an der Nase herumführen und mich anonym in einem Hotel irgendwo in den Außenbezirken einquartieren. Ich könnte in Lindas Wohnung ziehen. Zu Nora. Ich rufe Nora an, sie nimmt nicht ab. Verdammt! Sonst kenne ich niemanden in Wien. Ich könnte auch zurück ins Kloster gehen, den Fall an den Nagel hängen. Auf halbem Weg umkehren und die nicht leer geschossene Flinte vorzeitig ins Korn werfen, war noch nie mein Stil. Bis zum bitteren Ende! So wurde ich erzogen. Wer A sagt muss auch B sagen. Oder: Arsch zusammenkneifen und durch.

Ich beschließe, meine in der Wohnung von Wittlichs Sohn zurückgelassenen Habseligkeiten abzuholen und danach die Wohnung nicht mehr zu betreten. Als ich die Tür aufschließe, höre ich Geräusche. Sie kommen aus dem Zimmer von Mark. Stöhnen. Sind die Schwulen schon wieder am Ficken, denke ich, schüttle den Kopf ob dieser beeindruckenden homophilen Potenz und schleiche mich lautlos in mein Zimmer. Ich packe Laptop, Kamera, Unterhosen und Hemden in die Sporttasche und will gerade die Wohnung verlassen. Ich bleibe im Flur stehen, werfe neugierig einen Blick an der angelehnten Tür vorbei in Marks Zimmer. Überraschung! Das ist nicht Mark, der auf dem Boden herumturnt. Auch nicht sein schwuler Freund. Das ist Dr. Wittlich! Er ist nackt und kniet hinter einer ebenso nackten Person, während er sie von hinten vögelt. Die Person ist meine Mutter! Es ist wie ein Déjà-vu-Erlebnis. Zwischen jetzt und damals liegen fast 30 Jahre. Es ist, als wäre die Zeit still gestanden.

»Scheiße!«

Die beiden halten plötzlich inne, als hätten sie mich im Spalt der Tür gehört. Ich starre benommen auf die nackten Körper, an denen der Zahn der Zeit erheblich genagt hat, und kann mich nicht mehr bewegen.

»Ich dachte, du bist im Krankenhaus?« Es ist meine Mutter, die die ersten Worte, noch immer hündisch vor Dr. Wittlich auf den Knien, in einer Mischung aus Vorwurf und Verwunderung in Richtung Türspalt abfeuert.

»Ich dachte, du bist in Vaihingen.« Ich drehe mich vom Türspalt weg, bin mit zwei schnellen Schritten an der Wohnungstür und öffne sie. Noch ehe ich die Tür ins Schloss fallen lassen und verschwinden kann, höre ich meine Mutter ermahnend »Hài!« rufen.

Es hallt lange nach und höhlt meinen Kopf wie eine Made, die sich durch Speck frisst, immer weiter aus. Die Folge ist eine bleierne Leere. Ein beschissenes Vakuum, das langsam mit Erinnerung angefüllt wird. Mitbringsel voller Scheiße aus der Jugend. Der Hass auf meine Mutter lässt sich nur durch Alkohol mäßigen. Ich trinke in einer Bar am Gürtel mehrere *Black Russian*, bis es draußen dunkel wird und in meinem Kopf nur noch das Bild meiner Mutter mit schlenkernden Brüste übrig bleibt, als Tautropfen am angelaufenen Cocktailglas, die ich voller Genugtuung mit der Hand wegwische.

Gegen Mitternacht verlasse ich die Bar und gehe leicht schwankend den Gürtel entlang. Die Nutten buhlen um meine Aufmerksamkeit, stellen sich breitbeinig mit Stiefeln bis über die Knie in den Weg und geizen nicht mir ihren Reizen. Dennoch passe ich.

Ich biege in eine Seitenstraße ein und kann sie schon von Weitem erkennen. Sie steht verborgen im Dunkeln eines Hauseingangs.

»Na?«

Ich merke, wie sie sich freut, mich zu sehen. Ein schüchternes Lächeln huscht ihr über die Lippen.

»Alles klar?«, frage ich.

Sie tippt sich auf das Pflaster an ihrer Augenbraue.

»Und bei dir?«

Ich zeige auf meine Schrammen im Gesicht. Wir lächeln beide. Es ist angenehm, neben ihr zu stehen. Es fühlt sich gut an.

»Wie läuft's?«

»Scheiße.«

»Bei mir auch. Ich brauche deine Hilfe.«

Sie reagiert nicht.

»Kann ich bei dir schlafen?«

»Die Nacht kostet 200.«

Dieser nüchterne Pragmatismus gefällt mir. Ich habe ihr vor ein paar Tagen womöglich das Leben gerettet und sie pfeift auf jegliche solidarische Gefühlsdusselei. Das ist einmalig. Das ist groß.

»Mit Frühstück?«

»Mit allem.«

»Gehen wir.«

Ein Zimmer ihrer Zweiraumwohnung im Hinterhof in der Nähe ihres Standplatzes entspricht dem Klischee eines Bordellzimmers. Kuschelig, plüschig, kitschig. Mit rotem, leicht abgegriffenem Samt an den Wänden, Baldachin aus Chiffon an der Decke, rötlich transparente Tücher über den Lampen, großer Spiegel über dem Bett. Auf dem Nachttisch Küchenpapierrolle, Kosmetiktücher, Gleitgel, Dildos und eine Schale mit Kondomen. Hier wurde der eindimensionalen, leicht beschränkten Fantasie der Männer voll und ganz Rechnung getragen, nach dem Motto: Gib den Idioten, was sich ihre reduzierte Fantasie vorstellt!

»Schön«, sage ich, meine es natürlich ganz anders, was sie sofort zu durchschauen scheint und mit einem abschätzigen »Ph!« ihre Lippen schnalzen lässt.

»Hier kannst du schlafen. Es ist frisch überzogen.«

»Und du?«

Sie öffnet die Tür zum zweiten Zimmer, das komplett anders aussieht.

»Das ist privat.« An den Wänden sind Regale voller Bücher, ein rustikaler Schreibtisch, ein schmales Bett, eher eine Pritsche, schwarz-weiße Filmplakate an der Wand.

Truffaut, Godard, Bergmann. Topfpflanzen. Ich spare mir einen Kommentar. Sie scheint auch so zu wissen, was ich denke.

»Ist nicht komisch. Ist normal.« Sie zieht die Vorhänge zu. »Auch ich habe ein richtiges Leben im Falschen.«

»Das eine«, sie zeigt über den Flur ins andere Zimmer, »ermöglicht das andere.«

»Und was ist das andere?«

»Willst du etwas trinken?«

Sie geht in die Küche und holt zwei gekühlte Bierflaschen. Dann schiebt sie mich in das Plüschzimmer.

»Mir ist hier lieber. Das andere ist nur für mich.«

Wir ziehen uns aus, legen uns auf das Bett und bleiben Bier trinkend und rauchend nebeneinander liegen.

»Ich bin an der Uni, studiere.«

Ich bin mir nicht sicher, ob das nur eine Legende ist oder ob es wirklich stimmt. Ich entscheide mich dafür, dass es egal ist. Auch Legenden sind wirklich.

»Film- und Medienwissenschaft.«

»Warum kuckst du mich immer so an?«, rezitiere ich. »Ich kucke deine Füße an.«

»Und wieso?«, sagt sie.

Und dann gemeinsam: »Die gehen immer mit dir rum, ganz von selber.«

Wir lachen wie Kinder.

»Ich liebe diesen Film.«

»Ich auch.«

Wir klatschen uns gegenseitig in die Hände.

»Und warum machst du das?«, höre ich mich sagen und meine die Prostitution. Während ich es sage, kommt es mir schon wieder bescheuert vor. Mit einem moralischen Impetus. Sie scheint es zu merken.

»Wegen der Erfahrung, natürlich.« Wir lachen. »Wegen

der Kohle, Mann! Geld muss fließen. Leicht verdiente Kohle. Obwohl …«

»Was?«

»Manchmal auch schwer verdient. Neulich kam einer zu mir, der wollte, dass ich ihm in den Mund mache.«

»Was?«

»Der wollte dass ich … ich konnte nicht.«

»Das verstehe ich.«

»Nein, nein, ich hätte schon können, theoretisch, aber praktisch ging's nicht. Trotz der 500 Steine, die er mir anbot.«

»500? Das ist verrückt …«

»Ne, pervers.« Sie fängt an, über meinen Körper zu streicheln. Ich streichle sie ebenfalls. Mein Erregungspotenzial steigt. Irgendwann schlafen wir miteinander. Als sie auf mir sitzt, komme ich in ihr.

Mitten in der Nacht steht sie irgendwann auf und geht in das andere Zimmer. In ihr anderes Leben. Ich bleibe zurück, rieche ihren Geruch, der verführerisch nach Schweißrückständen, süßlichem Parfüm und Sex riecht, schlafe angstfrei mit einer erneuten Erektion ein und träume von Bergmanns Schweigen.

Als ich am Morgen aufwache, ist sie verschwunden. An der Uni, denke ich.

Ich dusche, lege ihr einen Schein auf den Nachttisch neben die Küchenrolle und einen anderen auf ihren Schreibtisch im anderen Zimmer. Einen für das richtige und einen für das falsche Leben. Dann verlasse ich die Wohnung.

# ICH

»Hài?«

Nicht stehen bleiben, nicht umdrehen, denke ich, als ich im Rücken meinen Namen höre, einfach weitergehen. In meiner derzeitigen Situation ist es besser, nicht auf fremde Stimmen zu reagieren. Ich zucke zusammen, drehe mich jedoch nicht um und gehe etwas langsamer weiter als zuvor. Gleichwohl scheint die Stimme in meinem Rücken zu merken, dass der Name bei mir Eindruck hinterlässt.

»Hài!« Das Fragezeichen ist verschwunden, die Stimme fordernder. Eine Hand berührt mich an meiner Schulter. Ich bleibe stehen, drehe mich um und blicke in das Gesicht einer Frau. Ich bin überrascht, auch konsterniert. Mechthild Gotthoff steht vor mir, die Frau von Professor Gotthoff und ehemalige Kriminalbeamtin der Berliner Mordkommission.

»Das ist jetzt aber kein Zufall, oder?« Sie lächelt eine Spur zu ausgestellt.

»Wie haben Sie mich gefunden?«

»Vielleicht haben Sie es ja schon vergessen, aber ich war jahrelang bei der Berliner Kriminalpolizei angestellt.«

Wie könnte ich das vergessen?!

»Mein Mann hat mir erzählt, dass Sie nach mir gefragt hätten.«

Es wundert mich, dass Professor Gotthoff mich nach seiner ablehnenden Reaktion überhaupt erwähnt hat. Womöglich wollte er mir zuvorkommen.

»Wie geht es Ihnen?« Ich frage es mehr aus Verlegenheit denn aus Interesse.

»Das sieht man doch, oder?«

Sie hat recht. Man sieht es. Sie sieht schlecht aus, verdammt schlecht. Sie ist fahl im Gesicht, scheint erheblich abgenommen zu haben und wirkt insgesamt zerbrechlich.

»Ihnen fehlt aber nicht der Polizeidienst, oder?« Ich versuche zu lachen.

»Mir fehlt alles.«

»Alles ist ein großes Wort.«

»In dessen Gegenwart man sich verschwindend klein vorkommt.«

Es ist noch schlimmer, als auf den ersten Blick geahnt. Sie scheint äußerlich völlig verändert. Erstaunlich eigentlich, dass ich sie sofort wiedererkannt habe.

»Es geht Ihnen hier in Wien nicht gut, stimmt's?«

»Es geht mir beschissen, Hài!«

Sie sieht aus, als wollte sie gleich weinen.

»Es war ein großer Fehler aus Berlin wegzugehen. Ich hätte nicht mit meinem Mann hierher nach Wien ziehen dürfen. Ich hätte den Polizeidienst nicht an den Nagel hängen sollen.«

Sie ist hier völlig kaltgestellt, denke ich, ihr fehlt der Job, ihre Freunde, ihr vorheriges Leben, alles. Ihre Gegenwart ist Stillstand.

»Aber lassen Sie uns lieber über Sie reden.«

Ihr Pragmatismus ist noch derselbe.

»Wie ist es Ihnen im Kloster ergangen? Sie haben sich doch nach unserem gemeinsamen Fall in Berlin ins Kloster abgesetzt?«

»Das interessiert Sie jetzt aber nicht wirklich, oder?«

»Doch.«

»Das Kloster ist eine andere Welt. Eine, in der ich mich scheinbar besser zurechtfinde. Im Kloster gibt es wenig, was einen ablenkt.« Sie sieht mich an, als verstünde sie nicht. »Von sich selbst.«

Sie lächelt.

»Oder davon, nicht ständig vom Leben aufs Glatteis geführt zu werden.«

Sie zeigt auf meine Schrammen im Gesicht und fragt: »Warum bleiben Sie dann nicht einfach dort?«

Ich könnte jetzt von meiner Mutter erzählen, von Pater Aurelius und all dem. Ich lasse es lieber und hebe die Schultern.

»Was machen Sie eigentlich hier in Wien?«

»Das wissen Sie doch schon längst.«

»Na ja, was weiß man schon.«

Das ist ein gutes Stichwort, denke ich und frage: »Hat Ihr Mann ein Verhältnis mit Linda Prohaska?« Sie scheint wenig verwundert über die Frage.

»Was glauben Sie?« Sie schaut mich herausfordernd an. Nichts ist mehr von ihrer vorherigen Weinerlichkeit übrig.

»Ja«, sage ich. »Und Sie?«

Sie muss nicht lange überlegen. »Auch.«

Es ist seltsam, aber obgleich ich Mechthild Gotthoff seit über einem Jahr nicht mehr gesehen habe, stellt sich sofort wieder diese vertraute Verbundenheit ein, als wäre die Zeit still gestanden. Ich mag sie, weniger als Frau, denn als Kollegin. Ihr scheint es ähnlich zu gehen. »Sie sehen gut aus.« Es ist eher die Frau als die Kollegin, die aus ihr spricht. Ich werde verlegen, was mich ärgert.

»Um mir das zu sagen, haben Sie mir aber nicht nachspioniert, oder?«

»Das Kloster scheint Ihnen tatsächlich gutgetan zu haben.«

»Ja. Und offenbar war es ein Fehler, mich hier in diesen kriminellen Sumpf zu begeben.« Ich tippe mir an die verkrusteten Wunden an der Stirn.

»Vielleicht. Aber jetzt stehen Sie mit beiden Beinen drin und kommen nur raus, wenn Sie ihn trockenlegen.« Ihre frühere Schlagfertigkeit ist zurück.

»Ich bin mir nicht sicher, ob mir das gelingen wird.«

»Ich aber!«

»Sie haben gut reden.«

»Ich weiß nicht, wie ich Ihnen helfen kann«, sagt sie. »Ich würde es aber gerne tun.«

»Okay, dann finden Sie heraus, was Ihr Mann weiß.«

»Mein Mann weiß nichts.« Es klingt völlig überzeugend. »Ich kann ihm eigentlich gar nicht übel nehmen, dass er sich von diesem jungen Ding den Kopf verdrehen ließ. Ja, ich weiß, moralisch ist das nicht ganz einwandfrei. Aber mit ihrem Verschwinden hat er sicher nichts zu tun.«

Sie sieht mich herausfordernd an, dass sich auch meine Bedenken in Luft auflösen. Sie greift nach meinem Arm und hält ihn fest. Es ist das zweite Mal binnen kurzer Zeit, dass sie mich berührt. Ich spüre ihre Finger auf meinem Unterarm, den zupackenden Griff. Würde sie jetzt sagen: ›Lass uns neu anfangen, Hài, nur wir beide, irgendwo meinetwegen am Ende der Welt!‹, dann würde ich Ja sagen.

»Was?«

»Nichts.«

»Hài, Sie müssen nach Rechnitz.« Sie sagt es mit einer Vehemenz in der Stimme, die keinen Widerspruch zulässt.

»Sie werden es vielleicht nicht glauben, aber ich war schon auf dem Weg dahin.«

»Und?«

»Ich kam nicht an. Jemand hatte etwas dagegen.« Ich zeige erneut auf meine Schrammen im Gesicht.

»Mist.« Sie lässt mich wieder los.

»Kann man so sagen.«

»Soll ich mitkommen?«

»Sie meinen, als Beschützerin?«

»Sehr witzig.«

»Ich fürchte mal, da können Sie mir auch nicht helfen.

Aber Sie haben recht. Ich fahre morgen erneut nach Rechnitz, dieses Mal mit dem Bus.«

Sie scheint in Gedanken, ihre Tasche zu packen.

»Allein.«

## DU

Du wachst auf. Entsetzliches Hämmern unter der Schädeldecke. Quietschen, zirpen, pochen. Kopfschmerzen. Unerträgliche Kopfschmerzen. Nicht auszuhaltende Kopfschmerzen.

Sei froh, solange dein Kopf schmerzt, bist du nicht tot.

Leider, denkst du, leider scheint das hier alles noch nicht zu Ende zu sein. Du wünschst dir das erste Mal, seit du hier gefangen bist, tot zu sein.

Wie lange bist du schon hier?, fragst du dich und weißt es nicht. Fünf Tage? 15 Tage? 50 Tage? Du hast das Gefühl für die Zeit verloren. Du hast das Gefühl für dich verloren. Du hast das Gefühl für alles verloren. Du lebst, ja, aber gleichzeitig kommt es dir so vor, als wärst du bereits tot. Nur das entsetzliche Kopfweh erinnert dich daran, dass du noch bist. Dass du atmest, denkst, empfindest. Überdruss! Du empfindest Überdruss. Verzweiflung. Hoffnungslosigkeit. Du wünscht dir, alles hinter dir zu lassen. Aufgeben. Einfach einschlafen und nicht mehr aufwachen.

Aus. Vorbei. Ende.

Ein albernes Wort mit vier Buchstaben: Ende. Wie Idee.

Idee!

Dir kommt eine Idee, wie aus dem Nichts, aus dem letzten zerzausten Zipfel deiner Überlebensareale. Plötzlich ist der Wille deinem totgeweihten Schicksal zu entkommen wieder zurück.

Du kratzt mit einer Glasscherbe der zerstörten Flasche an den Fugen der Backsteine entlang. Voller Eifer stürzt du dich in die Arbeit. Löst den Zement. Millimeter für Millimeter, Krümel für Krümel. Hoffnung keimt auf. Zuversicht macht sich breit. Eine ungeahnte Euphorie treibt dich an. Immer weiter, immer schneller. Bis die Finger bluten. Du schwitzt am ganzen Körper. Bist außer Atem und durchnässt bis auf die Haut. Ist erst einmal ein Stein locker, denkst du, und herausgebrochen aus der Wand, wird es leichter, die anderen ebenfalls zu lösen.

Und dann?

Dann!

Der Stein wackelt, löst sich, bricht heraus. Es entsteht ein Loch. Ein schwarzes Loch. Kein Licht ist dahinter.

Verdammte Scheiße!

Du willst es nicht glauben. Du kannst es nicht glauben. Das darf doch nicht wahr sein, denkst du. Plötzlich wird dir klar, dass hinter der zugemauerten Tür nicht die Freiheit wartet. Nicht die Erlösung. Hinter dem Loch ist eine weitere Höhle. Ein dunkles Gefängnis. Die Fortsetzung der Qual.

Du bist enttäuscht, entmutigt. Du würdest weinen, wenn du die Kraft dazu hättest.

Du sitzt zusammengekauert an der Wand, erschöpft, deprimiert, völlig ermattet und verschwitzt. Du willst sterben. Nur noch sterben.

Allein, du stirbst nicht.

Vergiss es! Du stirbst noch lange nicht.

# 8. KAPITEL

»Ich habe geglaubt, du hättest recht.
Ich habe versucht, wie du zu sein.
Ich habe dich bewundert.«

*Das Schweigen, Ingmar Bergmann*

# ES

Es ist Juli 1970. Nach einem langen Winter ist endlich wieder Sommer.

Das österreichische Bundesministerium des Innern und der Volksbund deutscher Kriegsgräberfürsorge starten einen erneute Ausgrabungsversuch in Rechnitz.

Die Atmosphäre ist angespannt. Es gibt nicht viele vor Ort, die die Ausgrabungen begrüßen. Die meisten Rechnitzer glauben, dass damit nur wieder alter Staub aufgewirbelt, alte Wunden aufgerissen werden würde. Die Ausgrabungsteams werden angefeindet. Die Presse liefert den populistischen Begleitschutz dazu.

Das Massengrab findet man nicht. Die Häme ist auf der einen Seite groß. Die Enttäuschung auf der anderen ebenso. Dafür findet der Ausgrabungsleiter an der Windschutzscheibe seines Autos am Morgen einen Zettel. Darauf steht: ›Wenn du nicht aufhörst, dann liegst du dort, wo die anderen auch liegen.‹

Die Ausgrabungen werden daraufhin abgebrochen. Und erst im Jahre 1990 wiederaufgenommen. Das Institut für Ur- und Frühgeschichte der Universität wird mit weiteren Ausgrabungen beauftragt. Blut- und Leichenspürhunde werden eingesetzt, die die Eiweißabbauprodukte bei den Verwesungsprozessen der Leichen anzeigen sollen.

Vergeblich. Von den Toten keine Spur.

# ICH

Was für eine schöne, üppige Landschaft bei wolkenlosem strahlendem Sonnenschein. Farbig, bunt wie die Farbpalette eines Malers, der mit selbiger ab und an zu dick aufgetragen hat. Der Bus schlängelt sich von Wien, zuerst auf der Schnellstraße 31, dann auf der Burgenlandstraße durchs Burgenland, ins fast 150 Kilometer südlich gelegene Rechnitz. Nachdem ich in Wien erneut ein erstklassiges Ablenkungsmanöver mit Tram, Taxi und zahlreichen Finten veranstaltete, um mögliche Verfolger abzuschütteln, steige ich fast drei Stunden später am Hauptplatz von Rechnitz aus. Die Gemeinde ist überschaubar und hat etwas mehr als 3.000 Einwohner. Ich mache mich zu Fuß auf den Weg durch den Ort und werde auch hier mit dem tobenden österreichischen Wahlkampf konfrontiert. Mir scheint, die Plakate der AFÖ sind hier noch präsenter und zahlreicher als in Wien. Ohne Noras Verschönerungen, ohne Bärtchen und strenge Scheitel. Dafür mit Visagen, die noch Furcht einflößender daherkommen. Ich frage mit einem Foto von Linda in der Hand wahllos Passanten, ob sie diese Frau hier schon einmal gesehen hätten. Alle verneinen. Die meisten werfen nur einen flüchtigen Blick auf das Bild und eilen mit schnellen Schritten davon. Mir scheint, ich könnte ihnen auch eine Fotografie von sich selbst zeigen und sie würden daraufhin den Kopf schütteln. Ich frage nach dem Schloss und werde argwöhnisch beäugt. Fidschis scheint es hier nicht so häufig zu geben. Das Schloss, der prächtige Barockbau mit seinen fast 400 Zimmern, steht nicht mehr. Es wurde bei den Kampfhandlungen am Ende des Zweiten Weltkriegs zerstört, von den Rechnitzer geplündert und hernach abgetragen. An seiner Stelle ist ein schön angelegter Schlosspark mit Springbrunnen, gepflegtem Rasen und Kriegerdenkmal zu sehen. Als ich die Bahnhofsstraße entlang gehe, begegnet mir ein Hund, eine hässliche Promenadenmischung, der mir von da an folgt. Ich kreuze die Batthyanystraße. Margit von Batthyány, die Gräfin, die Schlossbesitzerin. Noch heute – nach all dem, was damals passiert ist – ist eine Straße nach ihr benannt. Nach vielleicht 500 Metern stoße ich linker Hand am Ortsrand auf den Kreuzstadl, eine imposante historische Scheunenruine, kreuzförmig angelegt. Heute ein Mahnmal für die ermordeten Juden, eine Gedenkstätte mit Open Air Museum. Auf einer Tafel lese ich: ›Nur das Erinnerte, nicht das Vergessene, lässt uns lernen. Wir alle gestalten Geschichte, die Geschichte formt uns. Suchen wir Antwort auf Geschehenes, tragen wir Verantwortung für die Zukunft.‹

Wie lauten die Antworten auf längst vergessene, vielmehr verschwiegene Fragen? Wie lauten Fragen überhaupt, die nur schwer zu beantworten sind? Wo ist Linda? – zum Beispiel. Was kann ich von meinem Besuch in Rechnitz erwarten? Ich fürchte nichts. Gar nichts. Es ist ein undurchschaubarer Heuhaufen. Ob sich die Stecknadel überhaupt darin befindet, scheint fraglich. Der Hund geht weiter neben mir her.

Nicht weit vom Kreuzstadl entfernt befindet sich ein Waldstück, die Remise. Zwischen dem Kreuzstadl und der Remise sollen die ermordeten Juden 1945 angeblich verscharrt worden sein. Als ich den Kreuzstadl verlasse und mich wieder Richtung Ortskern aufmache, scheint der Hund verschwunden. Ich bleibe stehen, drehe mich einmal um mich selbst in der Hoffnung, ihn zu erspähen. Und tatsächlich, auf einem Parkplatz schräg gegenüber der Gedenkstätte pisst er gerade an ein Auto. Es ist ein Auto mit Wiener Kennzeichen. Die Karosserie ist zerkratzt. Hässliche Spuren verunstalten das Blech. Ich rufe Nora an und frage nach dem Wagen von Linda. Die Farbe stimmt, die Marke scheint ihr nicht geläufig. »Was Kleines«, sagt sie. »Schiebedach, vier Räder, Lenkrad …«

»Haha.«

»Warum willst du das wissen?«

»Danke.«

»Wo bist du?«

Ich lege auf und knöpfe mir den Wagen vor. Der Hund schaut mir gelangweilt zu. Das Auto ist seltsamerweise nicht abgeschlossen. Sogar der Schlüssel steckt. Es muss Lindas Wagen sein. Hier muss sie überrascht und wahrscheinlich überwältigt worden sein. Ich sehe auf dem Rücksitz nach, im Handschuhfach, unter der Sonnensichtblende. Nichts. Ich steige aus und inspiziere den Kofferraum. Überraschung! Im Kofferraum liegen Hammer, Meisel, Brecheisen und Handschuhe in einer Stofftasche. Noch einmal stelle ich den Innenraum des Wagens auf den Kopf und finde tatsächlich unter der Gummimatte vor dem Beifahrersitz einen karierten Zettel. Es ist ein mit Hand gezeichneter Plan, auf dem das Rechnitzer Schloss eingezeichnet ist, der Kreuzstadl, die Remise. Und Straßen. Die Weinbergstraße, der Tieferweg. Die Straße zum Weingebirge. An deren Ende ist, kurz vor der ungarischen Grenze, ein schwarzes Kreuz zu sehen. Der Plan muss von Linda sein, das Kreuz stammt womöglich von Frau Faschinger. Das scheint die Stelle zu sein, die Linda gesucht hat. Auf meinem Handy rufe ich übers Internet Google Earth auf und gebe Rechnitz ein. Auf dem Display ist das Dorf von oben zu sehen. Ich lege den Plan von Linda und mein Smartphone nebeneinander auf den Beifahrersitz, starte den Wagen und folge dem eingezeichneten Weg auf der Karte. Der Hund ist verschwunden.

# NO

Es pfeift komisch. Als er mich anruft und nach dem Wagen von Linda fragt, schwirrt es in der Leitung. Es ist ein helles Summen. Zuerst denke ich, dass es an der Telefonverbindung liegt. NSA, BVT, Terrorismusbekämpfung, Abhörparanoia, Telefonüberwachung und der ganze Scheiß. Bis mir auffällt, dass das Geräusch aus der Umgebung, von wo aus Hài telefoniert, stammen muss. Dann fällt mir ein, wo ich das Geräusch schon einmal gehört habe. In Rechnitz! Es ist das Geräusch der Kartbahn. Es sind diese kleinen Flitzer, die mit ihren Reifen ein Surren in die Luft schreiben.

Hài ist in Rechnitz. Ich spüre es. Ich weiß es.

*Siebter Sinn, was?* Die Stimmen in meinem Kopf melden sich zurück. Klar.

Siebter, achter, neunter, hundertmillionentausendster! Scheiß egal! Ich hab das im Gefühl, Mann!

*Du und deine Gefühle!*

Er will es am Telefon nicht bestätigen, gibt sich zurückhaltend, geheimnisvoll. Arsch!

»Wo bist du?«

»Ist doch egal.«

Er ist in Rechnitz. Er will von mir wissen, wie Lindas Auto aussieht. Ist doch komisch, oder?

*Du bist vielleicht komisch. Sonst nichts.*

Ich habe es ihm beschrieben und er hat sich bedankt, wie man sich für ein Geburtstagsgeschenk bedankt, das man gleich auspackt. Er hat es gefunden. Ich bin mir sicher, dass er das Auto von Linda gefunden hat. In Rechnitz!

Hài lässt nicht locker. Das gefällt mir. Er ist hartnäckig.

Er gibt nicht auf. Dennoch habe ich das Gefühl, dass das nicht gut gehen wird.

*Du und deine Gefühle!*

Ihr wiederholt euch!

*Du auch.*

Ich spüre, dass er Unterstützung braucht, Hilfe. Verdammt, ich hätte ihn begleiten müssen.

*Hätte, könnte, sollte. Der Konjunktiv ist dein Komplize, was?!*

Linda ist seit über zwei Wochen spurlos verschwunden.

*Wenn du nur einen Funken Verantwortungsgefühl in dir hättest, wärst du längst bei diesem Fidschi.*

Wenn ihr endlich mal die Fresse halten würdet, würde es mir viel besser gehen.

*Nimm deine Tabletten, dann geht es dir gut.*

Ja, klar, das musste jetzt ja kommen. Kam schon lange nicht mehr. Ich habe es schon vermisst. Nur nicht aufbegehren, was? Nur nicht widersprechen, so sein, wie es von einem erwartet wird, hä? Und sein Ich gibt man am besten gleich an der Garderobe ab –

*Welches Ich?*

Der war gut. Hilft aber auch nicht weiter. Die ganze Quatscherei bringt doch nichts.

*Ja, dann tu halt etwas.*

Ja, aber was?

*Lass dir was einfallen.*

# DU

Du bist dir sicher. Zu sicher. Du ahnst nicht, dass dir jemand folgt. Du vermagst die Zeichen nicht zu deuten. Das zerkratzte Auto. Die Mahnungen von Stefan. Die Drohung deines Bruders. Die anonymen Briefe mit den Rasierklingen. Die Angst von Frau Faschinger.

Du bist naiv, leichtsinnig und vor allem völlig von dir selbst überzeugt. Kein Hauch von Zweifel lässt du zu. Dieser Übermut grenzt schon an Dummheit, gepaart mit Arroganz. Mit dem von Hand auf einem Din-A5-Zettel gezeichneten Plan, auf dem Frau Faschinger den Fundort angezeigt hat, brichst du auf. Du glaubst, den letzten noch fehlenden Mosaikstein im jahrzehntelangen Rechnitz-Rätsel hinzuzufügen, damit das Geheimnis der verschwundenen Juden endlich aufgeklärt wird. Und du triumphieren kannst.

Du stellst dir diesen Triumph, diese Genugtuung in deinem gebrauchten Kleinwagen vor, malst dir in den schillernsten Farben aus, wie es sein wird: Die akademische Ehre, der Blumenstrauß und die Lobesworte des Institutsleiters der Universität. Der Empfang beim Minister, das Kabinett, das mit stehendem Applaus deinen Erfolg honoriert. Die Audienz bei der österreichischen Nobelpreisträgerin, die dich mit verschwurbelten Worten beglückwünscht zu dem, was andere bisher nicht geschafft haben, und ankündigt, über deine Recherche und Erkenntnisse ein neues Theaterstück schreiben zu wollen. Der Dank der Gedenkinitiative im Burgenland und die Ehrenmitgliedschaft auf Lebenszeit. Die Ehrung des Simon Wiesenthal Centers von Los Angeles, stellvertretend für alle noch aufzuklärenden Verbrechen, die im Angesicht von Rassismus, Antisemitismus und Völkermord begangen wurden. Erleichterung aller Juden weltweit. Die Anerkennung und Huldigung der internationalen Presse von FAZ bis Time magazine. Und nicht zuletzt: Die Verwunderung deiner Familie. Dein Vater, der um Worte ringt – Linda, wir wussten ja gar nicht, dass du, wie soll ich sagen, wir sind erstaunt und erfreut, ja … – Die Mutter, mit Tränen in den Augen, da ihr schlagartig ihre jahrzehntelange Benachteiligung und Geringschätzung dir gegenüber auffällt. Nora, die einsehen muss, dass du gar nicht die bist, für die sie dich immer gehalten hat. Ich bin mehr, denkst du, viel mehr, liebe Nora. Und Konstantin! – beschämt, deklassiert und an die Wand gestellt. Ja, von dir an die Wand gestellt, und für seinen jahrelangen Liebesentzug endlich bestraft. Er ist familiär, beruflich und politisch am Ende. Konstantin, der Stolz der ganzen Familie, der würdige Familienerbe, auf den von Kindesbeinen an alle familiären Erwartungen lasten wie auf Jesus Christus das Kreuz, der schon als Baby in die Fußstapfen seines autoritären Vaters zu treten genötigt wird und der, von der Mutter immer als etwas Besseres, Besonderes betrachtet und behandelt wird, sodass in seinem Kopf sich nur die linke Gehirnhälfte entwickeln konnte. Sein ganzer Schädel besteht nur aus einer linken Gehirnhälfte. Dieser übermächtige Konstantin hat ausgespielt. Seine Stärke, sein Selbstbewusstsein, seine Überheblichkeit, die er bis zuletzt perfektioniert hat, sind am Arsch.

Die Sonne scheint. Du lachst. Im Autoradio singt Madonna. ›Die Another Day‹. Du summst mit, fühlst dich erhaben, unangreifbar wie, ja, wie James Bond eigentlich. Du fühlst dich gut und lächelst. Auch ein wenig über dich selbst.

Dein Mobiltelefon klingelt. Es ist Stefan. Du denkst, der kann mich mal, und gehst nicht ran. Du schaltest es aus und wirfst es ins Handschuhfach. Fehler!, Linda, das ist wieder eine deiner vielen Fehler. Hättest du das Handy angelassen, wäre deine Lage nicht ganz so aussichtslos, wärst du unter Umständen zu orten gewesen. Scheiße, was?!

Du passierst das Ortsschild von Rechnitz, bist aufgeregt, hast schwitzige Hände und einen trockenen Mund, weil du glaubst, dass du dem Ziel ganz nahe bist, so nahe wie noch nie.

Als du deinen Wagen auf einem Parkplatz schräg gegenüber vom Kreuzstadl abstellst, wunderst du dich, dass neben dir ein schwarzer Jeep anhält, aus dem drei Männer steigen. Du wunderst dich, ja, ahnst aber noch immer nichts. Ist das nur Naivität oder die schon vermutete Dummheit und Arroganz?

Noch ehe du den Zettel unter der Fußmatte auf der Beifahrerseite hervorholen kannst, wird die Fahrertür aufgerissen. Eine Hand packt dich am Hals, eine weitere an den Haaren. Beide zerren dich aus dem Wagen. Du schreist. Es ist kein richtiges Schreien, eher ein verunsichertes Jaulen. Sie schleifen dich zum Jeep, werfen dich an der geöffneten Tür vorbei auf die Rückbank. Du erkennst Gesichter, Augen, Nasen, Münder. Welche, die du noch nie zuvor gesehen hast. Langsam begreifst du, was gespielt wird. Nein, Linda, für ein Spiel ist es zu ernst. Viel zu ernst. Du realisierst schlagartig, was gerade vor sich geht. Du schreist erneut, jetzt ist es ein richtiges verzweifeltes nach Hilfe rufendes Schreien. Der Wagen startet. Eine Hand schlägt dir ins Gesicht. Fest, brutal, schmerzhaft. Du schmeckst Blut im Mund. Und noch einmal. Deine Optik verschiebt sich. Deine Augen füllen sich mit Tränen. Bruchstückhafte Bildschnipsel, kaleidoskopartiger Blick. Eine Hand. Ein Lappen. Die Hand mit dem Lappen vor deinem Gesicht. Ein ätzender Geruch. Dann deckt der Lappen dich zu. Es wird dunkel. Es ist schwarz. Dir wird schwindlig, du fliegst, du verlierst das Bewusstsein.

Du bist weg.

# ICH

Die Weinbergstraße ist nicht weit vom Kreuzstadl entfernt. Ich biege von da in den Tieferweg ein, dann in die Straße Weingebirge. Die Bebauung lichtet sich, es sind kaum mehr Häuser zu sehen, nur noch Weinberge und Wald. Ich fahre immer weiter, bis die Straße endet. Sackgasse. Scheiße! Das schwarze Kreuz befindet sich auf Lindas Plan nur wenige Zentimeter von meinem jetzigen Standort entfernt. Hier muss irgendwo in der Nähe die ungarische Grenze sein. Ich parke den Wagen am Wegrand und steige aus. Ich stecke mein Smartphone ein und mache mich mit dem Stoffbeutel aus dem Kofferraum weiter zu Fuß auf die Suche. Es ist heiß, ich schwitze. Schweiß rinnt von der Stirn, brennt in meinen Augen. Auf meinem Hemd sind große Flecken unter den Acheln zu erkennen.

Zwei Abbiegungen weiter und ich bin bereits im Wald. Vor mir taucht eine Ziegelmauer auf, teilweise von Sträuchern überwuchert. Halleluja! Da ist es! Das muss es sein. Das Kreuz auf dem Plan und die Stelle im Wald scheinen identisch. Eine verrammelte Holztür lugt hinter den Sträuchern bruchstückhaft hervor, erstaunlicherweise gut mit dicken Eisenbeschlägen und Schlössern gesichert. Das ist der Eingang zu einem alten Weinkeller. Ich hole das Brecheisen aus dem Beutel und mache mich an der Tür zu schaffen. Noch ehe ich die Erleichterung oder gar die Freude über den Fundort genießen kann, spüre ich einen Schlag am Hinterkopf. Einen brutalen Schmerz. Wie vom Blitz getroffen, falle ich zu Boden, verliere das Bewusstsein.

Alles ist schwarz.

Blackout.

# DU

Du bist so schwach, dass du dich nicht mehr auf den Beinen halten kannst. Dein ganzer Körper zittert vor Erschöpfung. Du liegst an die Mauer gelehnt am Boden. Dir ist kalt. Du frierst. Deine Finger tasten über die raue Wand. Du spürst Unebenheiten, Holpriges, Risse. Hügel, Krater, eine Schlucht. Abgründe. Darin Muster, Maserungen, Spuren. Die auf deinen Fingerkuppen Zeichnungen hinterlassen. Eine Nase, ein Mund, ein Gesicht. Es ist Nora. Und noch eins. Konstantin. Daneben deine Eltern. Und du. Das seid ihr, die ganze Familie im Sommerurlaub in den Bergen. In den Alpen. Tirol. Zillertal, Kaisergebirge, Kitzbühel. Du bist acht, Nora ist vier. Konstantin ist in der Pubertät.

Ihr seid am Schwarzsee. Baden, wandern, Spaß haben. Konstantin soll auf dich aufpassen, du auf Nora. Die Eltern spielen ganz in der Nähe Federball im Gras. Du hörst den Ball, wie er gegen die bespannten Schläger prallt und dann durch die Luft saust. Bum. Psss. Bum. Psss.

Du hörst die Vögel, das Wasser, ein paar schnatternde Enten. Das Plantschen von Nora am Ufer. Sie spielt mit ihrer Plastikpuppe. Sie hat sie ausgezogen und wäscht sie.

Du liegst nicht weit entfernt neben Konstantin im Schatten von ein paar Birken auf der Erde. Die Sonne scheint. Dein Badeanzug trocket in seltsamen Mustern. Etwas Schweiß mischt sich mit dem Wasser. In deinem Kopf pocht es, im Takt mit Konstantins Uhr. Du hörst es zuerst noch leise und entfernt ticken. Dann wie es näher kommt, lauter wird. Ganz nahe ist. Es tickt auf deinem Fuß, das Bein entlang, am Schenkel, auf dem Bauch. Es tickt auf der Brust, den beiden kleinen Höckern. Dein Herz schlägt im Gleichklang mit dem Ticken. Das Ticken wird zum Reiben, zum Streicheln, Zum-Gänsehaut-Kriegen. Seine Hand nimmt deine Hand und legt sie ihm in den Schoß. Du spürst durch den Stoff seiner Badehose hindurch seinen Penis. Zuerst noch klein und weich, dann immer größer werdend. Die Badehose rutscht zur Seite. Deine Hand ist auf seiner Haut, auf seinem Penis, neben seiner Hand, die deiner zeigt, wie es geht. Vor und zurück. Du reibst, während er mit seinen Fingern über deine Höcker streicht. So lange, bis aus Konstantins Mund ein dumpfer Laut dringt. Deine Finger sind sämig. Du wischt die Hand im Gras ab und blickst auf. Siehst nichts. Das Ufer ist leer. Nora ist verschwunden. Auch die Puppe ist weg. Nur die Kleider liegen verlassen im Sand.

NORA?, schreist du und springst vom Boden auf, NORA!, rennst die paar Schritte zum Ufer.

NORA!

Der Federball fliegt nicht mehr durch die Luft. Auch die Eltern kommen angerannt.

Wo ist sie?, fragt dein Vater.

Du weißt es nicht. Schüttelst den Kopf, hebst die Schultern, weinst.

Da!, schreit deine Mutter. Da, im Wasser! Sie zeigt auf einen kleinen, dunklen Punkt an der Wasseroberfläche, keine 20 Meter vom Ufer entfernt.

Der Vater stürzt in den See, schwimmt, krault, taucht und zieht die untergehende Nora hoch, raus aus dem Wasser. Sie liegt leblos am Ufer, im Sand, sieht aus wie tot. Der Vater beatmet sie. Er drückt auf ihren Brustkorb ein, so lange, bis sie hustet, spuckt und wieder atmet. Sie atmet. Sie lebt.

Du bist schuld, sagt die Mutter Tränen überströmt. Linda, was habe ich dir gesagt?!

Ja, denkst du, ich bin schuld. Sie hat gesagt, ich solle aufpassen auf die kleine Schwester. Sie nicht aus den Augen lassen. Mit ihr spielen. Ich bin schuld, denkst du. An allem bin immer ich schuld.

Und Konstantin? Wo ist Konstantin?

KONSTANTIN!

Du schlägst den Kopf gegen die Gesichter, die Bilder. Gegen die Wand, die Mauer. Immer wieder. Deine Stirn platzt auf. Blut rinnt dir übers Gesicht. Es ist warm und schmeckt nach Vergangenheit.

# DU

Es brennt! Verdammte Scheiße, es brennt hier, denkst du. Du siehst es. Überall sind Flammen. Ringsum, an der Wand, alles voller Flammen. Ein heller Widerschein. Funken. Feuerschwerter. An denen Menschen hängen, die gegen den Brand kämpfen. Menschen mit Feuerschwertern gegen Feuer und Flammenmeer.

Du traust deinen Augen nicht, du traust dir selbst nicht. Du kannst nur noch schauen und nicht begreifen. Dich nicht begreifen. Und das Feuer nicht. Überall Feuer.

Im Feuer züngeln Flammen und werden zu Gesichtern. 180 Gesichter mit aufgerissenen Mündern und verbrannten Leibern.

Und Nora. Und Konstantin. Das ist doch Nora?, denkst du. Das ist doch Konstantin? Inmitten des Flammenmeers. Was macht ihr denn in den Flammen? Es knistert, flüstert: Wir verbrennen, wir verbrennen für dich, Linda!

Du hörst es, siehst es, vor dir die verbrennende Schwester inmitten der Flammen und dein Bruder umgeben von Loderndem. Und du.

Ich verbrenne, schreist du. Es brennt in mir! Das bin doch ich, Linda. Das bist doch du, Linda.

Wo ist Nora? Wo ist Konstantin? Verbrannt? Im Flammenmeer verbrannt. Und ich konnte sie nicht retten. Nur mich. Nur mich konnte ich, konnte mich – das bin doch ich, Linda. Konnte mich aushalten, nur mich aushalten, nur ich. Sonst nichts, niemanden. Nicht einmal das Flammenmeer. Das über dich hinwegfegt, dich einkreist, umzingelt.

Ich muss hier raus, denkst du, verdammt noch mal, ich muss hier weg, fliehen, entkommen, weg, nur weg –

Hilfe, schreist du, Hilfe, wer rettet mich?! Bitte, wer –

Du rennst gegen die Flammen an, an die Wand, mit dem Kopf gegen die Wand – immer mit dem Kopf gegen die Wand, ein Leben lang – fällst zu Boden, bleibst liegen. Während das Feuer in deinem Kopf weiterbrennt, die Flammen, es knistert: Es bleibt nur Asche, nichts als Asche, von dir, Asche, in die dein Name geschrieben ist, deine Schuld und verweht wird, für immer verweht –

# DU

Du stirbst. Du willst es nicht glauben, aber es ist wahr. Du merkst, dass es zu Ende geht.

Du atmest noch, ja – ein, aus, ein, aus.

Jeder Atemzug fällt dir schwerer.

Ein, aus –

Dir wird warm. Heiß. Du ziehst dich aus. Das T-Shirt, die Hose, die Unterhose, die Socken. Du bist jetzt ganz nackt und schwitzt am ganzen Körper.

Dein Herz rast, immer schneller – dann setzt es aus.

Jetzt bist du tot.

Tot.

## ICH

Ich reiße die Augen auf, dennoch bleibt alles dunkel. Schwarz. Als würden mir meine Augen nicht mehr trauen. Als hätten sich meine Sinnesorgane von mir abgewendet, nach dem Motto: Der Sack ist es nicht wert, dass er uns benutzt. Mein Kopf schmerzt. Ich fühle mich benommen, schummrig, kraftlos. Seltsamerweise weiß ich sofort, wo ich bin. Es stinkt, es ist kalt. Ich kann die eigene Hand vor dem Gesicht nicht mehr erkennen. Ich muss erst gar nicht nachdenken, da wird mir klar, was das zu bedeuten hat. Ich bin da angekommen, wo ich kurioserweise hinwollte. Die Suche hat ein Ende. Der Fall scheint erledigt. Der Auftrag ist erfüllt.

»Linda?«

Ich taste mit beiden Händen auf dem Boden entlang. Scherben, Dreck, Kot, Kleider. Ich verharre. Erschrecke. Ich ertaste einen Fuß, ein Bein, einen Körper. Nackt. Ich weiß, dass es Linda ist. Die tote Linda. Gleichzeitig wird mir klar, dass ihr Schicksal eng mit meinem eigenen verknüpft ist. Ihres ist auch meines. Meines ist ihres. Erstaunlicherweise versetzt mich das nicht in Panik. Bewirkt eher das Gegenteil. Ich werde ganz ruhig. Ganz klar. Ganz konzentriert. Ich sitze auf dem Boden und erlebe Momente wie in Stein gehauen. Ein Blick durch ungetrübtes Wasser auf den Meeresgrund. Ich analysiere erschreckend nüchtern meine Situation. Ich werde zum Buchhalter meines eigenen Schicksals. Unterm Strich: Das ist also jetzt dein Ende, denke ich. Hier in diesem dunklen, stinkenden und eingemauerten Drecksloch endet dein Leben. Das scheint schon wieder lachhaft zu sein und bezeichnend für meine eigene mickrige Existenz. Ich muss lachen, bis mir die Tränen kommen. Über die Situation, über mich selbst. Oder sind das schon die ersten Anzeichen von Wahnsinn, die mich hinterrücks überfallen? Ich versuche mich auf das, was vorgefallen ist, zu konzentrieren: Rechnitz, Lindas Auto, der Zettel mit dem eingezeichneten schwarzen Kreuz, der verschlossene Weinkeller. Ich versuche ihn aufzubrechen, höre ein Geräusch im Rücken. Dann spüre ich einen Schlag von hinten auf den Kopf. Ich taumle, falle. Dunkelheit.

Bis jetzt. Womöglich für immer. Hier findet dich niemand, denke ich, hier ist das Ende der Welt, der letzte Zipfel des Lebens. Aus. Vorbei. Ende. Ich denke über den Tod nach wie über eine Rechenaufgabe. Zwei plus zwei ergibt vier. Wer fünf behauptet, irrt. Oder macht sich was vor. Oder will sich selbst austricksen. Der Tod ist vier. Ist unmittelbar hinter dem Gleichzeichen. Die unabänderliche Summe. Die festgesetzte Größe. Das schlussendliche Ergebnis. Ich fürchte mich nicht. Nur dieser klamme Kellergeruch und der Kotgestank scheinen nicht die passenden Ingredienzien für die letzten Augenblicke zu sein. Oder vielleicht doch? Womöglich ist es genau der angemessene Umstand, um den Zustand zu erreichen, der einem nicht erspart bleiben wird. Spätestens jetzt wäre es an der Zeit, einen letzten Schwur zu leisten. Mit erhobenen Fingern und feierlicher Stimme müsste ich in die rohe Dunkelheit hineinschwören: Wenn ich hier lebend herauskomme, ändere ich mein Leben. Baue ein Haus, heirate eine Frau, zeuge ein Kind, pflanze einen Baum und gehe einem anständigen Beruf nach. Mitnichten. Wenn ich hier lebend herauskomme, werde ich genauso weitermachen wie bisher. Ich werde nichts ändern, gar nichts, weil ich nichts ändern kann. Ich werde zurückkehren ins Kloster. Ich werde weiterhin an meiner Unzulänglichkeit und meinem Suchtverhalten leiden. Ich werde noch immer wie ferngesteuert jedem Rock hinterherschauen und in schwachen Momenten Drogen zu mir nehmen. Ich werde mit meiner Mutter nach wie vor Probleme haben. Auch mit mir selbst. Vor allem mit mir selbst. Daran ändert auch der Tod nichts. Oder besser, noch einmal davongekommen zu sein. Wie es aussieht, sind diese Gedankenspiele ohnehin obsolet, da ich in nicht allzu langer Zeit, ich schätze mal in ein, zwei Tagen, das Resultat der Gleichung sein werde. Soll heißen: tot.

Ich durchwühle meine Taschen und finde nichts außer einer Zigarettenschachtel mit nur mehr einer Kippe darin, als wäre es ein apokalyptisches Zeichen. Und ein Feuerzeug. Kein Handy. In diesem Drecksloch gäbe es ohnehin keinen Empfang. Ich lasse das Feuerzeug aufflammen und sehe, was ich schon ertastet habe.

»Linda!«

Linda liegt zusammengekrümmt, nackt und tot wie ein Wurm in einer Ecke des zugemauerten Kellers. Ich stecke mir die Zigarette an, rauche. Jeder Zug vergegenwärtigt mein zu Ende gehendes Leben. Es überkommt mich eine Mischung aus Wehmut, Erleichterung und Trotz. Als die Zigarette abgebrannt ist, setze ich mich mit dem Rücken zur Wand. Bevor ich vor Schwäche und Erschöpfung einschlafe, fällt es mir ein: Der Geruch! Der Geruch von der Frau im

Bunker der Villa in Währing. Es war derselbe Geruch wie der von Greta, mit der ich eine kurze, aber heftige Liaison in Berlin hatte. Natürlich war das nicht Greta, dafür war die Frau zu alt – scheiße! Das kann nicht sein! Doch, es war die Alte aus dem Zug nach Wien. Die mit den blondierten Haaren. Als ich mir die Szene im Bordrestaurant nochmals versuche zu vergegenwärtigen, schlafe ich ein.

Ich träume von Linda, Nora und von den toten Juden. Als im Traum zuletzt auch noch meine Mutter auftaucht, die eine Maske mit dem Konterfei von Margit von Batthyány trägt, wache ich durch ein Geräusch in meinem Rücken wieder auf. Ich höre ein Kratzen, ein Schaben, ein Klopfen. Es kommt von jenseits der Mauer. Ich bin zu entkräftet für euphorische Gefühle.

»Hallo?«

»Hài?« Eine Frauenstimme, schwach, zaghaft mit einem mir bekannten Klang.

»Mechthild?«

»Bist du da?«

»Ja.«

Ich weine lautlos.

## ICH

Alles ist weiß. Wie durch einen Schleier betrachtet wirken die letzten zehn Stunden auf mich.

Am Fenster, hinter dem grelles Sonnenlicht mit ständig wiederkehrendem Neuanfang lockt, versucht eine Fliege dem

Monochromen des Krankenzimmers zu entkommen. Sie donnert unentwegt gegen das Glas. Sie weiß nicht, dass sie einfach nur warten muss, geduldig sein, bis jemand kommt, um ihr das Fenster zu öffnen.

Wenn ich die Augen schließe, ist ihr Summen in meinem Kopf. Und noch mehr.

Die Ärzte sagen, ich hätte eine Gehirnerschütterung. Es ist viel mehr erschüttert als nur das Gehirn. Wenn ich die Augen schließe, stehe ich Kopf. Die Welt sieht verkehrt herum aus. Sie ist nicht wiederzuerkennen. Eine Welt aus der Zeit gefallen.

Schwester Pia – ich bin erleichtert, sie gesund und munter zu sehen – empfiehlt mir, als alle Ärzte und Schwestern nach der Visite das Krankenzimmer bereits verlassen haben, einen Psychologen aufzusuchen.

»Was ist mit Ihren Fischen?« Ihr Gesichtsausdruck verändert sich. Trauer verjagt das Lächeln.

»Vergiftet«, sagt sie, als wäre mit den Fischen auch ein Teil von ihr gestorben.

Alle zwölf Apostel auf einmal, denke ich. Und der da oben hat es zugelassen. Sie sieht aus, als könnte sie meine Gedanken an den Augen ablesen und als bräuchte sie viel dringender einen Psychologen als ich.

»Das tut mir leid.«

Sie nickt, während die Trauer wieder weicht. »Ich habe schon wieder neue.«

»Und Jesus?«

Sie zeigt mit der Hand zur Decke. »Ist noch immer der Alte.«

Sie verschwindet und ich höre mich denken. Ich denke immer dasselbe. Ist es Glück, vom Pech verschont zu werden? Oder ist es Pech, nicht immer glücklich zu sein? Ich beobachte die Fliege, die nach wie vor versucht, durch das geschlossene Fenster zu entkommen. Linda muss ähnlich gegen die unüberwindbare Wand gekämpft haben. Ich könnte aufstehen und der Fliege das Fenster öffnen. Sie könnte sich hinlegen und mich denken. Ich könnte versuchen zu entkommen. Sie könnte versuchen zu bleiben. Wir könnten uns bemühen.

Ich habe Zahnschmerzen. Ich bin froh, bald wieder im Kloster zu sein.

## ICH

Es klopft. Ich stelle mich schlafend. Die Tür geht auf und jemand betritt das Zimmer.

»Ich weiß, dass Sie wach sind.«

Es ist Mechthild Gotthoff, die mich durchschaut. Ich öffne die Augen. Sie sieht besser aus, als ich sie in Erinnerung habe. Elegant gekleidet, braun gebrannt. Wo hat sie auf die Schnelle diese Bräune her? Kein Vergleich zu unserem letzten Treffen. Unter dem Arm hält sie einen Stapel Zeitungen.

»Wie geht's?«

»Beschissen.«

Sie ignoriert meine Antwort und lächelt.

»Konstantin Prohaska, den Bruder von Linda, haben sie verhaftet.« Sie wirft die Kronenzeitung auf das Plumeau, deren Headline reißerisch von der Festnahme berichtet.

»Unwahrscheinlich, dass sie ihm etwas nachweisen können.«

Eigentlich will ich mich damit nicht mehr auseinandersetzen. Mein Interesse ist dahin. Der Fall ist für mich erledigt. Das scheint Mechthild Gotthoff nicht zu stören.

»Ach so, sie haben die toten Juden gefunden.«

»Was?« Mein Interesse ist zurück.

»Ja, sie lagen eingemauert in einem weiteren Kellerraum. Linda hat offenbar erreicht, was sie vorhatte.«

»Scheint so, ja«, sage ich. »Nur zu welchen Preis?«

Die Gleichung taucht wieder auf. Die Summe. Das Ergebnis.

»Wie haben Sie mich eigentlich gefunden?«, frage ich.

»Ich habe mich an Ihre Fersen geheftet. Ich bin schön langsam mit dem Auto hinter dem Bus von Wien nach Rechnitz hergetuckert.« Sie schlägt eine weitere Zeitung auf, in der Bilder des Weinkellers, welche von Linda und ihrem Wagen abgebildet sind. Am unteren Rand fällt mir ein Porträt ins Auge.

»Die kenne ich!« Ich zeige auf eine attraktive vielleicht 60-jährige Frau mit blondierten Haaren, die neben einem ähnlich alten Mann steht. Beide lächeln. »Sie fuhr mit mir im Zug nach Wien und sie war ...«

Auf Gotthoffs Stirn legt sich eine strenge Falte zwischen die Brauen.

»Wer ist das?«, frage ich.

»Sie kennen Sie nicht?«

Ich schüttle den Kopf.

»Das ist die Frau des Vorsitzenden der AFÖ, der Alternative für Österreich. Daneben ist der Vorsitzende selbst, Hans von Martenstein. Ein Parteifreund von Konstantin Prohaska und sein politischer Ziehvater, der in diesem Artikel gegen die wie er sagt ›perfide jüdische Verleumdung‹ seines Schützlings protestiert.« Sie tippt auf den Text unterhalb des Bildes. »Außerdem verwahrt er sich gegen Anschuldigungen, dass die AFÖ über dubiose Geldmittel, wie es heißt, nicht nur den Wahlkampf, sondern auch die ganze Partei finanziere.«

»Was für dubiose Geldmittel?«

»Na ja, es wird seit geraumer Zeit kolportiert, dass seltsame, illegale Veranstaltungen stattfinden, bei denen viel Geld eingenommen und nicht versteuert wird.«

»Eyes Wide Shut.«

Mechthild schaut mich an, als vermute sie dahinter nicht einen Film von Stanley Kubrick, sondern eine Klatsche meinerseits.

Mit »Fidelio« lege ich nach und »Bunker in Währing«.

»Was soll das?«

»Die Veranstaltungen, die Partys! Ich war auf einer.«

»Was?«

»Ja, das ist so 'ne Art Swingerclub für Superreiche. 500 Euro pro Nase inklusive Schampus, Koks und Bumsen bis zum Abwinken.«

Sie wird ein bisschen rot. Es steht ihr gut.

»Glauben Sie, der hat damit etwas zu tun?« Ich zeige auf den Vorsitzender der AFÖ in der Zeitung.

»Glauben ist nicht justiziabel.« Sie lächelt. »Die Kripo kriegt im Übrigen auch ihr Fett weg.« Sie zeigt auf einen weiteren Artikel in der Kronenzeitung, in dem der Wiener Kriminalpolizei schwerwiegende Versäumnisse vorgeworfen werden. »Vielleicht könnte Linda P. noch leben«, liest Gotthoff vor, »wenn die Kripo ihr Verschwinden ernster genommen und nicht als jugendliche Flausen abgetan hätte.«

Während Gotthoff den Artikel vor sich hinmurmelnd überfliegt, denke ich an Hauptkommissar Schweiger und seinen Nikotin verfärbten Bart. Dann fällt es mir plötzlich wie Schuppen von den Augen.

»Jetzt verstehe ich es erst! Sie haben mich benutzt.«

Gotthoff erschrickt. »Ich?«

»Dr. Wittlich, Konstantin Prohaska …«

Mit »Was für ein Scheißjob« geht sie dazwischen. Ihren Sarkasmus kann sie nicht völlig verbergen.

»Aber warum mich?«

»Das wissen Sie nicht?«

Ich zucke mit den Schultern, während mein Kopf einen stechenden Schmerz absondert.

»Womöglich haben Konstantin Prohaska und sein Rechtsverdreher Wittlich gedacht, sie nehmen einfach einen von außen, einen, der sich in den Wiener Verhältnissen alles andere als auskennt. Ein Greenhorn. Sie.« Sie lächelt frech. »Sie wollten die Nachforschungen vermutlich ins Leere laufen lassen. Für Prohaska junior waren die Schnüffeleien von seinem Schwesterherz sicher äußerst unangenehm bis sehr delikat. Stellen Sie sich mal vor, Lindas Enthüllungen, wie immer die ausgesehen hätten, wären an das Licht der Öffentlichkeit geraten. Ein gefundenes Fressen für die Presse und für den Bruder ziemlich heikel so kurz vor den Nationalratswahlen. Andererseits könnte es auch sein, dass Konstantin versucht hat, Kapital daraus zu schlagen, nachdem die Eltern darauf bestanden haben, nach Linda zu suchen, und nachdem er sich mit seiner Meinung, dass Linda einfach abgetaucht sein könnte, nicht durchzusetzen vermochte. Vielleicht wollten er und Dr. Wittlich bei der Gelegenheit auskundschaften, was Linda in Bezug auf die verschwundenen Juden herausgefunden hat? Und wie macht man das am Effektivsten?«

»In dem man einen idiotischen Schnüffler darauf ansetzt.«

»Genau. Aber keinen idiotischen, sondern einen richtig guten.«

»Danke.« Ich lache verzagt.

»Was ist?«, fragt sie.

»Und wer hat mir das alles eingebrockt?«

Jetzt hebt sie die Schultern.

»Meine Mutter!«

Ihr Gesicht ist ein Fenster. Ich blicke hindurch und sehe eine Wüste, endlosen Sand und am Horizont ein flirrendes

Gesicht, einer Fata Morgana gleich, dessen Züge mich an mich selbst erinnern. Mutter! Ich schließe erschrocken die Augen und glaube mich zu verlieren.

»Ich habe mit den Ärzten gesprochen«, sagt Gotthoff. Es hört sich an, als breche Glas. »Ein, zwei Tage noch, dann sind Sie wiederhergestellt.«

Ich öffne erschrocken die Augen. »Apropos, wie geht es eigentlich Salome?« Ich blicke zum Fenster, hinter dem das grelle Sonnenlicht weiterhin zum Verschwinden einlädt.

»Sie liegt noch immer im Koma.« Mechthild sammelt die Zeitungen zusammen und legt sie auf den Nachttisch neben das Bett.

»Die lasse ich Ihnen hier.« Sie geht zum Fenster. »Ganz schön stickig hier drin.« Sie öffnet es. Kurze Zeit später ist die Fliege verschwunden.

## NO

Ich hasse Krankenhäuser. Krankenschwestern. Weißkittel. Die Farbe Weiß generell. Schwarz ist mir lieber, viel lieber. Schwarz ist die Abwesenheit von Licht. Schwarz ist die Farbe des Todes. Dunkelheit, Leere, Pessimismus, Melancholie, Unglück. Ich! Und alles, was damit zu tun hat: Schwarzmark, Schwarzbrennerei, Schwarzarbeit, Schwarzgeld, Schwarzfahren.

Ich ergötze mich an meinen eigenen Worten.

Hier hingegen leuchtet alles, blendet, geht mir auf die Nerven. Allein dieses Zimmer. Dieses Bett. Dieses Déjà-vu-Erlebnis! Es ist ein Déjà-vu-Erlebnis! Die Wiederkehr des immergleichen. Schon wieder liegt er auf dem weißen Laken im Krankenbett. Erneut sitze ich davor und himmle ihn an. Fast schon feucht im Schritt. Ich vergöttere den ramponierten Engel, der ein weiteres Mal davongekommen ist. Dieses Mal war es knapp, so knapp, dass man schon von Glück sprechen muss, dass er noch unter den Lebenden ist. Offenbar gehört das Glück zu seiner Grundausstattung. Sonst wäre Lindas Schicksal auch das seine geworden. Beide zusammen langsam zerfallend hinter dicken Mauern. Ihr Tod überrascht mich nicht. Irgendwie habe ich damit gerechnet. Mich längst zeitlebens damit abgefunden. Linda ist für mich schon gestorben, bevor sie tot war. Es ist für mich kein Verlust, es ist nüchterner Befund. Deshalb bin ich auch nicht traurig. Ihr Tod geht mir nicht nahe. Es ist, als wäre etwas zu Ende, was schon lange nicht mehr vorhanden war. Ich habe das Gefühl, dass auch die anderen Familiemitglieder nicht überrascht sind. Eher erleichtert. In der letzten Zeit haben sich alle von Linda abgewandt. Konstantin hat sogar versucht, sie aus der Familie zu drängen. Für ihn war sie ein Splitter im Auge, der bei jedem Lidschlag schmerzte und –

Komisch, die Stimmen in meinem Kopf sind nicht zu hören. Was ist los? Sie werden doch nicht etwa müde oder nachlässig? Elendige Versager!

Ich muss kichern. Mir geht es gut. Verdammt gut! So gut wie schon lange nicht mehr. Womöglich liegt es auch daran, dass Hài überlebt hat. Ich bin froh darüber. Unbeschreiblich froh sogar.

Los, wach auf du süßes Schlitzauge! Wach bist du mir noch lieber als schlafend.

Als könnte er mich hören, schlägt er die Augen auf.

Ich strecke ihm die Zunge heraus.

Er lächelt.

»Na, also geht doch.«

# ICH

Kaum ist Mechthild weg, taucht Nora auf. Sie nötigt mich, mit ihr im Klinikgarten spazieren zu gehen. Ich sage, dass mein Kopf noch immer schmerze und ich mich außerdem kraftlos fühle. Das lässt sie nicht gelten, wirft mir stattdessen den klinikeigenen Morgenmantel über und hakt sich bei mir unter. Während wir wie ein ramponiertes Liebespaar auf den gepflasterten Gartenwegen dahinschlurfen, erzählt sie von ihrer Familie und den Reaktionen auf Lindas Tod. Ihr Bruder beteuere, damit nichts zu tun zu haben.

»Er lügt«, sagt sie. »Ich habe früher schon immer gewusst, wenn er gelogen hat.«

Ich hebe gleichgültig die Schultern und merke, wie mich ihre Familienangelegenheiten nicht im Geringsten interessieren.

»Ich hoffe, dass sie ihn am Arsch kriegen. Natürlich hat er sich die Finger nicht selber schmutzig gemacht. Aber dass er dahintersteckt, liegt auf der Hand. Er war schon immer ein hinterfotziges, scheinheiliges Arschloch.«

Wir setzen uns auf eine Gartenbank.

»Wann willst du eigentlich dein Versprechen einlösen?«, fragt sie.

»Was für ein Versprechen?«

Sie schiebt ihre Hand unter meinen Morgenmantel.

»Also, ich bin mit den Rotzbremsen – du erinnerst dich – fertig.«

Ich sehe sie entsetzt an. Sie lächelt, während sie anfängt, mich zu masturbieren.

»Entspann dich, Mann!«

Ich werfe panische Blicke durch den Garten und versuche, nachdem ich niemanden in unserer Nähe erspäht habe, mich tatsächlich dabei zu entspannen. Erstaunlicherweise gelingt es. Ich richte meine Augen zum Himmel und hangle mich zwischen den weißen Wolken an den Kondensstreifen der Flugzeuge entlang, bis ich mich in ihre Hand ergieße.

»Na, geht doch!« Sie wischt ihre Hand an meinem Morgenmantel ab.

»Was machst du jetzt?«

Ich sehe sie an, als wüsste ich nicht, was sie von mir wolle.

»Ich meine, wenn du hier draußen bist.«

»Ich gehe zum Zahnarzt.«

»Und dann?«

»Fahre ich zurück.«

»Wohin?«

»Ins Kloster.« Die Antwort scheint sie nicht zu überraschen.

»Und?«

»Und? Da warte ich auf meinen neuen Fall.«

Sie sieht mich an, als wäre nicht sie, sondern ich meschugge.

»War'n Witz.«

»Haha.« Sie lacht nicht. »Kann ich mit?«

»Das ist ein Männerkloster, Nora!« Ich schüttle vehement den Kopf.

»Na und?«

»Du bist eine Frau.«

»Nicht nur.« Jetzt schüttelt sie heftig den Kopf. »Schon mal was von Transgender gehört?«

»Was?«

»War'n Witz.«

»Haha.«

# 9. KAPITEL

»Ich möchte sagen, man muss sich bewegen können.
Man muss sich vorsichtig bewegen können,
zwischen dem Spuk und der Erinnerung.«

*Das Schweigen, Ingmar Bergmann*

# ES

Es ist der 20. September 2013. Es ist Nacht.

Die Grillen zirpen. Weit in der Ferne bellt heiser ein Hund.

Die toten Juden sind mittlerweile begraben.

Linda ist nach der Obduktion ebenfalls beerdigt.

Konstantin Prohaska kann keine Schuld am Tod seiner Schwester nachgewiesen werden. Er ist wieder auf freiem Fuß.

Hauptkommissar Schweiger ist feierlich in den vorzeitigen Ruhestand verabschiedet worden.

Die AFÖ steht nach den letzten Umfragen für die bevorstehenden Nationalratswahlen in der Gunst der Wähler besser da als jemals zuvor.

Mechthild Gotthoff hat ihren Mann und Wien verlassen und ist wieder zur Kriminalpolizei nach Berlin zurückgekehrt.

Nora hat sich ein weiteres Mal in psychiatrische Behandlung begeben.

Salome liegt noch immer im Koma.

Der Mord an Linda wird nicht aufgeklärt. Der an Erna Faschinger ebenso wenig. Die Täter der mittlerweile fünf Prostituiertenmorde laufen noch immer frei herum.

Hài ist wieder zurück im Kloster.

Das Schweigen bleibt.

## Das Neueste aus der Gmeiner-Bibliothek

### Unser Lesermagazin

Bestellen Sie das kostenlose Krimi-Journal in Ihrer Buchhandlung oder unter www.gmeiner-verlag.de

### Informieren Sie sich …

**www** … auf unserer Homepage:
www.gmeiner-verlag.de

**@** … über unseren Newsletter:
Melden Sie sich für unseren Newsletter an unter www.gmeiner-verlag.de/newsletter

**f** … werden Sie Fan auf Facebook:
www.facebook.com/gmeiner.verlag

### Mitmachen und gewinnen!

Schicken Sie uns Ihre Meinung zu unseren Büchern per Mail an gewinnspiel@gmeiner-verlag.de und nehmen Sie automatisch an unserem Jahresgewinnspiel mit »mörderisch guten« Preisen teil!

GMEINER SPANNUNG

**WWW.GMEINER-VERLAG.DE**
*Wir machen's spannend*